人间杂录

瞿 炜 著

中国民族文化出版社·北京

前　言

　　收录在这本书里的文章，是我这三十年来在从事新闻媒体工作之余创作的一些随笔、杂文、书评，以及对一些前辈文人的纪念、友朋之间的印象等，杂七杂八，故曰"杂录"。这些文章都曾见诸报端或杂志，散落人间，收集起来倒颇费了些时日，也还有一些散佚了。虽说是"敝帚自珍"，这些文字自己看来也并非什么珠玑，不过是一个青年的随感而发，一点思想的印迹而已。可如今年过半百，想着或可收集成一本书的样子，作为自己对从前岁月的追忆，也或许对读者有一点启发、一点借鉴的意义。这就是此书的缘起了。

　　如今回想自己的青春，大部分时间都是荒废了——从这些文字中可以见出一个毫无人生规划者在文化探索的道路上走走停停、走马观花、心不在焉的样子。曾经自以为对文学有着无限向往、对文化研究有着无限热忱的青年，到了知天命之年后才发现，自己不过是个志大才疏、耽于幻想的文艺爱好者而已。那么，这就是所谓的"知天命"了。我不是一个与命运抗争的人，但也不是随命运摆弄的人。我顽固而叛逆，那么这也就成为我的命运归宿了。

三十年来，在从事媒体副刊编辑与文学创作的过程中，得到了许多师友的支持、帮助和认可，比如范泉、赵瑞蕻、莫洛、唐湜、林斤澜、杨奔、邵燕祥等诸位先生，还有叶延滨、韩石山、周实等前辈作家学者。温州的老作家何琼玮先生生前每次在报纸上读到我的杂文或随笔，都会打来电话，或赞赏或探讨，令我深受鼓舞。也正因为有他们的鼓励，才使我在文字的丛林中有了不断探索的动力。可惜虽爱阅读，却庞而杂，术业不专，有愧于先生们的期待。

相比于这些文字，实际上我更喜欢在荒郊野外观察星空与河流，或在灌木丛中，透过萤火虫的点点"鬼火"想象着世外的景象。人世的艰难常常令我沮丧，因此感到文字的苍白，实在不能让人崛起于旷野。那么，就给这些文字一个纸盒子，供闲暇之人一点闲暇的谈资，撕下来还能包一包瓜子皮，也算是有了一点价值。

作者

2020 年 7 月 16 日

目 录

第三辑／世间万象

先人的智慧

第一辑

人间印象

永远的心声，永远的激情

——记赵瑞蕻先生

赵瑞蕻先生永远是一位充满激情和正义感的诗人，他的诗总是激情澎湃、乐观向上，充满了对黑暗与暴力的巨大愤怒、对友谊与理性的热切追求。这样的诗人是有着足够的亲和力的，我们随时都能从他的字里行间感觉到那种永不熄灭的能量，感觉到思想的荣耀和生命的张力。

现在，我的桌上摆放着的，正是诗人的一本回忆录《离乱弦歌忆旧游》，这里仍然随处可见诗人浪漫的胸怀和喷薄的激情。我花了大约一周的时间，才认真地读完了这本40多万字的书。从这里我才渐渐地了解了诗人激情的渊源，他的浪漫主义的发端——源自诗人故乡落霞潭畔的夕阳和云南蒙自山中的思想。遗憾的是，这部书出版的时候，赵瑞蕻先生已离开我们整整一年。四季轮回，周而复始，人的生命却常常那样脆弱，还未来得及让我们再看一回那金色的晚秋，一生就这样匆匆谢幕了，尽管赵瑞蕻先生是以84岁高龄告辞人间的，但在我的感觉里，他是不应该这么匆忙而去的，因为他总是那样充满了激情。如今，我们只能手捧他的这本回忆录，来深深缅怀这位诗人，这位比较文学教授，他给我们带来了那样丰富的精神世界。那古典英雄主义和现代浪漫主义相磨合的金色光环，在他的书中随处闪现。

还记得我第一次见赵瑞蕻先生时，是他回故乡讲课，在温州师范学院的大教室里，挤满了学院的学生和他的一些在故乡的友人及弟子。我当时正读高中，也混进了旁听席。但见先生满头银发，侃侃而谈，声音并不洪亮，却抑扬顿挫，温文尔雅，不时还夹杂着一些英语、法语、德语。他大约引用最多的就是歌德临终时的那句著名的遗言：更多的光。他用德语念这句话时，特别动听。还有就是鲁迅在《摩罗诗力说》一文中的那句名言："盖人文之留遗后世者，最有力莫如心声。"他总是反复地指出这句话。如今数十年过去了，我犹深深记得先生讲课时的那翩翩风度。后来几年先生经常回乡，在我后来上学的温州教育学院也讲过一次课。那时的温州教育学院在雪山护国寺遗址里设有分校区，那一天的雪山松涛不绝于耳。那些年先生似乎特别眷恋故乡，叶落归根的思乡之情溢于言表。

有一年他回乡，正逢身体不适，卧于老家一间宽敞而昏暗的大房间里。那时我收集了自己的一部分诗，油印成册，取名《北流的河》，知道他回乡探亲，就不揣冒昧地上门拜访，并呈上了这本稚嫩的小诗集请他指正。还记得那是位于温州蝉街的一栋四合院式的旧宅，有宽阔的院子，先生住在东边的厢房里，当我跨过长满青苔的台阶进去时，先生从床上坐起，穿了一件深灰色的旧式对襟上衣，虽面呈倦容，仍兴致勃勃地与我谈论诗歌，鼓励我要多写。我看着他蓬乱的银发在夕阳下是那样充满了旺盛的生命力，这使我想起他的一首小诗《我的头发》：

> 我珍惜我的头发蓬蓬，
> 那是我长年滋养的树丛；
> 我已到了生命的冬季，
> 我的头发却顶得住寒风！

> 但全给吹白了，哦，可爱的叶子！
> 已逝的流光仍在闪动；
> 我沉思，喜欢用手抚摸柔发，
> 它们跟自然万物息息相通。

那次我最真切地聆听了先生的教诲，至今难以忘怀。后来他还曾在给我父亲的信中一再地提到我，询问我的学习、工作情况。

赵瑞蕻先生的诗是充满了激情的，他的这本回忆录《离乱弦歌忆旧游》仍然澎湃着激情，对于一位80来岁的老人来说，这是多么的难能可贵。其副标题是"从西南联大到金色的晚秋"，记述了先生从20世纪30年代在故乡温州中学、40年代在西南联大求学时的情景，直到50年代在德国莱比锡大学三年的讲学生涯和他50来年的学术追求，其中尤其是他对西南联大师友的回忆，闻一多、朱自清、柳无忌、吴宓、沈从文、冯至及英国诗人威廉·燕卜逊等，他满怀着从少年时即保持的崇高敬意，情到深处，每每不能自已。

　　这本回忆录还收录了他对故乡的怀念，对自然山水的热爱，对巴金先生崇高的敬意等文章，其中还夹杂着一些他怀念师友的诗篇。他寻觅着那些消逝了的时光，有时虽不免有点絮絮叨叨，却更显其温馨与亲切，充满了生活的情趣。"人事有代谢，往来成古今。"赵瑞蕻先生虽离我们而去了，但他对生命青春的热爱、对和平的赞美、对人类历史文化的歌颂、对黑暗暴力时代的控诉，"犹如用金子镀在飞逝的时间上"，永远是我们自由独立的精神源泉和启示，因为那正是他永远的"心声"，充满着他永远的激情。

怀念"诗魔"洛夫先生

2018 年是一个特殊的年份，这一年才刚刚过去一半，就有多位中外诗人、作家不幸去世。而对我来说，3 月 19 日洛夫先生的去世，是最让我难忘的一件事。因为我不仅喜欢洛夫先生的诗，更因为我曾在温州和澳门两地与洛夫先生相处多日，得到他不少的指导。

2010 年 10 月 31 日，我受邀参加了在澳门大学图书馆第二演讲厅举行的"汉语新文学讲堂：洛夫诗歌研讨会"，并在会上宣读了论文《洛夫诗歌的传统及其对温州新诗人的影响》。该研讨会由澳门大学中文系、当代诗学论坛机制共同主办，北京师范大学珠海分校国际华文文学发展研究所协办。洛夫先生携夫人陈琼芳参加了研讨会。其实早在 15 年前的 1995 年，洛夫先生曾到温州，我作为《温州晚报》的记者对他进行了采访，当时正值凉快的初秋；15 年后我们又在澳门相逢，南国的秋日温暖明媚。他曾对我说，他对温州并不陌生，相反非常熟悉，因为台湾有很多温州台胞，台北有一条温州街，而且在台湾的每一个地方也都有温州人的足迹，美味的"温州馄饨"的旗帜插遍了台湾的饮食摊。他说他很爱吃"温州馄饨"。

诗人洛夫出生于 1928 年，名莫运端、莫洛夫，湖南衡南县相市乡燕子山人。1949 年 7 月去台湾，后毕业于淡江大学英文系，1996 年从中国台湾迁居加拿大温哥华。洛夫写诗、译诗、教诗、编诗 50 余年，著作甚丰，出版诗集《时间之伤》《灵河》（1957）、《石室之死亡》（1965）、《众荷喧哗》（1976）、《因为风的缘故》（1988）、《月光房子》（1990）、《漂木》（2001）等 31 部，散文集《一朵午荷》《落叶在火中沉思》等 6 部，评论集《诗人之镜》《洛夫诗论选集》等 5 部，译著《雨果传》等 8 部。他于 1947 年开始写诗，1948 年即在《衡阳力报》（即《衡阳日报》）上发表了第一篇文章——散文《秋日的庭院》。他的名作《石室之死亡》广受诗坛重视，30 多年来评论不辍，英译本于 1994 年由美国旧金山道朗出版社出版。其中多首为美国汉学家白芝（Cyril Birch）教授选入他主编的《中国文学选集》。2001 年他的三千行长诗、新文学史上最长的诗——《漂木》出版，震惊世界华语诗坛。

研讨会中，洛夫深刻评析了中国现代诗歌。他认为，现代诗歌要继承中国传统之根本，探索古典诗歌之境界，汲取中国传统之精华。他说，诗歌不仅是一种写作，更重要的是一种创作，诗歌应将西方现代文化与中国传统文化有机结合。

洛夫先生对我说，在当代社会文化急剧变化的情况下，对中国现代诗影响最大的就是"消费主义"，部分现代诗的写作就像消化"文化快餐"，过于口语化甚至出现"口水诗"，其所蕴含的价值观、道德意识及精神文化逐渐枯萎。而诗歌创作的意义在于人生境界的创造，是对人生意义与语言艺术的追求。

受邀参加那次研讨会的还有中国人民大学中文系教授、博士生导师程光炜，首都师范大学教授、香港浸会大学访问教授张志忠，香港大学饶宗颐学术馆负责人郑炜明（苇鸣）博士，澳门大学中文系主任朱寿桐教授，国际华文文学发展研究所名誉所长傅天虹教授，澳门大学葡文系主任、著名诗人、翻译家姚风，著名女性主义学者荒林等。

在澳门大学图书馆后面的咖啡厅，洛夫先生与夫人正在用早餐，当我进来的时候，澳门大学中文系主任朱寿桐教授与傅天虹先生招呼我坐在洛夫先生边上，与他们一起喝咖啡。这是 2010 年 11 月 1 日的早上，从咖啡厅的窗玻璃上望出去，宁静的海湾，微风习习，阳光和煦。我向洛夫先生提起 1995 年他曾访问我的故乡温州，我作为《温州晚报》的记者曾经采访过他。洛夫先生居然还记得，并提起他在温州认识的几位朋友的名字。当时洛夫先生已经 82 岁高龄，满头白发是沧桑岁月的见证，而他矍铄的精神与乐观的心态，正是对生命的热爱。15 年过去了，洛夫先生似乎没有多少变化，如果非说有什么变化，那就是诗人对世界的认识变得更加深刻了，或更有了英国诗人布莱克式的天真与经验；而不变的是诗人的记忆，是诗人对世界的热情。

　　洛夫先生是中国台湾现代诗坛最杰出和最具震撼力的诗人，为中国诗坛超现实主义的代表人物，被诗坛誉为"诗魔"。在台湾，他与同仁创办了著名诗刊《创世纪》，草创之初，他们困于经费，竟至典当家产，为诗歌，真是呕心沥血，痴心不悔。五六十年来，《创世纪》成为台湾诗坛的一面旗帜，引领着一代代新人走上了一条铺满珍珠的璀璨之路。

　　故乡成为他刻骨铭心的思念。他最早被大陆读者所熟悉的作品便是他的《边界望乡》，这首诗和余光中的《乡愁》一样脍炙人口。1979 年 3 月，洛夫访问香港时创作了《边界望乡》，诗人余光中陪同他去边界落马洲用望远镜看大陆，洛夫离乡 30 年，近在咫尺却过不去，有家不能归，思乡情切，于是写下了这首震撼人心的诗——《边界望乡》，传神地表达了游子怀乡咫尺天涯的伤痛、落寞和无奈：

说着说着
我们就到了落马洲

雾正升起，我们在茫然中勒马四顾
手掌开始生汗
望远镜中扩大数十倍的乡愁
乱如风中的散发
当距离调整到令人心跳的程度
一座远山迎面飞来

把我撞成了
严重的内伤

病了病了
病得像山坡上那丛凋残的杜鹃
只剩下唯一的一朵
蹲在那块"禁止越界"的告示牌后面
咯血。而这时
一只白鹭从水田中惊起
飞越深圳
又猛然折了回来

而这时，鹧鸪以火发音
那冒烟的啼声
一句句
穿透异地三月的春寒
我被烧得双目尽赤，血脉贲张
你却竖起外衣的领子，回头问我
冷，还是
不冷？

惊蛰之后是春分
清明时节该不远了
我居然也听懂了广东的乡音

当雨水把莽莽大地

译成青色的语言

喏！你说，福田村再过去就是水围

故国的泥土，伸手可及

但我抓回来的仍是一掌冷雾

在那次研讨会中，洛夫先生还说，诗歌创造是人生意义的创造、人生境界的创造、精神高度的创造和语言文化的创造。早在 15 年前他访问温州的时候，就曾对我说过，在诗艺的探索上，他是立场坚定地主张回归传统，拥抱现代，做一个作为历史见证人的中国现代诗人。他当时就对我说，回归传统，并非那些假古典主义者，在形式和内容上抄袭古人，而是回归于中国传统优秀的人文精神。现代人由于注重物质上的灯红酒绿，满足于视觉、听觉而忽略了心灵的慰藉、心灵的平静。作为正直、严肃的作家，要为时代立碑，为历史作证，表现民族精神和民族气质，忠于自我，忠于民族，面向世界和宇宙。

在研讨会的最后，洛夫先生还激情满怀地朗诵了他最新创作的四首短诗：《浮生四题》《有涯》《荷塘月色》《周庄旧事》，并播放了由他的儿子作曲并演唱的歌曲《因为风的缘故》。这是他献给妻子的爱情短诗，经过儿子的深情演绎，旋律颇为动人。洛夫先生坐在台上，露出自豪的神情，而坐在台下的夫人的脸上，则满是幸福的笑容。研讨会上，我宣读了我的小论文《洛夫诗歌的传统及其对温州新诗人的影响》，在这篇小论文中，我试图指出洛夫先生与温州新诗人在诗艺探索与精神追求上的某种关联，包括传承与发扬。五四运动以来，温州曾涌现出多位有成就的诗人，他们创作了不少作品，早期的如刘廷芳的作品，《中国新文学大系 1927—1937 · 诗集》收录刘廷芳诗一首，就是其作于 1933 年 6 月的《秋林》：

> 我在秋林中散步，
> 看满林黄叶如金。
> 我细思：
> 这是何等可羡慕，
> 人生暮年的晚景。
> 照透一岁的黄昏，
> 烈火已焚烧了秋林，
> 烧的是：
> 青春记忆之杯所斟，
> 青春早忘的乐境。
> 老年人静坐如秋林，
> 游永远不完之梦境。
> 他们的：
> 岁月如小溪流水一般，
> 有无限奥秘的平安。
> 金色辉煌的美丽，
> 是老迈衰落的秋林，

我心说：

要孤单便如中天的明月，

要老迈便如万里的恒星。

我觉得，洛夫先生的某些作品，与刘廷芳以及五四时期新诗人的作品，似乎有着类似的情调与表现。后期的如九叶派诗人唐湜先生的作品，在现代派的表现手法与艺术追求上，也似乎与洛夫先生有着共同的理想追求，而最终，唐湜与洛夫，都选择了对传统的回归。台湾的洛夫与温州的唐湜，可以说是属于同时代的诗人，但由于历史的原因，他们分居海峡两岸，在诗艺的探索上并没有出现交集的现象，却殊途而同归。

记得当年洛夫先生来温州，尽管他游览了南麂岛、楠溪江、雁荡山，似乎意犹未尽。他说，楠溪江的水真好。一句之后，他没有话了，而一切又尽在不言中。在南麂岛时，他面对着自己很熟悉的沙滩，仍诗情汹涌，随潮而动。他给我念了两句在南麂岛上写下的诗行："染着金色夕阳的晚潮，把细细的沙滩揉皱了，又铺平了。"他表示自己很想写写南麂岛。

记得也是在那一次，洛夫先生告诉我，他抽了40多年的烟，居然戒了。当时，他的太太向他悬赏30万元台币，要他戒烟，但他无动于衷。诗人的固执岂能轻易被打动？后来太太把赏金降到20万元台币、10万元台币，再不戒就一分钱也没有了。最后洛夫先生终于戒了，当然并非出于太太的赏金，而是他也深知此习惯的坏处，深有所悟，就快刀斩乱麻，再来一次潇洒。可是当他看见我们在那里吞云吐雾、津津有味时，还是忍不住要了一根。诗人可比顽童，此话不假。而此次重逢，香烟早已不再是我们的话题。

　　过去的回忆总是让人感觉美好，而逝去的岁月又让人无限伤感。洛夫先生虽已驾鹤西去，但他的诗文将永留人间。我想，读他的作品，就是对他最好的怀念吧？

家书耐久看

——纪念陈玮君先生

寂静的夜里，翻阅旧信，那些工整却难以辨认的字迹，是一双颤抖的手写下的；这些字迹有些漫漶的信，满含着一位文学老人的深情厚谊，往事忽然展现在我的眼前。

那是陈玮君先生给我的信件，从 1998 年 10 月到 1999 年 9 月，整整 10 封。

记得当时陈玮君先生寄来他为乐清杨晓明的民间文学作品《雁荡山奇闻》写的序言，我随即将它编发在 1998 年 10 月 8 日《温州晚报》副刊《白鹿书屋》上。这是陈玮君先生与我的第一次通信。他在信中写道："收到你 10 月 14 日大札，欣喜异常。家书耐久看。你的信我看了四遍，信里没有佶屈聱牙的字句，可有无限重量的乡情……我是在温州中学教语文的，在温州迎接解放，走进文坛。金嵘轩是校长，魏忠、马骅是副校长。马骅在四顾桥西新华书店成立温州文联，我荣幸参加。马骅笔名莫洛，我是苏北人，早期读过他的《在运河上》，我迷恋过他文字亮丽又淡淡有些柔美的笔致。今天，我已 77 岁了，仍受他的影响……我仍怀念一些温州好友，真想写几句怀念大家……我想试试，用抒情的意象氛围的散文，为《白鹿书屋》效力……"

他在另一封信中又写道："百里坊有棵青樟，过去下设点心摊，有时我去吃块糕点油条饼，树荫浓密……我不倒下，一定写作，在病房里还写。女儿有电脑，帮我打字、复印。我写的字，已很难辨认了。老了，手抖。"

从陈玮君先生的信中，可以读出他对温州的深情，也可以读出他对文学的热爱与意志的坚强。他在信中说他还要完成十部书，并给我寄来它们的目录。他用颤抖的手在信纸上慢慢而艰难地写下每一个字，让我感动。他给我寄来散文诗《O》与《〈炉边夜话〉后记》，它们分别发表在 1998 年 11 月 29 日的《温州晚报》副刊《池上楼》与 1999 年 2 月 28 日的《白鹿书屋》上。

陈玮君先生（1923—2005）是中国著名的民间文学家和儿童文学作家，收集整理了很多民间传说，出版了《长寿草》《龙王公主》《金鱼郎》《神郎与彩姑》《小黄莺》《鲛人泪》《山海经外编》（陈玮君童话故事选）、《高机与吴三春》《瓯江怨》《西湖民间故事》等，与人合译的有《世界童话集》《狗为什么恨猫》《谷暖奇遇记》《成年人的童话》等。我很早就读过他的作品，我的父亲收藏有陈玮君先生的一本《桃花水母》，它是很有意思的民间故事集，成为我儿童时代最喜爱的读物，我从此记住了陈玮君先生的名字。

先生出生于江苏泗阳，1947 年毕业于国立浙江大学文学院中国文学系，获文学学士学位。曾在江苏宜兴、浙江国立温州中学、浙江温州师范学院等教书。1956 年调杭州，曾任《东海》文学月刊编辑，并先后在浙江省艺术学校、浙江省民间研究会、浙江省文联工作，为中国民间故事学会顾问。

先生的民间文学创作，是在温州开始的。1949 年他只身来到温州中学教书，并在《浙南大众》上发表了他的第一篇温州民间故事《五马街》。从此他开始了作为民间文学家与儿童文学作家的生涯。在发表《五马街》后不久，他出版了自己的第一部民间故事集《长寿草》，包括《五马街》《双莲桥》等，其中有六篇故事是来自温州的。

值得一提的是他对《高机与吴三春》故事的整理与创作。这是他在温州期间，深入平阳等地搜集民间传说，在采风的过程中发现的凄美的爱情故事，他走访许多当地群众，记录老一辈人的口述，收集汇总了近千份资料，写出了章回体小说《高机与吴三春》，于 1957 年出版，1985 年第三版改名为《瓯江怨》。这部作品的出版，不但奠定了他在中国民间文坛上的地位，也使他成为挖掘、研究《高机与吴三春》民间故事的第一人。《高机与吴三春》的故事相比《梁山伯与祝英台》，似乎更加朴实动人。故事讲述的是温州平阳一位手艺高超的织绸工高机受雇于龙泉富商吴文达，在吴家织造瓯绸，与吴家女儿吴三春相爱并私奔，结果被吴文达率家丁追上，将高机解送县衙治罪。吴三春被吴家追回后，被逼欲嫁当地豪门。三年后，高机出狱，为打探吴三春的消息，乔装打扮重返龙泉，正逢吴三春次日出嫁。吴三春恐其父加害高机，假装陌路不相识，私下命丫鬟林聪暗藏银圆于充饥麦饼中赠送高机。丫鬟林聪引高机至厨下用饭，又暗藏哑谜于菜肴之中。高机不解，以为吴三春变心，愤然而去。就在桃花岭上，高机用麦饼向别人换粥解渴，方明白麦饼中藏有银圆给他做路资，回想起那菜肴中的哑谜，高机方悟吴三春一片苦心，一时气塞心头，竟成疯癫。第二天，吴三春坐在迎亲花轿上了桃花岭，忽见高机变成了疯子，心痛如绞，便以剪刀自裁于轿中。高机见吴三春为己殉情，悲痛不已，遂奔下桃花岭，投入了滚滚瓯江。这个悲剧，在情节的设置上，与波斯诗人涅扎米的著名叙事长诗《蕾莉与马杰农》倒有几分相像，马杰农在闻知蕾莉被迫出嫁后，亦因悲愤而成疯癫，最后在蕾莉郁郁而亡后也追随爱人而去。这两个都是来自民间传说的故事，颇有值得比较的地方。

陈玮君先生对温州是充满了深情的，他将温州视同故乡，对来自温州的文学青年倍加呵护，将我的信，视为家书，并在给我的信中不断地提及温州的老友旧交、温州的风土人情，对来自温州的客人，总是以温州的礼俗相待。他到温州工作后，还将父母都接到温州生活。1956年他调入温州师范学校任教，旋即调离温州，到杭州的浙江省文联工作。虽然他在温州的时间并不长久，而温州却给予了他以母亲般的滋养。

温州，对于陈玮君先生来说，有着太多的怀念与追忆。他在一封信中，随信寄来一首诗《致西施》：

我跋山涉水来此，
献枝寒梅，在你像前，
斜阳中，我默默伫立，
花在风里微颤。

你与花俱洁净无瑕，
随时光流逝，
梅迎来旖旎春色，
你留下美丽。

这是一首怀念他在温州的旧友的短诗，陈玮君先生在信里说，他把这首诗写在日记里，不敢给人看，"今天告诉你，请你千万保密，不必说出我内心意图"。今天，我将这首诗抄录在这里，作为我对先生的怀念，以先生的宽厚与仁慈，大约是不会怪罪我的。

忆范泉先生

范泉先生是我国著名的编辑家，为中国现代文学编辑出版事业做出过巨大的贡献。他主编的《文艺春秋》，"是20世纪40年代上海乃至于整个国统区持续时间最长、基本上按月出版、囊括了当时国统区绝大部分重要作家、进步倾向十分鲜明的一个文艺刊物"（钦鸿《范泉编辑手记》编后记）。该文学杂志从1944年10月创刊到1949年4月终刊，共出版了44期。他在关于编辑出版这本杂志的一篇回忆文章中说："1944年夏，在沦陷了的上海，复旦大学金通尹教务长介绍我进了一家创建于清代末叶的民族资本家企业永祥印书馆，要我迎着敌人的刺刀，在日本侵略者的眼皮底下，成立编辑部，筹备出版一批伸张民族正气的图书，并首先以'丛刊'的名义（可以不向敌伪登记），出版一种不定期的期刊《文艺春秋丛刊》。从1944年10月起，《文艺春秋丛刊》陆续出版了《两年》《星花》《春雷》《朝雾》。从1945年3月起，每月还出版了一批《青年知识文库》，在第一批六本中，有著名历史学家吕思勉的《历史研究法》，有中共地下党员、著名导演吴天用'方君逸'的笔名撰写的《编剧和导演》等。"（《在硝烟中拼搏——〈文海硝烟〉题记》)其实此前他创办主编的《作品》半月刊也很出名，1937 年的创刊号上就刊发了郭沫若从日本寄回的稿件《给〈威廉迈斯达〉译者》，陈琳翻译的鲁迅用日文写的遗作《王道》，李辉英的小说《白面》，从菲律宾回国的作家林娜（后来改名司马文森）的小说《人间》，后来又刊发了中国人民解放军军长方之中的小说《李保镖》，白薇的长诗《爱的女神》等。

金通尹先生是范泉先生的老师，新中国成立后曾任青岛工学院院长、武汉测绘学院院长，民主促进会中央委员。1939 年冬，当时范泉先生正就读于复旦大学新闻系，也是通过金通尹先生推荐的，范泉先生被派去为由国民党 CC 系主办的《中美日报》编辑一个抗日反汪的学术文艺性副刊《堡垒》，不久他即被汪精卫的 76 号特务机关盯上了。后虽机智摆脱，但还是因为编发了中共地下党员锡金等的文稿，而在 1941 年 2 月被撤销了编务。正是这段经历，在新中国成立后，由于胡风在其"三十万言书"中误指他为"南京暗探"而受到严厉审查，在随后的肃反运动中，又因为一句平常的"先审查后调查"的意见，而被戴上了"右派分子"帽子，在青海度过了长达 22 年的生活。1986 年冬，70 岁的范泉从青海调回上海，担任上海书店总编辑。

以上有关他的生平与编辑经历，我大都是从范泉先生赠予我的他的散文集《文海硝烟》中获知的。该书收入《文坛漫忆丛书》，陈青生主编，黑龙江人民出版社 1998 年 5

月第一版。这年的夏天，范先生寄赠此书给我的时候，他正在与癌症搏斗。范泉先生的一生，是坎坷而苦难的，但他总是乐观而热情地对待生活。

认识并与范泉先生通信，是因我的表伯伯陈寿楠先生的介绍。他在20世纪40年代末曾就读于上海剧专，并认识了范泉先生。1997年夏天，范泉先生将他写的一篇怀念池宁的文章《忆池宁》寄给陈寿楠先生并转交于我，因为池宁先生是温州瑞安人，而我正主编《温州晚报》副刊。我如获至宝，立即刊发了这篇文章。池宁（1914—1973）又名池绍文，是一位舞台美术家、电影美工师和书刊装帧设计师，生于瑞安的美术世家。他幼年随父、兄习金石和绘画，1933年在杭州开办"三川美术书社"，1935年被聘为上海亚平装潢公司的设计部主任，1936年加入上海业余剧人协会。1938年加入中国共产党，参加上海文化界救亡协会，曾任上海艺术装饰公司美术设计，上海青鸟剧社、上海剧艺社舞台美术设计。1941年进入华年影业公司兼任布景师、美术师，参加了《洪宣娇》《国色天香》的拍摄。他与范泉先生结交是在1938年春天的上海，范泉先生编辑的很多书刊封面设计，都是出自池宁的手笔。池宁还为当时的《雷雨》《日出》《女子公寓》等话剧的演出设计舞美，我国电影史上的杰作之一《小城之春》以及后来的优秀电影《祝福》《林家铺子》《以革命的名义》《早春二月》《小二黑结婚》等，都由他负责完成美术设计。他1954年赴苏联莫斯科电影制片厂实习，

1956 年回国后，历任北京电影制片厂美工师，1959 年起兼任北京电影学院美术系主任。在"十年动乱"中遭受迫害，于 1973 年 6 月病逝。

《忆池宁》在《温州晚报》副刊发表后，范先生开始与我通信，并陆续寄来《茅盾的爱与憎》《茅盾与胡风》《忆茅盾》《听茅盾谈儿时作文》《茅盾的声音》《四十九年前的新春随笔组稿》《茅盾的信》等手稿，这些作品都在晚报副刊上陆续刊出了，并受到温州读者的欢迎。由于范先生在中国文学界与出版界的威望，一些温州读者甚至怀疑这些文章是不是从其他报刊转载的，因为《温州晚报》作为一家地方报纸，似乎不可能约到这样一位大家的文章，因此来电来信问讯，我也只能一一解释，而内心更是对范先生肃然起敬。因为，事实上这些文章都是范先生给《温州晚报》首发的，我至今仍记得他那工整而略显颤抖的笔迹。只有当《温州晚报》副刊由于篇幅的原因不能刊发而退还后，他才会发给其他报刊，比如上海《文汇报》、香港《文汇报》等发表，可见范先生是一位认真负责的老人，并且坚守职业道德。而且在他的眼中，地方报刊与国家级或其他大报刊没有区别。

这些文章后来都收录在《文海硝烟》一书中。范泉先生每寄来新稿，必附上短信，非常认真。我当时并不知道他身罹癌症，在病痛中艰难执笔，只以为那略微颤抖的笔迹是因为年迈的缘故。他还寄来了几篇关于茅盾的手稿，因为限于晚报短小的篇幅而未刊发，被编辑退了回去，如今想来真是甚为遗憾。当时为了照顾老人年迈行动不便，在老人的文章见报以后奉寄样报的同时，直接将稿酬塞进信封寄去，以免先生来回邮局领取，这些稿酬都是我们自己先垫付的。1998 年 9 月，范泉先生寄来《文海硝烟》，他在信中说："寄奉拙著《文海硝烟》一书。这是我的第五个散文集。其中有些文章的局部节段，曾在尊编发表过，有些文章如《茅盾的少作》等被退回。此书第四辑内的文章尚未发表过，如尊编愿意节录刊用，也很欢迎。请尊裁。"

范泉一生写了大量散文随笔，20 世纪 40 年代就出版过散文集，有《绿的北国》《记台湾的愤怒》《创世纪》《翻身的日子》四种，因此他在这里将《文海硝烟》称作自己的第五本散文集。此后还出了一本散文集《遥念台湾》。

范泉先生是个多产作家，在 20 世纪三四十年代出版的，还有小说集《浪花》，论著《西洋近代文艺思潮讲话》《文学源流》《创作论》，童话集《幸福岛》《哈巴国》以及译著〔日〕小田岳夫《鲁迅传》《鲁宾逊漂流记》等 30 多部。1993 年，范泉主编的《中国现代文学社团流派词典》由江苏文艺出版社出版。1996 年他主编的 2000 万字、30 分册的皇皇巨著《中国近代文学大系》出版，1997 年 9 月，该书赢得国家图书奖最高荣誉奖。他和许多学界名流曾结下深厚的友情，在复出后写下了大量的文学回忆录，这些回忆，都是珍贵的新文化史料。2004 年，在范泉先生去世四年后，《开卷文丛》第三辑收录范泉的又一本散文集《斯缘难忘》，这本《斯缘难忘》并非他的散文的选本，它所收录的作品大部分是集外佚文，由钦鸿编辑，可以算作范先生的第七本散文集了。

范泉先生的一生都在默默无闻中辛勤地从事着为他人做嫁衣的编辑工作，他自我奉献的高尚精神，是值得我们这些正同样从事编辑工作的后人学习的。

林斤澜先生的困惑

手头刚好有一本《林斤澜小说经典》，人民文学出版社刚出炉的，还热着。我翻开读作为代序的《小车不倒只管推》，发现林斤澜先生开篇便是"困惑"：

文学是什么？不过是"写什么""怎么写"。
……
"我看了你几篇东西，不大懂。总要先叫人懂才好吧。"
我随口答道：
"自己也不大懂，怎么好叫人懂。"
"自己也不懂，写它干什么！"
"自己也懂了，写它干什么！"

我随手抄录下来，是想说，林斤澜先生的困惑，不是一时的，而是他思索了一生的。是因为他曾经不止一次地对我说过。是因为他的困惑，是真正关系着文学，甚至所有的艺术的困惑。

2005 年 11 月 20 日，我跑到北京。没有别的事情，就是想去看望林斤澜先生。下午大约 4 点，在西便门找到林老的住处，推门，看见林老正坐在沙发上等我，夕阳刚好照到他的肩膀，留下一幅剪影般的画面，雪白的头发，映出岁月的沧桑。在我的印象里，林老似乎从来没有愁苦的样子，他乐呵呵的笑，是出了名的。但他对我说，他很是困惑。

"我的东西，人家都说，看不大懂，难懂。"

这恐怕是林老一生中唯一的困惑了。林老是何等的智者，他洞悉人世，即便是在革命的年代，抑或黑暗的浩劫中，他都不曾这样困惑。我们小辈，私底下戏说，林老的名字，若倒过来念，便是蓝精灵，他是成了精了。林老都是淡然的一笑，是深藏着。人们甚至早已经忘了，他还曾是红军队伍里的，还曾是新四军呢。人说他世故，他说这是涵养。这当然是涵养。

但林老说了，他颇困惑。

这 50 年来，谁曾真正认识艺术，又谁曾真正懂得"世故"？你又怎去迎合他们？

林老终于说，艺术的最高境界，恐怕就是抽象了。比如艺术的永恒主题，不外乎生与死、爱情。人为什么活，谁都说不清楚。但人总要问一个为什么？然而这个为了什么，答案往往是功利的，或者说是社会性的，却离本质很远，是不真实的。

看来，其实林老心中并不困惑。那么，他的困惑，大约是，为什么人们却老是纠缠这样的问题，懂，或不懂，对艺术，真那么重要么？

我说，你不妨试试，放下这些困惑，也抽象一回。我是初生牛犊，后来想一想，这哪是我能够建议的？

林老说，其实沈从文先生，还有汪曾祺先生，也曾有一试的念头，但他们都是脚踩两只船，既要审美情感，又要社会效果。所以，在艺术的道路上都没有走到抽象的终点，或极致。林先生眯起眼，抬头思索，说："这社会效果是什么呢？这大约是中国文人自古的困惑——文以载道。""但艺术，就要做到极致。"林老说。

有幸与林老结识那年，我虚龄 27，林老恰好 72 岁。林老回家乡，我们在温州将军桥下喝酒，林老精神很好，又喝不醉，而我，早已经颠三倒四。林老哈哈笑，乡音不改，说，差粒米，稻桶恁大。从此叫我记住了。如今林老 83 岁，我差一岁就 38 了，林老喝酒，照样纹丝不动，而我却毫无长进。说起来还是那句话，差粒米，稻桶恁大呢。

林老爱收藏，而收藏的，都是酒瓶子，各种各样。在林老家里，我看到摆了满满一柜子，也没有什么名贵的，但柔和的线条倒是很像妇人一般美丽。古人有"醇酒妇人"的浪漫兴致，林老一生，醇酒是醇酒，妇人却恐怕只爱一位，就是他的夫人。以前林老每次回温州，都与夫人携手。几年前夫人故去，林老落寞了许多。那些酒瓶子，大约也寄托着林老对美的哀思？

林老对家乡，怀着深情，每每见了家乡的后生都要说起家乡的好。这次，林老又是念叨起家乡了，说，人老了，总是想着回家。多年前他就想在家乡买间屋子，想回来住着。无奈夫人患病而不能成行。如今，他又高龄。林老遗憾地说，医生总是告诫，不许出了北京。爱他的女儿，只有禁锢他远行了。其实早在他 30 多岁的时候，就因为心脏的疾患，医生也告诫，但他不管，我行我素。那时年轻，如今真是岁月不饶人了。但他的心，何曾不惦念着家乡。尤其对家乡的后学者，总是鼓励、帮助、提携，尽其所能。这是我们后辈最不能忘怀的。他几次组织作家们到他的家乡走走，每有赞誉，林老便有了骄傲的神情。他为家乡骄傲。我与绍国在《温州晚报》编辑副刊，林老每有文章，便寄来。他说，别的地方，就算了，但家乡的报纸，总要支持。他还关心我们的工作，甚至相处的好坏。他担心我们在一起，总难免有些不同意见，倘若生出矛盾，一定是他不愿看见的。我们创办《池上楼》的时候，请他帮着请汪曾祺先生题字。林老与汪老是文坛一僧一道，友谊地久天长，汪老当然不会拂了他的拳拳之心，很快就寄来。后来我们又开出《春草池》，请林老题字。但他不答应，说是恐怕字体难看，又有些许顾虑。绍国说他不动，竟叫我打电话。其实，绍国与他是有着深情厚谊的，而我要疏远许多。我对林老只好耍赖，说，要是不题，就从他的手稿中拼凑出来。林老大约怕我真的这样做，只好写了。我出了本《温州记忆》，央他写序，先生二话没说，就写了很长的一篇寄来。这次去京，见了他，林老认真地对我说，你的书，我全给看了，是认真写的。我知道林老并不轻易为人作序，但家乡的后辈，就有了例外的荣幸。

　　那天的阳光真好。北京的晚秋，有一种凄美，那是郁达夫笔下的境界。而我在林老的家里，真是觉着阳光般的温暖。可惜北方的白昼，却是短，很快就暮色四合了。林老要留我吃晚饭，我却不敢。几次去北京，林老都要请吃饭，那是大伙一起去看望他，相聚其乐融融。但我第一次独自看望他，生怕醉了，在北京醺醺夜行。而我，一定是会醉的。我想，倘若这是在家乡，与林老一起，喝一盅，醉了，也是幸福。回去的路上，我在想，不知林老是否还是困惑着。

　　附记：此文最早刊发于《北京晚报》2005年12月或是2006年1月，具体日期我已经忘了。2009年4月11日下午，著名作家林斤澜因心脏和肺衰竭，抢救无效在同仁医院去世，享年85岁。

　　对林斤澜先生的身体健康状况，我是早有耳闻的，他的心脏一直不太好，又是80多岁的老人了。但林先生乐观的笑声，总是让人宽慰的，总觉得这位文学老人还能够活很久，他的内敛而智慧的人生，还没有到安息的时候，因此，当我于当年12日早晨惊闻林斤澜先生已于11日下午去世的噩耗，心中仍不免涌上一阵悲戚。犹记得当年，林先生与我及绍国等几人在温州将军桥附近小排档吃宵夜，欢声笑语，林先生对我说，你今年27岁，我72岁，巧了，哈哈哈。林先生每语毕，都会哈哈一笑，笑声爽朗天真。那是1995年，我虚龄27，他周岁72。那情那景，至今仍历历在目。我很少去看望林先生，但他对我总是很关注，

2005 年我出版散文集《温州记忆》，想来想去觉得，还是请林先生写一篇序言最好，因为他对故乡温州，是满怀了眷恋的，于是将样稿寄去，没想到他很快就寄来前言，标题《无题》，妙趣横生。想他 80 多岁高龄，还这样认真看我那些粗陋的文字，真有些过意不去。

林斤澜先生的一生可谓波澜壮阔，但他从来不向外界吹嘘自己曾经的革命生涯，所以很少人知道他文学之外的经历。他 1923 年 6 月 1 日出生于温州，1937 年追随刘英、粟裕，在粟裕任校长的闽浙抗日干部学校学习，不久转入温台地区的地下斗争。1941 年到重庆，后入国立社会教育学院读书，师从郑君里、焦菊隐、张骏祥、史东山、许幸之、叶浅予等。1946 年到台湾从事地下工作，经历"二二八"事件。每次说起这段早年的经历，林先生都是淡淡一笑。他从 1950 年进北京后，先在北京人艺，次年转入北京市文联。曾出版剧本集《布谷》。此后开始小说创作，出版了《春雷》《山里红》《飞筐》等。《台湾姑娘》是林斤澜的成名作。1962 年北京 3 次召开林斤澜作品讨论会，由老舍主持。冰心曾高度评价林斤澜及其创作。林斤澜著有小说集《满城飞花》《林斤澜小说选》《矮凳桥风情》，文论集《小说说小》，散文集《舞伎》等。

谨以此文作为对他的深切怀念。

一首诗，一座青翠的峰峦

——回忆唐湜先生

著名的九叶派诗人唐湜先生是位很可爱的老人，他老爱戴着一顶黄色的羊毛帽子，蛰居在花柳塘的小河边，驼着苍老的脊背，埋首于杂乱的书堆中，写着他心中澄明的诗篇。

唐湜先生在我最初的印象中是滑稽而好玩的，那时他常到我家里来做客，父亲恭敬地叫他"唐先生"，可是不知为什么，我的祖母却不喜欢他，竟给他取了一个"石鼓墩儿"的名号，因为他那胖乎乎的样子，显得笨拙而有趣。每次他来了，祖母就这样叫他，我们一班孩子就在祖母的身后偷偷地笑。可是唐先生并不生气，对祖母亦很恭谨的样子，笑嘻嘻地一个劲点头。

那时的唐先生大约还在建筑工地拉水泥车干重体力的活吧。苦难总是离不开诗人的命运。记得后来有一次，父亲在饭后说起唐先生的往事，提到有一天唐先生的父亲在家门口看见唐先生满头大汗地拉着运水泥的人力板车，竟在一旁不无嘲弄地说："看吧，这就是我的那个大学生儿子么？"其实那时的唐先生已近中年，早已不是 20 世纪

40 年代初浙大的学生了。他的父亲在 1949 年以前拥有大片的土地，是殷实的地主，可贵的是唐先生不管正经历着怎样的厄运，却从没有放下手中的笔，屠岸先生在《唐湜诗卷》的序言中写道："读唐湜的诗歌著作，总要想起司马迁的话：'昔西伯拘羑里，演《周易》；孔子厄陈、蔡，作《春秋》；屈原放逐，乃著《离骚》；左丘失明，厥有《国语》；孙子膑脚，而注兵法；……此人皆意有所郁结，不得通其道也，故述往事，思来者。'"

是的，不论处于怎样的困境，唐先生都在不停地创作，他的大部分重要作品几乎都是在困境中完成的。抗日战争初期，他凭着诗人的热情，向往光明，化装成国民党军官准备奔赴延安，结果却被人告密，在西安附近被截住而遭逮捕，囚于那里的一个集中营里。1950 年他在北京《戏剧报》工作，沉湎于戏剧中，成为一个出色的戏剧理论家，写下了很多关于戏剧的研究文章，同时他出版的诗歌论集《意度集》得到了包括李广田等理论家和诗人们的赞赏。十年浩劫中，他只能凭沉重的体力劳动来维持一家的生计，即便如此，他的叙事长诗《划手周鹿的爱与死》《海陵王》以及大部分十四行诗、抒情诗集《交错集》等，都是那时写下的，他手抄了好几份分藏于好友的家中，我父亲也为他保存了他的好几份手稿以及很多藏书，在他平反后还给了他。

唐先生爱种花我是早有所闻的，他曾种下上百株多肉类花卉，那开在仙人掌上的花朵五彩缤纷，真美极了。他说花儿能在他精神感到空虚和苦闷的时候，给他以心灵的慰藉。唐老爱听戏，却是我后来才知道的。唐老热爱古典戏曲，尤其是昆剧，20 世纪 50 年代的北京是戏曲繁荣的地方，旧时的戏院，大小剧院，都经常排演节目，唐老说自己每每沉醉其间，乐而忘返。唐老说那时听戏是他的工作，回来还要写评论的。我知道唐老后来结集出版的《民族戏曲散论》是一部颇有影响的著作。他曾经和我说起过他努力在民族戏曲中寻找他所需的诗歌表现形式，描述过 20 世纪 50 年代他在北京工作时的情景。唐老一说起戏曲，有时还会随口哼上几句昆曲，看着他那乐滋滋摇头晃脑的样子，羡慕得我几乎也要上那戏院过它一个瘾，听听那"端的是天凉好个秋"的优美唱腔。唐老说，昆曲是最优美的，无论它的语言还是唱腔。唐老边说着，边从书架上找出那本《民族戏曲散论》，不觉回忆起许多往事。于是我发现，唐老还是个爱怀旧的人，他回忆起在北京与文坛前辈沈从文、钱钟书以及戏曲艺人们的交往情景，那轻轻的叙述滔滔不绝，仿佛往事仍历历在目。

晚年的唐先生健康状况不好，但唐老是乐观的，他总是说，我还有很多文章没有写完。最让他牵肠挂肚的是他的关于九叶诗人的论述。2003 年 11 月，21 世纪中国现代诗歌第二届研讨会暨唐湜诗歌创作座谈会在温州举行，11 月 2 日当晚，温州晚报社为诗人们接风洗尘，我作为联络人之一，去唐老家接他赴宴。唐老问，都有谁来了，我说牛汉、屠岸、吴思敬他们都来了，就等您。唐老颤颤巍巍、摇摇晃晃地站起来，说："都是老朋友，我要去，我要去。"

他的家人害怕他出门不方便，还是制止了他。唐老显得很难受。古人云，有朋自远方来，不亦乐乎。可惜唐先生已垂垂老矣。后来的座谈会他是参加了，聚餐的时候他似乎吃得很有滋味，人们为此而在心中默默庆贺。

唐老早年曾出版过一部长诗《英雄的草原》，那天他从图书馆复印了两份旧版文本，嘱咐我给他裁整齐些。他注视着文本说："这些年轻时的旧作幼稚得很，像儿童诗一样。"说着呵呵地笑起来。他的笑容使我联想起灿烂的阳光、温暖的晚霞。

唐先生的性格是随和的，但谁说诗人不会愤怒呢？每每说到"反右""文化大革命"期间某些身居要职的文人的丑态，他就会横眉竖目，只是当他下结论的时候，却用一种近乎童稚的语气，轻轻地说："他真坏。"让人啼笑皆非。

沧桑的历史到了诗人那里，就变得轻松了，所有的哲理也充满了诗意。这就是我所认识的唐老先生。他的一生亦如一首诗，"一座青翠的峰峦"。

附记：此文初写于1994年，发表于当年1月23日的《温州晚报》。十年后的2004年，应《北京晚报》副刊之约，又进行了修改。当时唐湜先生因为年迈多病而住进医院，我去医院看望他，他嘱托我，文章若在《北京晚报》刊发，希望我能给他一份样报。2005年初，当刊发有这篇文字的《北京晚报》寄到我手里的时候，唐湜先生已经去世了，他没能看到这份报纸，我感到很遗憾。谨以此文，作为对这位童心不泯的诗人的怀念。

杨奔先生和他的《娑婆片》

一

布罗茨基写过这样一句话："艺术不是更好的存在，而是另类的存在；它不是为了逃避现实，而是相反，为了激活现实。"这话是我在轻抚着杨奔先生刚出版的遗著《娑婆片》时想到的，因为这本书的封面，是杨奔先生亲自选的一张日本蓩谷虹儿《坦波林之歌》的插图，这张线条简洁的插图画面，展现的是一个少女因坦波林鼓皮的破裂而掩面哭泣的场景，杨奔先生是要借用这插图来激活他的文字，我却从中看到了杨奔先生高雅脱俗的审美情趣和他的文字中所蕴含的真挚情怀。这幅画面也激活了我的回忆。

杨奔先生在此书的《题记》里写道：

这些小品原系消遣之作。半世纪风云激荡中，它伴我度过忧患余生。未能结集问世，又复敝帚自珍，只好打印数份，分赠相知者留念。后人也未必能读，这只是一厢情愿而已。

春蚕三眠过后，吐丝作茧自缚，否定了自己，最后在沸汤中完成了生的使命，无缘再看到身后是否织成一天云锦。处身于娑婆世界中的我们又何尝两样？"娑婆"为梵语，意谓能忍受烦恼苦毒的众生也。

读此题记，可见作家内心淡淡的忧愁，那是历经人生磨难的一种苍凉，并非如年轻人的"为赋新诗强说愁"。生于1923年的杨先生，早年参加浙南游击队，而一生甘于平淡，在苍南乡间守着诗书，晚年的时光对于他来说就像是一面异常清澈的镜子，而镜子底下却是波澜壮阔的江海。

书的扉页后面，印着杨奔先生抄录这篇题记的手迹。见字如晤，本是客套话，此时却成了我真实的生命体验。我喜欢杨奔先生的字（书法作品），曾在好友哲贵的书房里见过一幅，哲贵将其装裱挂在墙上，让我好生羡慕。我不在乎那些书法家的字，把字练好不是一件难事，如今的书法家整日里对着古人的字帖埋首苦练，只要肯下功夫，头脑灵活，总能到书法协会里混个名堂出来。但有学识、有情怀、有才华的文人字，却是难得的，可以从他的字里看出他的性情、他对人世的理解与关怀。杨奔先生的字就是这样。

但我不认识杨奔先生，不敢冒昧向他要一幅和哲贵兄同样规格的题字，心里想着反正来日方长，总有机会可以去拜访的，却不料再也没有这样的机会。他的这本《娑婆片》打印稿倒是有一份给我，还有他的一些手稿。当年我在《温州晚报》主编文化副刊，是热心的林勇兄推荐了杨先生的这本打印稿，问我能否给刊登几篇？那是大约在1995年间的事了。

我知道杨奔先生，是因为家父收藏有他出版于20世纪40年代的一部诗集《描在星空》，我在上中学时就读过，薄薄的一册，纸张早已脆黄。1950 年他曾是《浙南日报》的副刊编辑，算起来当然也是我的报业前辈了。我略略地浏览了这本《娑婆片》打印稿，立刻就被他散淡的文字和渊博的学识所吸引，当即决定为他开个专栏。那时的晚报总编胡方松先生对我主编副刊是放手支持、任我自由发挥的——那也是初创不久的晚报最辉煌的时期，文化副刊尤其光彩夺目，远在北京、上海等地的老一辈作家，如范泉、新凤霞、汪曾祺、林斤澜、邵燕祥、唐达成等都给我们寄来新作，颇有一时鸿儒齐集之感。

杨奔先生欣然为专栏取名《霜红居夜话》，大约连续刊登了一年多，后来即以此为书名，结集由浙江文艺出版社于 1998 年出版。杨奔先生是严谨的作家，此书的出版，大约只收录了原打印稿的一部分，基本上是刊发在晚报上的，在文字上多有修改。

而这次出版的《娑婆片》，则完全是按照他的原稿印行。掩卷思人，我竟记不起来杨先生是哪一年去世的。在我的记忆里，似乎他是在不久前才离开我们，而直到他去世，我始终未曾与他见上一面，但我又一直很想念这位陌生又熟悉的老人，这在我的人生经验中是绝无仅有的。2019 年 2 月 1 日，苍南林勇兄忽然发来消息说，杨奔先生的这部遗著终于出版了，又勾起我的些许回忆。此时正值戊戌年末，四天后就迎来了己亥新春，而收到此书又是半个月之后了，特询之杨先生的忌日，乃 2003 年 12 月——原来他以 80 岁高龄离开此世也已有 16 年之久矣。

二

小品文的写作，在中国是有着悠久的传统的，从明清到民国，优秀的小品文作家及其作品可以说不胜枚举。在我看来，将杨奔先生列于其中，也是毫不逊色的。杨先生曾经编辑出版有《外国小品精选》及其续集，他对外国尤其欧美的小品文也是颇多借鉴，而他所延续的，则是民国时期林语堂、周作人等一脉相承的风格。今人都读董桥，其书印制精美，胜过他的文字，而在我看来，还不如读这隐居乡野的老作家的作品那样多姿多彩，让人过瘾。

杨奔先生的小品文首先让我钦佩的是他学识的渊博，一篇不到千字的短文里，却纵横古今中外，许多典故竟能涉及古埃及、希腊罗马、中世纪欧洲，乃至唐朝法律、当今美国，读起来完全是作者信手拈来，不假思索的。可是那么多典故，不过就是为了说明文章中的某一个问题，主题鲜明突出，毫不牵强附会。比如他写《女难》，说的是古埃及女王克娄巴特拉，作者不仅对此典故熟稔于心，还旁及中国的妲己、武媚娘等；又比如他写《所罗门指环》，竟可以串联起古波斯王远征希腊、项羽垓下突围、曹操赤壁鏖兵、呵呵大笑而死的程咬金与牛皋，甚至契科夫的小说《我的一生》中的女人写给丈夫的信。这样的小品文，让人不仅可以欣赏他的叙述艺术，还能获得许多历史、文学知识，真是受益匪浅。

读杨先生的小品文，还可以体会到杨先生内心深处的理想主义和浪漫主义情怀，他对人世的理解是满怀了同情与悲悯的。如他写的《劳者之歌》，从欧洲关于穷鞋匠的民间故事展开，写到拉封丹的寓言和唐人韦绚的《刘宾客嘉话录》，来表现劳动者的歌声是多么至诚，但也有被迫唱歌的劳动者之不幸。他在文章的最后说："什么时候，我们能听到由衷的歌声呢？这大概就是一位老诗人对人生的终极关怀和期待吧？"

在语言的叙述艺术上，杨奔先生追求的是一种散淡、随性的风格特点。他的文字总是亲切的，但并不是热情洋溢的那种，而是在亲切中保持着他的距离，也就是一种若即若离的矜持，一种循循善诱的语气，让读者自己来展开想象。他善于使用白描的手法，留下的巨大的空间让读者用自己的情感、想象乃至学识去添补，他的许多话，都是点到为止，让人不禁陷入沉思。

杨奔先生不仅是一位诗人和作家，他也是一位画家，他曾寄赠我一本他的画册，当然那是他自印的，薄薄一本小册子，印制简单，然而画面却十分生动可爱。

苍南是一片奇特的沃土，自古以来这里曾涌现出许多著名的武士、商贾，也涌现出众多的文人。有人说，先知在他的故乡是不受待见的，但苍南却不会，杨奔先生在他的故乡，是有许多追随者、爱戴者的。这次，苍南出版《苍南记忆系列丛书》，将杨奔先生的这部遗著《娑婆片》作为第一部整理出版就是见证。我倒是希望在不久的将来，能给尊敬的杨奔先生出版一套全集，包括他的画集和编辑的一些地方旅游文史资料，若真能实现，不啻"善莫大焉"。

蓝翎先生印象

1

那天的南塘河显得尤其丰满，飘在上面的小舟于是就有了些许诗意。蓝翎先生坐在船中，显得有点沉默，他那朴实的形象，实在不大引人注意。余生也晚，没读过《关于〈红楼梦简论〉及其他》这部曾轰动一时的作品。因而当同在一条舟上的唐达成先生告诉我，坐在我面前的这位老者即蓝翎先生时，我仍如云里雾里一般，不知该从何处与他谈起。

蓝先生平生首次来温州，但他告诉我，他很早就认识温州了，当然都是书上的，比如南戏，比如永嘉杂剧。后来在他的邻居中出现了弹棉花、修鞋的温州人，他们闯荡京城，吃苦耐劳，但很贫穷。当他首次踏上温州的土地时，温州早已今非昔比，弹棉花的温州人进步了，而永嘉杂剧式的温州文化到底发展得怎样呢？他想看看。

蓝先生又对我说："我们是同行。"有点轻描淡写。他曾是人民日报社的编辑，的确是同行，但无疑更是老前辈。他说话的声音颇轻，但思维敏捷，滔滔不绝，说着说着，他会轻声地问，我的话音你听得懂吗？其实他的话语中早已很少有山东口音，我能听得很清楚。

尽管我孤陋寡闻，但在书店里还是曾见过他的一本回忆录《龙卷风》。所以我一回家就忙不迭地去买了一本，如此临时抱佛脚，实在有点惭愧。一夜捧读，方知蓝先生原名杨建中，数十年间的风风雨雨，早已使他心静如止水。当年他和李希凡合著《关于〈红楼梦简论〉及其他》，曾引起一场不小的风波，不管在以后的岁月里，由于历史的原因而恩怨荣辱无常，终归是陈年旧事，如今，他只想写些心里想写的，说些心里想说的。当一个人心平如镜时，是最富于理性的。在蓝翎先生的身上，我感受到了这种理性的温情。

我的朋友程绍国

　　程绍国曾经给我看过一篇《开始膘胖》的散文，写得有趣，生活的感慨尽在那因为膘胖而显得慵懒的目光里显现着。我当即将它编发在我主编的《温州晚报》副刊上。那时的程绍国真的开始膘胖，圆鼓鼓的脸蛋泛着酒足的红晕，眼睛细眯着，满是笑意。不，以前的程绍国不是这样的，他精瘦，不大会喝酒，目光炯炯，一心只写着小说，愤世嫉俗的样子。我就是这样认识程绍国的，那时候我还在温州瓯海区文化馆工作，编一本内部交流的文学杂志。程绍国在瓯海中学任教师，又是瓯海区作家协会的头头之一，我编的杂志当然不能没有他的东西。他就送来一个短篇：《逝者如斯》。而我做事，一向满不在乎，态度大约是轻慢的。我发现程绍国目光睥睨，将稿子一放，转身走了。那天，我倒是认真读了他的这个小说，然后以不以为然的态度骑上自行车送去印刷厂。但，我与他的缘分，便从这里开始了。我们成为经常聚在一起的朋友。有一天，他告诉我，《中国作家》刊发了这篇小说了，还获得了"1991—1993 年度优秀短篇小说奖"。但我不认为这是他最好的作品。我的心中总是有所期待，哪一天他一定会让我吃一惊，让我的心怦然一动。因为他写小说很是用功，挖掘总是深，空白又留得大，感悟是深刻的，而尤其是人物的刻画，竟是你意外的发现一样。他的语言像鼓声一样，在空中跳荡，然后击中你的胸口，然后落在你的心田，然后又悄悄地在你的灵魂深处浮沉着，慢悠悠地化开，像一朵云。

有一段时间，程绍国不见了。那时他已经调入温州晚报社，就在我负责的部门里编副刊。那时我刚好出门远游，四个月后才回来，他去机场接我，在人群中叫我名字，我看见他，真的，才四个月呢，他竟膘胖，又胖了，我几乎认不出来。我们就在一起工作，关系又进了一层。但那年我竟很少看见他，他编好版面就不见了。一问，在写小说呢，是个长篇。到现在我还是认为，其实程绍国的小说写得最好的还是他的这部长篇《九间的歌》。这部小说几乎倾注了他对童年和故乡的所有的情感，笔触所及，是人性的告白，是生命的无奈，茫然的目光中充满了人世的怜悯。他的胸中有博大的怀抱，所以我总觉得，他的短篇小说不够容纳。他的湖是深的，但还要大而无边，才算风景。他在他的长篇中是否完成了这样的风景呢，我想大约是有的，起码是有了这样的规划，毕竟，那才只有一部，应该还有第二部、第三部吧。他写完最后一章，放下笔，与我出门远行。我们一起游历了孔府、泰山、明孝陵与瘦西湖，他的心情愉悦，而我，就这样成了他这小说的第一个读者。

程绍国是越发膘胖了，于是越发地显得慵倦的样子，走路如同坦克，笑眯眯，少了愤怒，多了宽容。《九间的歌》出版了，他亦无所事事一般，问我，现在该做什么呢？
他比我年长10岁，但他喜欢我的建议。我说，不如写写散
文吧。他的目光不再睥睨，而是笑一笑。我知道他心里对
散文有些不屑，认为那不算艺术，不够艺术，只是基本功。
但这基本功到了有艺术的人的手里是一样能捏出艺术来的，
就像程绍国这样的写手，绝对行。其实那时他就写了很多
散文，比起他的短篇小说来，倒更叫我爱读。他写他的叔父，
写乡吃，写故乡的双溪，真是美文。汪曾祺、林斤澜主编
的《国风文丛·杂花生树》便收入了他的《乡吃》与《双溪》，
与包天笑、鲁迅、周作人等人的文章在一起。林斤澜说，
有沈从文在那里，《双溪》恐怕比不过，但《乡吃》是绝
对好的。林斤澜先生不仅是小说大家，他的散文也是诡奇
曲折、令人叹服的，他的眼光一定不错。程绍国心仪林先生，
他对林先生的敬爱似乎也不仅止于师生，那是真正发自肺
腑的。于是他发愤，为林先生写传记，其中之一部分《文
坛双璧》，在2005年第一期的《当代》上发表，引起了文
坛很大的兴趣与关注，多家媒体竞相转载，着实叫程绍国
风光了一阵。其实林先生对程绍国的作品的褒扬，也不是
出于长辈的偏爱，他是真正看到了他的优秀。但林先生常
常遗憾，批评他的懒惰。他的批评更是不错的，程绍国远
不是勤奋的多产的作家，他玩乐多于探索，爱麻将更甚于
爱小说，世俗的诱惑往往埋没了艺术的执着，所以他竟然
真的就美滋滋地发胖起来。但他的思索却不会因此而停滞，
一旦他坐下来，一旦他开始要用文字表现那纷繁的人生，

便有了深刻的刻画与抒发，于是便再现了他精瘦的一面。我乐于看见他发福的样子，那是生活的惬意或安逸；我更乐于见他精瘦的样子，那是他人生的本色或艺术的爱情。如果说程绍国的小说就像一盘麻将，变化多端而输赢难定，那么你就看一看他从前的样子，精瘦执着，痴迷不悔；而现实生活中的程绍国，那真是一篇不错的散文，就像他现在的样子，膘胖而红光满面，手中的一张牌还没有打出来，举在半空，嘴里怪叫："听叫！"叫得人心慌。

殇德吾

2010 年 7 月的最后几天，浙南的天空在太阳风暴下尤其闷热。一位见过德吾的朋友在一个阴郁的早上忽然问我，那个在车祸中罹难的人，可是诗人德吾否？我知道两天前有一辆从闽北急驰而来的大巴，在快要抵达浙南的时候忽然在高速路上跌倒翻滚，车上七人遇难，其中有一人从车窗弹出，被其后飞驰而来的大货车拦腰碾过……这是一个悲惨的事故，但我怎知，那飞出车外的，就是诗人德吾？我惊诧地站在那里，深深怀疑那位只与德吾见过一面的朋友的消息。但是紧接着，便有不断传来的信息，证实了诗人德吾在回家的路上遇难的噩耗！

德吾住在苍南。从闽北到浙南，到处是高山峻岭，山路曲折蜿蜒。德吾就快到家了，却在这蜿蜒的山路上飞向了天堂……德吾何曾离开过他的家，他把自己所有的热烈的情感，都奉献给了他的家乡，正如他在一首诗中所写：

你跨过篱笆墙
看望果实

出远门

你带回的布料

让老农

深深落泪

你说，总有村姑

从歌中飘出

随便到哪家

都有米酒迎你

天堂就在附近

——《绿月·刘德吾及其他》

　　德吾住在苍南。德吾从来没有想过离开他的家乡。就是到温州城里，他也是匆匆而来匆匆而去，短暂的停留只是因为一个会议，一次关于诗歌的讨论，或者为了苍南的年轻的诗人们的活动。哪怕是酒桌上的文人们的聚会，德吾也总是坐一坐就告辞，微笑，沉默，克制，举杯喝一小口（其实他海量），身影便已消失在城市的灯红酒绿之中，向着黑夜，向着他的乡野，向着他在苍南的家，匆匆而去——他总是匆匆地走进大山之中，无论夜有多深，山有多高，他也要回去。

　　德吾住在苍南。德吾是中国的一位优秀的乡土诗人，因为他坚守在他的乡村，他的诗，都是向着家乡而歌，老农、村姑、渔夫、石匠，他歌咏的爱情，也是乡野的，朴实、热情、真诚。他的村庄在月亮上：

孩子，爸爸要把你
送到乡下
……
到了乡下
会有一位老婆婆把你看了又看
她是你奶奶
竹林里有一座旧房子
那是老家。上路吧

————《月亮上的村庄·乡下天堂》

　　正如德吾在《月亮上的村庄》这本诗集的代后记《行进着的乡村行进着的诗》一文中所写："乡村并没有指出诗的活泼或沉寂。实际上乡村是乡村，诗是诗。不错，乡村是不知源头在哪朵云的水、蓬勃的大树、寻找异性的公鸡、鸟声和睡得太迟的风，使我一下子就陷进古老的歌谣。"德吾就是这样的一位乡土诗人，甘于寂寞，克制、淡泊，而内心，却燃烧着烈火、奔放、旷达。正如他大多数时间沉默的个性，虽海量却因身体原因不得不总是小口喝酒，矜持又不失热情。

　　记得认识德吾是在1991年。那时我在瓯海县文化馆工作，去苍南开会时见到他。回到温州后，即收到德吾寄来他新出版的第一本诗集《白鹭鸟》，哈尔滨出版社 1991 年出版，金黄色的封面，薄薄的一册，扉页有他一张年轻的照片，留着中长发，一副宽边眼镜，瘦小的身子，典型的江南才子模样。

后来见面的机会就多起来，大多数是他来温州，或开会或访友，但大多数是匆匆见一面，或在市文联，或在某酒店，他总是热情地握手，颇有多年后重逢般的喜悦，好像这一面之后，又将天各一方似的，可是，又大多数是相视一笑后的沉默，千言万语都化在了热情的眼神之中，所有的话语都是多余的。其实，从温州到苍南，我们相隔仅仅不到 100 千米，却又似乎咫尺天涯，但我们的心灵，却是相近的。偶尔，他会打来一个电话，托付某一件小事，大多是公事，不需要寒暄，不需要客套，吩咐便是，事后却又再三感谢，这是符合德吾的个性的。他本有一颗诗人的赤忱之心，自由的灵魂翱翔于大海蓝天；但，诗人也要为稻粱谋，为琐事，也不得不低下诗人高傲的头颅。他有火的热情，也有理性的澄明。我深深地理解德吾，却不知德吾可曾会心否？而今，我又何处可知？

沉默的诗人的灵魂，是终获得永远的自由了，可是，这自由的代价又是何等的沉痛与悲凉。

安息吧，德吾兄！让我为你吟诵英国 18 世纪诗人托马斯·格雷（1716—1771）《墓畔哀歌》中的诗句——这些来自遥远国度的诗句，来为你高贵的灵魂送行：

这里边，高枕地膝，是一位青年，
生平从不曾受知于"富贵"和"名声"；
"知识"可没轻视他出身的微贱，
"清愁"把他标出来认作宠幸。

他生性真挚，最乐于慷慨施惠，
上苍也给了他同样慷慨的报酬：
他给了"坎坷"全部的所有，一滴泪；
从上苍全得了所求，一位朋友。

别再想法子表彰他的功绩，
也别再把他的弱点翻出了暗窖
（他们同样在颤抖的希望中休息）。
那就是他的天父和上帝的怀抱。

（卞之琳译）

王学钊先生的杨梅

杨梅熟的时节就要下雨，大约每年都如此。梅雨很细，很润，也很透，像裹着轻纱的美人，像美人闺房里的窗帘，像窗帘外的那扇玻璃返照中的裸女。走在梅雨之中，就有一种很愉悦的感觉，这感觉是那样的丰盛，就像盘中红红的杨梅。

茶山的杨梅是颇有名气的，在江南，大约数茶山的杨梅最红，而且甜。这是王学钊先生告诉我的。王先生土生土长于茶山。他虽于国画之道颇有造诣，然一介布衣，也难如闲云野鹤似的自由自在。他一生清贫，其貌不扬，但一旦付诸丹青，则山水显灵，笔墨之间，可见赤子之心，忠义之德。我相信王先生是最懂得杨梅的，但我不知道他为何独不画杨梅。我猜想，爱得越深越无以名状，这是真的。

每到杨梅熟时，于梅雨的细润之中，我必往茶山镇，不为茶山的实际寺，不为茶山的秀丽风光，其实也不为杨梅，只为在这最热闹的时光，造访王先生的画室。

一路寻来，在奇石楼下，高喊一声："王先生。"便有一串的回应，一串欢快的脚步声。

拥一壶上好白酒，目睹着一盘丰盛的杨梅，王先生会另捧一手花生，便在海阔天空之中领悟着人间最淡泊的热情。

在人们的印象中，茶山人几乎家家种植杨梅树。我不知他家有没有自留地，但我知道，王先生家没有种杨梅。我去造访时，他就到镇上买来大筐杨梅，以不辱茶山人好客之名，这总使我过意不去。但主人的欢乐，使你不得不放弃愚蠢的念头。窗外是一片喧闹，梅雨使乡村的街道更加泥泞。而王先生的奇石楼中，以杨梅下酒，醉得你几乎不思归去。若陶渊明在此，大约也不会再梦想桃花源的所在了。但这里绝不是桃花源，只有王先生笔下的山水和盆中的杨梅。

王先生的生计是油漆，众多寺庙的神像，也均出自他之手。而神却不见得喜爱他，因为他似乎与人间所谓的好运从不结缘，坎坷一生，回味起来，亦如杨梅的红汁一般，酸甜只有自知。

每当杨梅熟时，便开窗迎候那细细的梅雨，我心知，又该去看看王先生了。

认识相国

认识相国有 20 多年了。20 多年前的相国老是在我家门口打网球。看着他们很勤劳地在地上划界线，我就觉得很好笑。那时温州几乎没有网球场，但我想，没有球场你中间拉条网就是了，何必画线呢？还真比赛啊？都是业余的业余球手，最多算是爱好者，打球的目的应该是锻炼身体，那就随便打啊，干吗那么认真。我不看他们打球，我只管练我的武术。那时我基本上看不上打球的。但他们就在我家门口打球，时间长了也就面熟了，我发现相国的对手老是把球打飞了，相国就老是要跑去捡球，看他跑来跑去的样子，黑黑瘦瘦，很结实，觉得也像个运动员，于是偶尔也看他们一眼，发现相国打得倒也不错的样子。

相国认识我父亲，他的球经常飞到我家门口，都是相国跑来捡，在门口见到我父亲，就叫一声老师。父亲对我说，相国写小说。我一听又想笑，写小说的整天泡在这片空地上打球，那还能写出什么小说来？相国比我年长，那时我也写小说，气焰嚣张，但基本上没有发表过。而那时相国已经在很多杂志上发表小说了，只是我不知道。

过了几年，我和相国坐到了一起。坐到一起不是表示我写小说可以与他平起平坐了，而是我们都考进了同一个单位，是一家媒体。我们差点就成了同事，我们一起被培训了一个星期。这一个星期对相国来说很失望。当时他在电业局三电办工作，那时的三电办很吃香，许多家庭作坊、小型加工场用电都求着他们，他们有个威风的绰号叫"电老虎"，他们要去把哪家的电闸拉掉，哪家就要哭丧着脸，很悲伤地请求"老虎"给点机会。那时相国大约觉得媒体是与文字打交道的，毕竟与他写小说的内心很接近，他大约觉得自己很不适合当"老虎"，所以就考进来了。没想到这是一家刚创办的媒体，前景暗淡，工作压力很大，待遇也很低。于是一星期后，到了正式上班的时候，相国却不见了。但这不妨碍我与相国交上好朋友，我们常常聚在一起。

与相国聚在一起以后我发现，相国根本就不是"老虎"，而是小猫，他的内心是温和的，是真诚的，是热情的。他说他当"电老虎"的时候，基本上没有拉过人家的电闸，所以他交了很多朋友。那些家庭作坊或小型加工场的主人，后来很多都成了大型企业主，他们对相国都很客气，都很友善。相国又是很热情帮助别人的人，我有事，就总是厚着脸皮找他，连买个灯具什么的也找他，他都会帮我一起跑去买。其实我心里很是感动的，但不知道他知不知道我的感动，因为我总是轻易就向他求助，而且好像他就得帮我一样。

与相国聚在一起以后我就发现，原先他在我家门口打网球的时候我为什么老是要笑。原因找到了，就是相国浑身都是幽默。无论市井小事，还是天下大事，他都非常乐于了解，并且都能化为幽默小故事。每当大家一起喝酒，他卖弄一两个，就足以让大家笑半天了。但他的笑话又总是有漏洞，往往会被人轻易抓住，不能自圆其说，那就更好笑了。

相国向来不修边幅，夏天爱穿一双拖鞋，裤脚撸到膝盖上，就这样招摇过市的，好像刚种过田进得城来，大声地说着漏洞百出的笑话。如果有人在这种情况下介绍说，这是某某作家，人家一定还以为在开玩笑。但，他可真是一位作家。他的小说大部分就是在这种不修边幅的闲谈中展开的，但字里行间却暗藏机锋，并不像他平常脱口而出的让人不值一驳的笑话，而有随机应变的精彩一面。我读过他后来出版的短篇小说集《倒立》，也读过他的长篇小说《巷弄夹儿里的天空》，毫无疑问的是，在刻画小人物方面，相国总有他独具一格的手段。中国小说好像得益于传奇或说书之类，过去属于闲书，不入象牙之塔。这对相国来说，是刚好。相国的小说是写给读小说的人们看的，他不会故弄玄虚地弄晕读者，因此他的小说的品质是平凡的，很容易被大众读明白，没必要作高深的解析。要是在平时的闲聊，也许有人会认为是贫嘴，但到了他的小说里，却是有趣的描绘，使读者在他平易近人的叙述中随之而忧喜。他的小说，关注平民生活形态，像《黑巷》中的阿慧姐妹、《输者》中的波儿，这些都是再平凡不过的小人物，所发生的事件也是平凡的，虽有出格的地方，却不惊人，但引人入胜。其特点在于作者出奇的联想。他的比喻有时是毫无缘故的，但可爱、可笑又可怜，这是他机智的笔锋给予读者的。他的人物或事件也因此有了可回味之处，悲哀中有无奈的笑脸，泪光中有稍许的欣慰。当今的小说，沉重有余，而像相国那样从容轻松的好像不多。所以他的《倒立》，是足可以独当一面了。相国写小说是认真的，这与他的性格并不矛盾。这可以从他爱种花写花的系列活动中看出。

相国在家里种了许多花草，他对花草的精通，大约不亚于小说创作。我有时遇见不认识的花草，或有什么疑问，一个电话，问他就是了，他可以说是这方面的活字典。我常常好奇的是，这样一个随便的男人，面对奇花异草竟有备至的爱护。像他这种人是不能跟他较劲的。他爱打网球，好像很贵族，可不管怎样，他黑黑的脸膛、他的一举一动，仍停留在平民阶层。这不是一种尴尬，却为他提供了独特的视角。他有一份只能与基层打交道的工作，因此其社会关系特别"芜杂"。他的脚底板像抹了万能胶，拔不出来了。他站在那里，而他的思想却可以到处飞扬。

我可以想象他撂着裤脚写小说的模样。

吴佐仁先生及其书画

　　认识吴佐仁先生已将近 20 年了，那时我年少轻狂，在报刊上发表了几篇文章，便自视甚高，往往目中无人，但吴佐仁先生却不以为忤，对我多有赞美鼓励。现在想来，事实上他是在循循善诱地引导我，而并不将年轻人的无知狂傲视为拂逆，或打击或厌恶。那时的吴先生早已过了不惑之年，年长我四分之一世纪，却将我引为同道，对我如同知己一般推心置腹，亦师亦友。

　　那时吴佐仁先生住在梧田假山巷中，曲径通幽，有着宁静致远的情趣。我每每于午后骑车穿过南塘长街，沿着碧波涟涟的南塘河，往水乡梧田而去，为的是拜访吴佐仁先生。到门前高呼一声，便听得吴先生匆匆下楼的脚步。我对吴先生，从无忌讳，往往胡言乱语，一聊就是一下午，到晚餐的时间，也还没有走的意思。吴师母早已在餐桌上放好烫酒，端上热菜，准备好我的筷子了。吴先生爱酒，但我从没有见他醉过，他总是从容不迫，总是兴致勃勃，总是快乐幽默。而我往往贪杯，一边说着做人要有一醉方休的豪情，一边已经醺醺然不知所云，歪倒在他家的藤椅上起不来，也不知给吴先生添了多少麻烦，浪费了他多少时间。

那时吴先生在瓯海区担任文联秘书长。我对他之前的生活并不了解，只知道之前的吴先生似乎没有工作，营生的手段大约是油漆、裱画等，是一位敬业的工匠。他也没有学历，在"文化大革命"的疯狂动荡岁月，在生计困苦的农村，他却埋首于书画，乐在其中。前些日子我在他即将出版的一本书法集中，读到他的前言，才稍稍了解到他的学艺渊源。他写道："13岁受黄悦钦、叶式壮两先生启蒙，学书习画。20岁未立业而家已成，生计困苦，幸有内子辛劳，友朋相助，方可于困顿之余寄情笔墨，聊以自娱。而立年后，生活稍安，友人荐我入松台山馆，受业于王敬身门下学习诗文，又蒙先生垂爱，荐于馀晖阁，得识铁生先生。数次禀明拜师之意，一直未得允，十数载先生于我作友朋交，我对先生执弟子礼。先生80始允我拜侍左右，并告诫曰：'师我心可，师我法亦可，但你不可师我迹，必自行其道为是！'先师坦荡如斯，余当铭心！嗟乎！敬逊、铁生二师均已仙逝，求索之途漫漫而少有所得。幸者，诸道友才高学博，可解我困学之憾，于心亦可稍安矣！"

吴先生在区文联任上的时候，我也正在瓯海工作，混迹于瓯海文化界，才得以认识吴先生。我那时对书画并无知识，更遑论欣赏，总是将他们的作品用俚语方言称之，呼为"画人儿"。吴先生那时还兼区美协主席，常常要组织一些作品下乡展览，而我常常会指着展览中的作品对吴先生说："这张人儿好看，那张丑死了。"我是凭着外行人看热闹的劲儿，以最简单的美丑为标准，品头论足，煞有介事的样子。此前我向来对书法持有异议，否认其艺术的高度，认为那只是写字，有的人写得好些而已。我想古人都是用毛笔写字，写多了也就写顺了。比如苏东坡，以前他随便写写的字，现今都成了人们学习的帖子了。现在的人不用毛笔写字了，能使用毛笔也就成为一种了不起的本领。这些话我是乱说，其实是看不惯有些写字的人，多的是将写字练顺了，有法可依，有宗可寻，便自以为高明了，自以为了不起了。其实字迹反映心迹，只有内心世界灵秀纯净的人，才能写出真正的好字，才能让人赏心悦目，才能让人心灵感动，正所谓钟繇说的："笔迹者，界也，流美者，人也。"而吴先生对我的胡言乱语居然不介意，甚至觉得有几分道理。这使我终于对书画艺术也有了几分兴趣，觉得这样乱说有些对不住了，悄悄读了几本关于书画的理论著作，也开始关注书法。那时的瓯海区书法家协会主席是吴明哲先生，他与吴佐仁先生是少年至交，相互切磋，多有心得，对我亦十分厚爱，我就向他请教。在家临帖，有时也拿去给吴佐仁先生看，他很认真地讲解，但说的都不是书法本身，我知道他是希望我能通过对世界、对社会、对历史、对自然的认识，来感受书法，体会其艺术。所谓"功夫在诗外"，大约就是这道理。两位吴先生都不强调规矩法度，都不泥古守旧。但他们都自有法度。我有时临帖不老实，自由发挥一下，他们竟能立刻看出来，可见他们对碑帖的熟悉。但他们少有批评，而且多是表示欣赏。可惜的是我没有坚持多久，也没有想成为书法家的志气，很快就放弃了书法练习。但这一段时间的练习对我来说还是很重要的，起码让我对书法有了了解、认识与体会。

古人的书法，对我来说只有敬畏，而现代书法，我服膺的却不多，大约李叔同算一个。但吴先生的书法，我还是非常喜欢的。就书法而言，商卜周金、秦篆汉隶、魏碑晋帖、摩崖刻石、简帛陶砖、经书尺牍以及历代书法名家之杰作，无不闪烁着智慧之光，他数十年研习它们，取其精华，肯定花了不少力气。从他融会贯通、左右逢源的运笔中可以看出他的功底。但他不模仿古人，注重取舍的度量，从而实现自我的个性张扬。1994年吴佐仁先生曾出版书法集《一沙书法》，从中可以看出那种原始的自然状态和精神的自由，挣脱世俗的纠葛，有着明显的反功利倾向。他的笔势任侠使气、变幻莫测、直抒胸臆、尽情纵横，有着自我觉醒的憧憬，而继承了魏晋时代最高的艺术理想。他在梧田小镇的塘河边安静地念诵《摩诃般若波罗蜜多心经》，沐浴着宗教精神普度众生的阳光，又在中国道家天人合一的精神指引下，转动着互相矛盾的圆周的磨石，构思着艺术的无限梦想。这种精神之动犹如不可目睹的风，却有着无穷的力量，改变着世间万物，也推动着人的变化。他的书法艺术可以说是无形的，这种无形是对禅宗之"无"的最真实的体现——不执着于理，也不执着于法，心无挂碍，随心所欲地表现自我，其书法天然真率、浑朴清和，时有神遇迹化之作。因而他的作品没有一种固定的面目，有时缥缈恬静如闲云野鹤，有时蓬头垢面如愚人鲁夫，有时宽衣松带如乡郊散步，有时紧锣密鼓如暴风骤雨，有时庄严肃穆，有时戏谑诙谐。

就国画而言，数十年的研习中国传统书画，吴佐仁先生的领悟却常常超越传统准则，甚至有意触犯它的忌讳之处。这并非哗众取宠之举，而实在是一种精神的突围。以他的 15 年前的《梅花图》为例，画面构图简洁，两条几乎平行于画面的梅枝，两朵花一个苞静静地立在枝头，却无处不流露出生命运动的韵律；一轮巨大的圆月倒影在涟涟的水波中，充满了原始的自然与灵魂的禅意，简练的线条、素淡的笔墨，显示了他独具匠心的功力。山水画是吴先生擅长的，受北宋以来的传统影响颇深，但又总有他突破的地方，而气势宏伟，意境幽远。

这十余年来，生活工作两茫茫，也很少遇见吴先生。近日忽想念起他来，拨打他十年前留给我的手机号码，竟然接通。再去拜访，吴先生已经拥有一间属于自己的"大雅堂"，堂中悬挂的大多是他近年来的作品，欣赏之余发现，其面目早已焕然一新，更见精进的功力，让人惊叹了。

吴佐仁先生字一沙，而他的书画艺术似乎也正应验了 18 世纪有先知之誉的英国诗人布莱克的一句诗："一沙一世界"。

诗人之心永在

——纪念诗人李岂林先生

岂林先生去世，忽忽竟已 20 余年。时光倏忽而逝，多年来我常想，若是岂林先生尚在，以岂林先生当年的影响，不知温州诗坛又会有怎样的热闹。他的不甘"寂寞与无为"的积极人生态度，决定了他奋斗不息的状态必将一直保留到生命的最后一刻——那令人悲伤的一刻，在 20 年前戛然而止。

1994 年的那一天，在他的葬礼结束后，抬眼望见火葬场的烟囱上升起的那缕青烟，我对身边的绍国兄说：你看，岂林先生的灵魂升到天堂上了，愿他在天国无需为命运抗争，而终获永恒的安息吧。

诗人李岂林，我习惯于叫他"岂林先生"，因为他不仅是家父的诗友，又是我在瓯海县的同事，既是我的文学导师，又是充满豪情的酒友（从前我是喜欢喝酒的）。因此而有亲切的"岂林先生"，对于他来说，亦是快乐的称呼，因为我们一起，更多的时光是喝酒聊天。记得印象最深刻的一次是在水心街边的大排档上，岂林先生、绍国与我三个人要了一箱啤酒，就着一只火锅涮羊肉。我们只管埋头苦吃，仰脖子灌酒，说的话早已忘到九霄云外了，大约也就是女性之美、人的欲望与文学的动机。但记得酒酣耳热之际，岂林先生伸出右手，屈指成虎爪模样，放在绍国兄的膝盖上，说："我只要一用力，你的膝盖骨就碎了。"我清楚地记得他说那话的情景，两眼中顿起荆轲刺秦般的杀心，满脸却是醉意朦胧中泛起的红光。绍国兄配合着做出不寒而栗的神情，让人忍俊不禁。

其实，岂林先生并非是以幽默旷达处世的人，他的虎爪源于自幼习武的经历，而这经历是充满了艰辛与苦难的。他出生在永嘉场贫困的农民之家，又生不逢时，少时先生营养不良，瘦弱不堪，所幸温州民风尚武，他得以在乡间拜师习武以健身。及至成年，岂林先生以值夜仓库谋生，每入夜，月黑风高，无边的寂静裹着沉沉的恐惧，弥漫在空荡荡的院子里，他唯以舞棍壮胆。因此，他曾对我说，在他的青年时代，以棍术最为擅长。他常向我展示自己健壮的肌肉，以他当年 50 多岁的年纪，也让 20 多岁的我羡慕不已。可惜，没过多久，他竟不敌病魔而逝。

岂林先生与我相处大约也就三四年的光景，却建立了深厚的感情，这完全是因为他的一颗赤诚的诗人之心。在他以诗闻名的 20 世纪 80 年代，我尚在少年求学阶段，只从家父的闲聊中知道有这么一位自学成才的诗人鹤立鸡群。及至 1990 年我在瓯海文化馆工作后，才真正认识了岂林先生，知道他曾以油漆为业，原先作为手艺人的油漆匠，相当辛苦而收入微薄，后来转而从事推销阀门，生活才稍有转机，在市区双井头买下一间楼房，一家人可以安居乐业。

记得岂林先生推崇希腊现代诗人埃利蒂斯，要我多读他的作品。当年我并不以为然，虽买了一本他的中译文选集，但并没有细读。岂林先生仙逝后，我却想起他的话来，找出来认真读了，发现真如其言。而且在岂林先生的诗中，似乎也可以读出他的影响。

我一直认为岂林先生描写大海和渔村的诗是很出色的，因为他的那本《海难者之舞》给我留下了颇深的印象。那是他于1991年出版的第一本诗集，铅字印刷本，里头有些错别字，他赠予我的时候，用红笔将它们一一改过来，神情肃穆，与他平时与我瞎吹时的热情无疑判若两人。

由于他生长在东海之滨，从小就对海有着一种特殊的感情，他说自己每当听到涛声或看到海，精神就饱满，就感到一种充实、一种涌动的力。他喜欢运用写实的手法，用诗的语言描绘着海滨渔人的喜怒哀乐，充分地体现出那种生活里一切的色彩和声音、那些沧海桑田的变迁和壮丽而朴实的生命，并给予他们以悠远的、持续的、深沉而奔放的写照。

而当我翻开他的另两部诗集《妈妈的黄昏》和《幸存者之恋》时，发现他并不仅仅擅长描写大海和渔人，在这两部诗集中表现出来的，则是他作为一个农民的儿子，对生活和耕作在土地上的父辈们的浓厚情感。在他的《父亲》一诗里，他写道：

　　"每当看见你劳苦的面孔，

我就想起阴云密布的天空，

你一生耕耘过多少土地，

也耕深了脸上交错的皱纹。"

那些反映在岜林先生诗中的都是现实的生活，是未加修饰的中国农民的朴实形象。但正如梅里美说的，"那种独创地讲述众所周知的事物的本领正是诗歌的本质，正是理想和现实在里面达到和谐的那种诗歌的本质"。岜林先生的诗，正依赖于他对这种本领的不倦的追求。是诗歌为他坎坷的一生填满了力量和信心，他在诗的海洋中获得了重生。

1994 年 1 月，当岜林先生捧着这两部刚出版的诗集嘱我为他写一篇评论的时候，他的生命也已差不多走到了尽头，但没有人知道，他对生命有着那样深的眷恋和渴望，在他的诗中我们到处可以读出他那旺盛的生命力。不久前我们还一起在温州水心的路边大排档，一边涮着羊肉，一边高谈阔论，而转眼间凶恶的死神就毫不犹豫地将他唤走，使我在毫无准备之下失去了一位良师益友。

其实，死亡并不可怕，因为诗人的心是不死的，他的诗与我们同在。

谨以此文纪念诗人李岜林先生。

第二辑

书里书外

一路平安

——读《西班牙小景》并致阿索林先生

呵，我还记得莫诺伐城。是的，阿索林先生。

城里的道路都是狭隘而弯曲的，一条清澈的小河从城郊的山脚下静静地流过，河水如你的眼睛一般透亮。人们在磨坊里磨着麦，在老旧而粗笨的螺旋榨床中榨着油。这就是你的故乡，你的美丽古老的西班牙，我所神往的国度。

在那些日子里，你常驾着一辆马车，来到我这里。要知道那是多么愉快幸福的时光。我老觉得那挂在墙壁上的旧时钟走得太快，仿佛它的确应该退休了。你默默地坐在火炉边，忧郁的眼睛望着那跳动的火焰，手里握着一根木棍拨着火，紧闭的嘴唇陷入了你的悠长的回忆，你的风雪之夜的沉思。然后你开始向我说："老兄，知道吗？有一次，我想起了塞万提斯的未婚妻。那也是在一个黑夜，大而圆的电灯在它们凄冷的光中静默地闪烁着，我从加达丽纳·沙拉若尔·巴拉丘思——1584年塞万提斯结婚那年的闺中少女——想到罗西达·圣多思·阿古阿多——1904年的闺中少女。我的想象把两者合而为一了。"（此处与以下阿索林说的引号里的句子均引自戴望舒和徐霞村所译的《西班牙小景》之中）。

是的，你总爱把往事与历史合而为一，这就是你在恬静中表现出来的魅力，它往往受制于你独特而精妙的灵感和想象力。你总是想借助于某种形象使人们在感情和理智上接受你对人生的理解和诠释：阿索林意在表明，最伟大的美和欢乐源于人生的忧戚和期望，源于那恬然自怡的神情与纯朴、庄严的宽容。

我静静地聆听着你娓娓的畅谈，月光照进我们的百叶窗里。我抬头望出去，教堂的钟楼在月色的沐浴中，想必也在冥想着神的爱莅临于它的颠顶之上的感受吧——瞧，它的虔诚并不亚于我此刻的心情呀。

"阿索林先生，唉，倘若所有美的东西都是永劫不灭的，对我们人类来说，该有多么值得庆幸啊。"我慨然喟叹着。

"还记得胡琳吗？就是那个胡丽雅，一个窈窕瘦小的，生着两只蓝色的忧郁的大眼睛的少女吗？我将对你说，当村庄的这一切可敬的累世的行业醒过来的时候，那才是无止的好时光啊。"你若有所思地说道，"当我在一个铁匠铺子里，问起胡妮达的时候，那老板沉思了一会儿，他一只手拿着铁锤，一只手拿着铁钳，对我说，你难道不知道胡丽雅死了吗？胡丽雅，阿尔伯多的女儿……。我听了，是的，我感到一种深切的悲哀。"

在那些日子里，你总是这样侧面对着我，用你细致而清晰的笔触，为我勾画出一幅幅西班牙的风景画和人物画。呵，你的语言所展示的仅仅是一幅画吗？不，属于你的一切物体不仅在空间存在，而且也在时光中运动着，它们在它们的持续期里，在每一时刻都显现出不同的样子来，和其他事物发生着不同的关系，变化是何其无穷。所有的从你口中津津道出的东西，都是如此亲切、自然，使我感到这一切离我何等遥远，却又这么亲近，多么陌生又多么熟悉。也许那是因为你靠近我的身边坐着，在这寒冷的冬夜一起烤着火的缘故吧。

生活印象压抑着你的心灵，使你在深沉的感触里觉到了一种需要发泄的力量。我打量着你的头发和你嘴角所显露的坚毅、温和的性格。我发现你在把你的脾性和你的宽容悄悄地融进你的《西班牙小景》之中。

某天晚上，你从衣柜里拿起帽子，走出我的门。我们彼此握手告别。

"明天，"你嚷道，"明天我将到一个渺远的地方旅行。"

"是什么地方呢？"我惊诧地问。

"哦，可以这么说吧，那是上帝之国。"

你微微一笑，跨上你的马一路欢快地小跑。我忽然醒悟过来，挥着手向你大声地喊道："阿索林先生，一路平安！"

我不知道你是否听见了，但自那以后，我们再也没有见过面了。可是我忘不了你给我描绘的你身边的生活的深远恬淡的意境。

与其说生活曾困扰了你，倒不如说你包围了整个世界，因为你能借着一股愉悦的艺术浪潮，有着像地中海一般的爱和觉悟与权能。在现象的真谛里你的目光就如那有着深远幽久的根源的月色。你在《西班牙小景》里正表现出你并不认为那些平凡的事物毫无意义，却真挚地发现其中竟有一种智慧的境界超越于逻辑之上。一切存在的都是公正的，而一切公正的却都是不存在的。它是个多么奇妙的世界。

哦，阿索林先生！

哦，《西班牙小景》！

服装的轮回和美的主题

——读《羞耻心的文化史》

赫尔曼·施赖贝尔是以一部发表于 1959 年的《道路的交响曲》奠定了他作为纪实文学作家和文化史家的地位的。后来他又用同样的方法写了有关岛屿、海洋等方面的文化史，还有就是这部关于羞耻心的文化史，或者，更确切地说，是服装的文化史。

如今，在跳荡的旋律里欣赏那些靓丽的女性以及她们绝妙的身姿所展示的漂亮的服装，无疑是一种极舒心的精神享受。看来，时装的艺术化显然远远地脱离了它原先的那种保护身体或遮掩羞耻的实惠的意义。从原始的缠腰布到公元前 1400 年西西里妇女实际生活中的简短服装，直到中世纪的晚礼服和如今的比基尼，这服装的轮回变迁仿佛证明了人类浑然天成的身体仍然是最美的，那种流行于我们这个世纪以前的那些把自己裹得比蚕茧还严实的洛可可时期服装，最终还是成了难耐的累赘而遭到淘汰。如今即便最美的时装仍需依靠有着绝妙身材且训练有素的模特儿方才显出它的魅力所在和昂贵价值。其实我们欣赏时装表演与其说是时装诱惑着我们，不如说是我们对艳丽的模特儿和她们光彩夺目的身姿的一种赞美和向往。

这使我想起远古的人类，想起我们的先祖对服装表现出的与现代的我们截然相反的态度。正如这位德国的施赖贝尔在他的书中所指出的，长期以来，在人类学上占主导地位的见解普遍认为，服装只是早期人类对渴望装扮自己身体的愿望的一种实现，即刻意装扮一下最被别人的目光关注的身体部分。有关例子是学者们千辛万苦通过考古学、文献记载和深入原始部落调查得出的结果。但不知为什么，那为着特意装扮自己的饰物最终竟成了遮掩羞耻的布条。施赖贝尔尽管在本书中较详细地描述了羞耻心和服装的历史变迁，却并没有解答出这一问题。据他的考证，在埃及或古希腊，人们认为衣裳是否美丽合体并不重要，重要的是身体是否完美无缺。她们最爱穿着的是薄如蝉翼的几乎全透明的希顿服，这仅仅是为了装饰身体，使之更显出神秘的朦胧美而不是遮掩人体的美丽，并能和全裸体的仆人们相区别，以示自己尊贵的身份。人体之美对他们来说是种莫大的荣耀，只有那些有某种缺陷的贵妇人才用亚麻布把自己包装起来。据阿尔喀佛戎写于公元前 4 世纪的信记载，这些女人们的生活支柱、生活目的就是身体的长处，她们如果听到有人说在跳舞或吹笛时裸体不像话，是色情，肯定要大为惊奇。

今日的时装有越来越表现人体的倾向，领风气之先者是在法国大革命时期的巴黎人。巴黎的贵妇人复制了早已成为活化石的伊菲革涅亚服装，放荡而自在地炫耀着身体的完美。巴黎人在引进希腊民主的同时，也发现了希腊朴素简单得几近裸体的服装。

其实，直到继承了古希腊灿烂文明的古罗马时代，人们对裸体之美的崇尚仍然是这一古老文明的重要组成部分。对裸体的羞耻似乎是受尽古罗马政府迫害的基督徒在与古罗马人奢侈的生活方式做道德上的抗争时产生的，并随着基督教在欧洲的传播和对异教的仇视，而使这一羞耻观变得越来越严厉。

人们一直认为，欧洲的中世纪是很黑暗的时代，那是因为宗教裁判所迷惑了我们的认识。文艺复兴就起源于中世纪，那个时代仍然有很多迷人的地方，无论是在文学艺术上还是在文化生活方面。晚礼服作为当时的流行时尚，袒胸露肩，证明了在那时人们"向着裸体、向着遭诋毁的自然状态和虽然稍有愧色但相应却有乐趣地返回去的迂回之路"。但这似乎仅是一种"回光返照"，这是人们在以往的道德压迫之下的"有意识的裸露，或者是对性部位的强调"，它最终离不开色情的渴望。非正常的裸露已与古典时代的自然状态有了相当大的区别。施赖贝尔写道："这不外是因为已经遭到诋毁的这一部分的整体不是自由地交换意见的场合或不是生命的本身了。它处在不得不尽可能消除的命运上了。裸体的色情的影响力被证明是缺德的毒药。"

人的裸体在不知不觉中已被视为可怕的魔方，文明竟使我们不敢面对自己的自然状态。在这里，是否可以让我们这样说，热爱裸体的人类从进化中带来的天性，对裸体的羞耻和对裸体的炫耀永远是困惑着人类文明的一种心理斗争。

当比基尼重返我们的生活舞台时（其实比基尼并不新鲜，埃特鲁斯坎艺术和古罗马的镶嵌画都曾描绘过古代穿类似服装的女性游泳者），我们是否可以说："丰富的、不衰的、不遮不盖的人体美正在对着服装高奏凯歌。"我们对于羞耻心，对于服装的认识或态度是否又回到了遥远的古典时代？

施赖贝尔说，人类被从乐园驱逐出来的理由有许许多多，但其中之一恐怕是原罪。他在这本书的末尾写道："如果我们发扬宽容的精神和理性，对在阳台上进行日光浴的女秘书不生气，而是认为她不过是刚把原罪带到这个世界来，那么，我们至少在人生的休养期间，在当今展现在我们面前的阳光明媚的海滨上能够捕捉到享受那种神话的幸福感——这是长期以来的地中海世界的上空光芒四射的异教的陶醉于美之中的幸福感——的余荫的可能性了。"

从本质上说，这是不是所有的人得以前进的道路呢？我不知道，但至少，我相信。

从古代赐书说起

从前只知道，在我国古代，帝王为了对臣庶表示恩宠和友爱，多会赐宴、赐姓、赐田。近日读史，才发现还有赐书的，并且还是最常见的一种形式，这使我感到惊喜。

据《汉书·叙传》记载，西汉的班斿是最早接受帝王赐书的人之一，那上面分明地写着："斿以选受诏进读群书，上器其能，赐以秘书之副。"随便翻翻古籍，发现如此而受赐的功臣自西汉以降，真不可谓不多。

东汉时，宗室刘苍因喜读书，章帝赐以秘书，列仙图等；东汉著名的水利专家王景于永平十二年（69）议修汴河时，明帝赐以《山海经》《河渠书》《禹贡图》等；晋代则有皇甫谧曾"自表就帝借书"，帝送一车书与之，谧虽羸疾，而披阅不怠。

此赐书之风，从西汉一直延续到清代，几乎贯穿了中国数千年封建王朝，所赐之书，除经书外，还有史、子、兵、医、农书等，并除了赐给个别有功之臣，还更多地赐给学校、孔府、诸王群臣。这独特的奖赏除了表明帝王对臣庶的褒扬与恩惠外，也对民众热爱读书、传播知识起着积极的倡导作用，充分体现了中国作为礼仪之邦的一种优良传统。

　　可惜时下，莫说"赐书"，即使像朋友之间的赠书也是鲜见的事了。每逢良辰美景，赠的是鲜花，赐的是红包。倘若你真的迂腐到要赠书与之，那接受者恐怕还得为它放在何处而颇费心思了。

　　但我却怀念起那"赐书"之习，因为其意义远胜过昂贵的鲜花，它不仅仅在于君臣之间的关系和作用上，更在于其所体现的王者的风度和臣民的文采。倘若我们除奖金外还有奖书的，兴许我们的礼仪之邦就会多一些文明的现象，田野的天空就会更清朗，城市的街道就会更干净，道德会更完美，人们的心情也会更爽朗。

　　热爱知识，这是千古不变的话题。

芸芸众生如在目

——读《清娱漫笔》

我想，郑逸梅先生的掌故是可入正史的，但何妨当野史读它。一本薄薄的《清娱漫笔》，上至帝王，下至妓女，僧俗男女，终不离因缘。人世沧桑，浑浑噩噩，史海之滨，那颗颗贝珠，在大浪淘沙之后，更显熠熠之辉。

在我能够知道郑逸梅先生时，他已入垂暮之年；当我在青灯黄卷之间追随先生曩昔文采时，先生已在无穷的天地间，不复牵挂人世间的纷争了。逢时既晚，又有什么可说的呢？但掩卷遐想，世人皆称先生为"补白大王"，然那精短简文，竟也如鹰隼盘空，哪有蜻蜓点水之象？

郑逸梅先生的短文天下皆知，名闻遐迩，俱因那数百文字，有如唐诗宋词，识见深而信息广。才 140 多页的一本《清娱漫笔》，便记叙了自清末以来的各色人等，或逸或狂，或丑或善，栩栩如生。诸如李伯元、高梦旦、张元济、黄摩西；诸如杨渭泉《锦灰堆》的代笔人、《浮生六记》的伪作、苏曼殊的遗墨、行刺宋教仁的凶手、清末皇帝的伙食账。尤其是一篇《袁寒云的一生》，难得读到郑先生如此长文，整整占了此书的三分之一，追述了袁世凯的这位才华横溢的儿子狂逸交错、温文尔雅、正直潇洒的一生，醇酒妇人，可比战国时代的信陵君。郑先生的刻画，使人恍惚觉得这位深得读书"三味"的公子犹在眼前。

这本《清娱漫笔》1982 年 6 月曾由上海书店印行第一版，我读到的是 1984 年 7 月第二版第二次印刷的增订本，只有四角五分钱的书价，想想这 20 多年间的人世变迁，恐怕也是郑先生不能料及的吧？我们往往能够探知过去，而对未来，真是罔知所措了。

行云流水一孤僧

——读柳无忌《苏曼殊传》

柳氏父子是功德无量的，因为他们为曼殊真人留下了他传奇的一生。如果没有他们的努力，我相信，身世寂寞的苏曼殊，身后也一样让人难觅芳踪。对曼殊真人，我心仪久矣。但我只读过他的零星诗篇，虽惊羡于他的诗才，却为无缘一窥其真面目而深感缺憾。

我所读到的这本《苏曼殊传》是柳无忌先生用英文撰写于 1968 年的，现作为"文化生活译丛"之一，1992 年 3 月才由北京三联书店出版。书中除了柳先生的自序和前言外，另有译者王晶毳的跋、苏曼殊年表及柳亚子写于 1932 年 9 月 1 日的《苏曼殊传略》，可谓翔实备至了。那天在书肆上见得，就有了迫不及待的购买欲，为终于能一睹真人浪漫一生而兴奋不已。

寂处斗室，一夜捧读，浑然不觉已悄悄来临的白昼，心中纵有千言万语，也唯有长嗟而已。作为南社著名爱国诗人，曼殊真人至情至性，学贯中西，当年他以一热血青年而投身于报国之列，一代天才竟至漂流绝岛，剃度为僧，醉心梵奥，于椰风椰雨、孤灯黄卷之间了其残生，而终不愿栖迟于污浊恶世。他那哀艳的诗句和奇特的行为，那缠绵的爱情和对宗教的皈依，怎不让人怆然。

记得我曾见过他的一张照片，剃度后仍西装革履，仿佛正验证着他享受世俗生活，同时对随之而来的尘世的不幸和痛苦又有深刻认知的宗教情结。

"契阔死生君莫问，行云流水一孤僧。无端狂笑无端哭，纵有欢畅已似冰。"当他所有的热忱和抱负都付之流水时，也就"一切有情，都无碍"了。

月夜微风下的轻响

——读吴方《世纪风铃》

两年前购得《世纪风铃》时，尚不知吴方先生究系何人，当然更无从知晓他的身世、作为。过了不久翻阅报章，获知他刚不幸英年早逝，不免很有些伤怀。每每重拾旧书，一篇一篇读着，就有了点想说的话。

有时候觉得，那些甘于寂寞而埋首书斋的人，大约都自觉有些穷途末路了，于艰难世道上退了一步，由此而发现海阔天空，在灰飞烟灭的历史中探得人性的光辉，也总不至于消极遁世吧？在这本《世纪风铃》中，吴方先生论述了弘一大师、王国维、蔡元培、章太炎、刘半农等诸多人物，他们在中国近代史上都是首屈一指的。记得《诗经·小雅·湛露》上有句"显允君子，莫不令德"的诗，吴方先生对那些先人的论述，让人信服诗经上的断言。

《世纪风铃》虽只是薄薄一本，加上张中行先生的序言也只200页，但所及24位先哲，则囊括了中国百年近代历史，让后人一睹他们别样的风采与文华，大有值得咀嚼的余味。毫无疑问，他们的存在就像吴方先生留给我们的文字一样，都是一笔辉煌的财富。书里那些意气风发、见解独到的精彩文字，有如太史公的纪传，与其把它们当作史书来看，不如当作一部动人的文学艺术作品来对待。因为当这串"世纪的风铃"在月夜的微风中轻轻响动的时候，这串"世纪的风铃"真的会带给我们一种异样的心情。

二十四桥与扬州文化

——读韦明铧《扬州文化谈片》

"青山隐隐水迢迢，秋尽江南草未凋。二十四桥明月夜，玉人何处教吹箫？"唐代诗人杜牧的这首《寄扬州韩绰判官》可谓写尽了扬州当年的绮丽、繁华与逸乐。自然，作为一代风流才子，扬州与杜牧是结下了不解之缘了，而正是这首"情虽切而辞不露"的诗，使扬州留给了世人多么迷人的梦想，以至在千年之后，丰子恺先生也挡不住它的魅力，而一意孤行要去看看这座让世人争论不休的二十四桥了。

但扬州出名的，不止于此，且不说杜牧的扬州千年风流梦，还有那扬州的琼花与芍药、众说纷纭的"广陵潮""腰缠十万贯，骑鹤下扬州"的著名典故，以及最早演唱《红楼梦》的曲艺"扬州歌"、扬州的民间戏曲、扬州的竹枝词、扬州八怪等。而扬州的"瘦马"则更让人不免伤怀，从中可以看出中国古代妇女生活的悲哀与无奈。扬州"出女人"闻名遐迩，殊不知这滚滚红尘中浸泡着多少妇女悲惨的眼泪。而当年史可法誓死卫扬州，血战清兵，城破身亡，成就了他的一世英名，又多么让人豪情满怀。清兵入城后，烧杀淫掠,又成为一页耻辱的历史,被永远地铭刻在石柱上。1907年革命派领袖章太炎在《讨满洲檄》中胪列清政府罪状14条,其中之一就是"虏下江南,遂悉残破,南畿有扬州之屠、嘉宝之屠、江阴之屠"。从幸存者王秀楚记录的《扬州十日记》中,更清晰可见当年的烽火狼烟、生灵涂炭,一座文明古城,霎时间成了一片万鬼悲啼的庞培,沉重的阴影竟300年挥之不去。

是的,扬州的确让人梦萦魂牵,而所有这些,在韦明铧先生的《扬州文化谈片》一书中都有详尽的描绘。韦先生作为地道的扬州人,献身桑梓文化事业,以满腔之热情,认真的考证与斐然的文采,将扬州的历史文化,叙述得那样引人入胜,使我数日沉浸在他的文字中,待翻过最后一页,闭目遐思,那"二十四桥明月夜"的扬州,仿佛历历在目而难以忘怀。

一次无比愉悦的旅行

——读《佛兰德与荷兰绘画》

据说有关佛兰德艺术与荷兰艺术的书籍在西方有不少，但往往倾向于专论而缺乏史料。法国当代艺术评论家皮埃尔·库蒂翁撰写的《佛兰德与荷兰绘画》便是这为数不多的通史中颇有特色的一种。

佛兰德位于欧洲埃斯科河流域，这一河流与默兹河的交汇处即接荷兰之界。这两个地区的画家们在来自大西洋的和风中为我们留下了大量伟大的作品，从 14 世纪以及后来的岁月里，与拉斐尔、达·芬奇等意大利画家们或者世界上任何一个地区的最伟大的画家们分庭抗礼，他们交错影响，在我们的眼前摆下了一份永远享用不完的圣餐。

无论是面对鲁本斯、伦勃朗或者梵高，面对他们创造的艺术奇迹，我们不能不探究画面背后蕴藏的传奇。库蒂翁从油画的发明者、15 世纪北欧最伟大的绘画大师、佛兰德的范·埃伊克说起，一直叙述到凡·高等现代巨匠，通过他们的艺术本身来展示那段勾人心魄的绘画史，而且插图精美，脉络清晰，让我们接受了一次无比愉悦的旅行。该书由上海人民美术出版社于 1994 年 3 月出版，为"外国美术史丛书"之一种。作者使我们不但通过那些静止的色彩，更通过那些流动的文字，看到一个广袤无垠的天地，从那些依稀可见的河流、灌木丛、长风浩荡的朗朗晴空间，看到编织花裳的女子在闺房潜心做活的亲切的生活景象，看到神话世界里体态丰腴的神女与年轻美貌的母亲簇拥着维纳斯的欢乐场面。真的，其间的愉悦是无可比拟的。

一本很"经济"的书

——读《未晚斋杂览》

语言学家的笔不一定都枯燥乏味，这有吕叔湘先生为证。读他的那本《未晚斋杂览》，就像是有一火壁炉在你身边静静地燃烧着，在这冬日的寒夜，让你倍感温暖。

这本书为北京三联书店出版于 1994 年 3 月，共收吕先生的文章七篇，它们都曾发表于著名的《读书》杂志。作者以语言学家的渊博见识，描绘了 20 个世纪发生于英伦的一些文坛逸事，将一些原文的翻译和作者自己的叙述融合得天衣无缝。像《赫胥黎和救世军》，想当年这位严谨的生物学教授竟在《泰晤士报》上连续发表了 12 封信，驳斥和揭露了"救世军"虚伪、欺世盗名的宗教外衣。尽管这位教授由于严复《天演论》的影响而名闻中土，但他那正直的"越轨"言论并不一定国人皆知，这要感谢吕叔湘先生了。

这本《未晚斋杂览》实在太薄，不到百页，不必花很长的时间，但阅后所得，是出人意料的。在商业社会，人们总是颇计较投入与收获的多少，而读像吕先生的这样的书，极少的"投资"竟有很高的"利润"，大概是很经济的吧？

读《脂麻通鉴》

我们信仰"文以载道"，这是没错的，无论如何，思想是人类文明赖以生存的重要支柱，不管深浅，只要这思想有独到的见地，普遍的意义，便有了它存在的价值。我之喜欢扬之水的《脂麻通鉴》，即源于此意。我惊羡于她晓畅的文笔，于历史的反省与随想中见出真理，比如她在《同文馆狱》一文中写道："靠制造冤狱来压制不同政见，似乎已成为政治生活中——自然是专制制度下——的通例，并且习惯为一种思维方式了。"同文馆狱发生在北宋元祐年间，扬之水已在文中有了详细的说明，我这里也就不必赘叙了。我惊羡于扬之水这种一针见血的思想，读书读到这个份儿上，也就足够了。

"鉴往知来"，历史的一部分意义大约就在于此吧，不在乎训诂或考证，扬之水在她的《脂麻通鉴·题记》里淡淡地写道："我不过躲在一旁，悄声附和而已。"而这"悄声附和"里，找寻的是历史留给我们的别一种"会心"；不在乎穷究往事的真伪或起因，似乎并没有像历史学家那样投入在史实的池子中体察细微，却像一位旁观者面对历史的镜子，在历史之外见出大义，生发对现实的感慨。虽未免有浓浓的书卷气，而那字里行间的智慧的光点，却使有心的读者不能不有些感动。

她在《名义》一文中说："作为史料，它只能告诉我们，曾经发生了什么；至于对发生的原因所作的种种解释，却多半不足凭信。因为史实是一回事，名义——文字上的花样——又是另一回事也。"这是她在读《唐大诏令集》时生发的感想，其实我们真的不必为史实争论什么，我想无论古人还是今人，面对眼前的现实所付诸的行为，能够支配的是人性与道德，人性自然有颇复杂的地方，而道德准则，"实际上是君子之则，只对贤者有限制作用，而对腐败的主要力量——权势者和相对于'贤者'来说的'不肖者'，却很难发生效用。"在封建社会，"一切不道德的事却也不妨在道德的旗帜下进行。"（扬之水《脂麻通鉴·道德》）

扬之水原名赵丽雅，为《读书》杂志社的编辑，这是我在冯亦代的一篇文章中得知的。这本《脂麻通鉴》为"书趣文丛"之一种，1995年3月由辽宁教育出版社出版，分"脂麻通鉴""不贤识小"与"独自旅行"三辑。不论她读史、品书，还是沉醉于逆旅征尘，流淌于她的笔下的，都是一泓悠悠的清泉，有着许多善意与宽容，抚其书，犹如与她相逢一笑，又似乎尽在不言中。

读朱湘

最早读到的朱湘的诗，是那首《采莲曲》。也许这不是他最好的作品，但留在我的记忆中是深刻的。

菡萏呀半开，

蜂蝶呀不许轻来，

绿水呀相伴，

清净呀不染尘埃。

那时候觉得它美极了，还拿它与古诗十九首中的《涉江采芙蓉》对照着读。"涉江采芙蓉，兰泽多芳草。采之欲遗谁？所思在远道。"其实这是一首思乡的诗篇，它与朱湘的《采莲曲》好像截然不同。但我不放弃这种不着边际的读法，总觉得，这里面有殊途同归的样子。

朱湘被誉为天才的诗人，这大概是没错的。忘了是谁写的一篇回忆录里，曾说朱湘在大学里能非常流利地讲英语，译英国的诗歌，全不用字典的帮忙，出口成章。好像还说到他与徐志摩是同学，却是完全两样的两个诗人。一个满腹经纶而讷于言，一个风度翩翩而多才情。他们共同撑起了新月派，成一代骄子，又偏都死于非命。唉唉，寒江冷月葬诗魂，命运好像全无秩序可言。

朱湘的诗偏重格律，音韵跳荡，就像清纯的少女。但随着我的阅历渐深，我与朱湘的诗也渐疏远了。不是他的诗不耐读，而是人的世故。

朱湘不世故，才会投江自沉。我们都为此而痛心，反倒不为自己的世故而疾首。好像朱湘给我的震撼，不仅仅是他的诗，而且还有他的死。

诗人唐湜先生的戏曲研究

在追求"齐家治国平天下"的儒家眼里，表现市民商贩生活情感的戏曲作品及其艺人，是不入流的奇技淫巧。因而有关中国戏曲的古老形式、其滥觞与流变，也就少有记载，尤其是从史书、地方志等文献中，很难找到那些戏子唱腔脸谱等的有趣身影。而起源于南宋温州的南戏，更是如此，由此而引发的争议，反而成为现今困扰我们的一个现象，让文史专家们与戏曲专家们颇费思量。这其中，著名的九叶派诗人唐湜先生也参与了这个讨论，并形成了有说服力的理论体系。应该说，作为一位优秀的戏曲评论家与南戏研究专家，唐湜先生在民族戏曲方面卓有建树的成就，被他作为九叶派现代诗人的盛名所掩盖了。虽然唐湜先生留存人间的只是薄薄一册 200 余页的《民族戏曲散论》，由上海古籍出版社出版于 1987 年 5 月，仅仅发行2000 册。据我所知，此书出版后至今未有再版。我个人认为，这本戏曲散论的最大价值，大约正是有关南戏研究方面的论述。作为温州人，唐湜先生关心的是，南戏究竟是否起源于南宋时期的温州，以及为什么会产生于温州这么一个相对偏僻的沿海城市。这份艰难的考察不仅仅是诗人出于对故土文化的热爱，也是作为一个严肃的戏曲研究家所要面对并且必须厘清的课题。我认为唐湜先生在这方面的考证是大胆而细致的，具有不可辩驳的说服力，同时也是充满了想象力的。

自古以来，对于满腹经世济时之术的儒家学者来说，当然不屑于瓦市勾栏的喧闹。但毕竟还有一些不屑于庙堂之上朽木为官的落魄文人，戏弄人间，混迹于旧时鹿城行春桥、思远楼与众乐园的中心，戏说历史人物，在情与色的戏谑中编纂着人间悲情，嬉笑怒骂，好不潇洒。这便是九山书会的才子们，改编了村坊小曲而加以宫调节奏，写出《赵贞女》《王魁》等大量的戏文，供乔装打扮的人们在瓦市殿巷的勾栏之上斗台演绎。

南戏之起源于温州的记载，最早提及的是元末龙泉人叶子奇，他在《草木子》中写道："俳优戏文，始于《王魁》，永嘉人作之。"明中叶祝允明在他的《猥谈》中也写道："南戏出于宣和之后，南渡之际，谓之温州杂剧。余见旧牒，其时有赵闳夫榜禁，颇述名目，如《赵贞女蔡二郎》等，亦不甚多。"在引用这条记载的后面，唐湜先生在其下的注释中进一步指出："董每戡在《温州戏文初探》（《文史哲》1980 年第五期）中说，'其时'指'宣和之后，南渡之际'，因而以为赵闳夫是那时人，《赵贞女》是那时的南戏；而推论南戏萌生于宣和之前的'崇宁左右'。这说法就文字来说，是说得过去的，但我宁愿保守一点。"他认为，赵闳夫是赵宋宗室，其辈分、年代相当于南宋光宗，当时戏文已由温州流传到杭州，影响较大，才被称为"温州杂剧"而遭出榜严禁，时代已较晚，不是创始时期了。明代徐渭在他的《南词叙录》中说："南戏始于宋光宗朝，永嘉人所作《赵贞女》《王魁》二种实首之。故刘后村有'死后是非谁管得？满村听唱蔡中郎'之句。或云宣和间已滥觞，其盛行则自南渡，号曰'永嘉杂剧'，又曰'鹘伶声嗽'，其曲则宋人词而益以里巷歌谣，不叶宫调，故士大夫罕有留意者。"唐湜先生认为，他说的"宣和时已滥觞，其盛行则自南渡"最为恰当。《赵贞女》没有留下片词只字，但《王魁》还有18支曲传下来，是值得我们后人研究的。唐湜先生写道：

> 宋末刘一清的《钱塘遗事》记载南宋末叶时有太学生作《王焕》戏文，盛行于都下（临安），这与赵闳夫的榜禁时期相距不远，也可以相互印证。而现存的《张协状元》戏文（《永乐大典戏文三种》之一）一开头就说明是九山书会为"占断东瓯盛事"而改编了原先的《状元张协传》的翻案文章，更是个未被后人修改过的典型温州杂剧。……我以为它既是翻案之作，就应比《王魁》《赵贞女》一类"负心悲剧"稍晚一些，也可能是南宋中期之作，留有一些早期负心悲剧（《张协斩贫女》或《状元张协传》）的痕迹，犹如英国戏剧鼎盛时期，莎士比亚的《仲夏夜之梦》中还留有一个戏中戏，早期型的"假面"小悲剧。而原先的负心悲剧《张协斩贫女》则应是《王魁》一类的早期南戏。……

由宋入元的词人张炎还有首《满江红》词，说吴中子弟（演员）盛演一个《榲玉传奇》，而这个戏在明叶盛的《绿竹堂书目》中却写作《东嘉榲玉传奇》，可能也是一个温州的戏，却流传到吴中，吴中子弟演得非常出色。……但南戏的中心似并未北移，新发现的《成化本白兔记》就是"永嘉书会"编写的，可以说明元代的温州仍然有活跃的书会才人在写戏。

1981 年，唐湜先生在北京曾访问过《古本戏曲丛刊》的校勘者周妙中，并向她借阅了《寒山谱》的几个抄本，找到了一些关于南戏的零星记载，其中张大复《寒山堂曲谱》中记载有个九山书会捷讥史九敬仙写了一个《董秀英花月东墙记》，他还与元初杂剧大家马致远写了《风流李勉三负心记》，列为《雍熙乐府》第四种。唐湜先生写道："这个史九敬仙自然不是《太和正音谱》中的那个北杂剧作家，'武昌万户'、开国元勋的史九敬仙，那是个达官贵人，绝不会是路岐艺人的'捷讥'。列为《雍熙乐府》第二种的《荆钗记》，《寒山谱》题为'吴门学究敬仙书会柯丹丘著'，这敬仙书会之名似与九山书会的捷讥史九敬仙有关，敬仙书会似就是九山书会的别名，因其领袖史敬仙而得名。看《荆钗记》中有那么多温州街坊、地名，那么多温州方言，这个柯丹丘定与温州有密切关系，这也可反证敬仙书会可能就是温州九山书会。"

从大量的宋元明清笔记与诗词曲谱中获取那么一些零

星的记载，来论证有关南戏在温州的起源，可见唐湜先生是做了大量的艰难取证工作的。这除了他从小痴迷于戏曲之外，大约还得益于他在 20 世纪 50 年代初曾任职于北京戏剧报社的经历。

唐湜先生的这本《民族戏曲散论》大约可以分两部分，其中最重要的部分就是《南戏探索》与《南戏散笔》，以大量的篇幅论述了高则诚的《琵琶记》、元代霸占江心寺的恶和尚祖杰与有关他的戏、有关《张协状元》的来龙去脉，以及作为宋元之际的温州南戏《刘文龙》的考证，和有关福建庶民戏中的南戏遗存。

此外，唐湜先生还论述了洪升与他的《长生殿》、《桃花扇》与历史主义、《卢胜奎论》、京剧舞台上的赤壁之战、《刀会》与侯永奎、越剧《红楼梦》等。其中的《卢胜奎论》是他在 1954 年任职于北京戏剧报社期间，应上海文艺出版社之约而写的《论三国戏》中的一章，书稿交印时，却因到北大荒劳动而搁浅。1961 年唐湜先生回乡时路过上海，出版社的好心人将书稿送还给他，于是他整理出开头一章约万余字，以《卢胜奎论》为题，投寄给当时任上海《文汇报》编辑的老朋友黄裳，以笔名狄梵发表。"文化大革命"时期，15 万字的《论三国戏》遭了火焚之厄，《卢胜奎论》因发表《文汇报》而得以保存，算是不幸中的万幸。

唐湜先生毕竟是诗人，他的戏曲散论文笔优美，不像有些学究的文字那样枯燥乏味。他又有西方文学研究的背景，因此有着广阔的比较视野。在他的戏曲研究中，往往与同时期的西方戏剧对照，将南戏与英国莎士比亚戏剧在创作及演出上进行比较研究，又将中国古老的宗庙祭歌与古希腊戏剧进行比较，尤其是对莎士比亚戏剧产生时期的欧洲社会，与南戏产生时期的南宋温州社会以及其后的高则诚《琵琶记》产生时期的元明社会现实状况、市民经济与文化需求，它们在戏剧艺术上的表现手法、古老传统的演变等，都进行了大量的比较研究，读来饶有趣味。

记得从前去拜访唐湜先生，他在位于花柳塘的书房中，每当谈到高兴的时候，常常向我哼唱他喜爱的昆曲。说实话，他的音域并不宽广，音调也并不优美，但看着他满脸的陶醉，我何忍打断他那遐想中的华美舞台上的爱情之歌？他看我愿意与他讨论有关戏曲的话题，高兴地从他的书架上取下这本《民族戏曲散论》，慷慨地说："我的手头只有两本了，这本就送给你。"如今忽忽 20 年过去了，唐湜先生也已离开人间多年，这本书静静地躺在我的书架上，淡黄的封面上两个线描的武生依旧舞姿优雅，而书页却早已发黄。我常常将它拿出来翻看，为的是怀念远去的诗人，也为的是不让匆忙的岁月给这书蒙上厚厚的尘埃。

《邵燕祥文抄》

　　邵燕祥先生的诗文，我素来爱读，他的诗，清丽典雅，情感丰富；他的文，笔锋犀利，藏而不露。读邵先生的诗文，总有饿汉食肉之感。

　　眼前是一套《邵燕祥文抄》，分《史外说史》《人间说人》《梦边说梦》三大册，集邵先生从 1980 年至 1995 年期间写的杂文，作家出版社 1997 年 3 月出版。邵先生的杂文都不太长，常常是五六百字，就说到你的心里去，这是诗人的精炼，还是杂文家的简约呢？我想这正是邵先生的独到之处吧。就像他在《"雅"不可耐》一文中写道："从文品到人格，雅俗之辨，不是几句话讲得清楚的……'扪虱夜话'，在古名士，也许不失为雅人深致，不怕写入诗文，在今人看来就实在该归入阿 Q 小 D 那个档次了。但在当代有没有沾沾自喜于变相的精神上的'扪虱夜话'者，必得等到若干年后才脸红呢？"类似的一针见血的话，藏在类似的典雅而凝重的语言中，随处可见，闪动着智慧的灵光。

我曾见过邵燕祥先生一面，那慈和的微笑，似乎正表明诗情可以不来自激烈的冲动，而哲理却来自饱含的情怀。

重读之书

当我写下本文的题目时，忽想起"爱书家"叶灵凤先生也有一篇这样的文章，记得他在文末说，在那岁暮寒天，"正是我们思念旧友，也正是我们重新翻开一册已经读完一次，甚或多次的好书最适宜的时候"。这篇文章大约是他早年写的，给我留下颇深的印象。

好书当然不厌百读，在我们的一生中若能有几本这样的书让我们享受着它字里行间无穷的乐趣，应该说是一件不小的幸事。然而如此的幸事我们往往难以遇到，也难以做到。

因为，毕竟让人百读不厌的好书并不多见，即使一些世界名著也只用读一次便可了结。再说如今印刷术如此的发达以及知识空前的日新月异，新书不断地涌现在我们的书架上，让我们目不暇接，又哪有余兴只手捧一书，直到像古人一样将其读烂呢？

于是又忽有一悟，谓好书不重读也有一乐。比如一本好书，当我们读完一遍，书中的好境便常萦回在我们的眼前，意韵在无穷的回味中越发可爱地撩动着我们重读的渴望。但我们索性不重读，而是将其束之高阁。于是这渴望便永在心中温热着，使这渴望的生机不断地滋润着我们的心灵。

终于，在岁暮寒天，不也正是我们思念旧友，回忆着那本常想翻开重读的书和那书中的好境最适宜的时候吗？

写到这，又似乎与"重读之书"的题意有些远了。

永生的"猛士"

——读《林夫版画集》

翻读着那本刚刚出版还散发着墨香的《林夫版画集》，不禁心潮澎湃。

林夫作为中国新兴木刻运动第一代为革命而献身的木刻家，曾经得到鲁迅先生的赏识，他响应鲁迅先生倡导的中国新兴木刻运动，在浙南游击根据地进行着艰苦的革命文化艺术的实践。他于 1911 年 2 月 22 日出生于现苍南县钱库镇林家塔村的一个农民家庭。因参加革命和抗日救援活动，于 1940 年被捕入狱，1942 年参加狱中革命暴动而被枪杀。在仅仅 31 年的生涯中，他从事版画和革命工作的时间并不长，却以勤奋的学习和绘画天赋，以坚定的革命信仰和顽强的意志，创作了许多优秀的版画作品。

从收集在这本版画集中的作品看，林夫以他独特艺术表现方式深刻地反映了黑暗的旧中国人民的苦难，画风朴实，真正做到了"敢于直面惨淡的人生，敢于正视淋漓的鲜血"。他以自己的作品为社会的不平而呐喊，宣传爱国抗日，在革命的激流中坚持信念而百折不回。

他刻于 1934 年的那幅版画《不屈的斗士》，我们看到的是一位躺在床上的青年，似乎非常虚弱和疲惫，但他的目光是那么坚定，使他憔悴的脸显得虎虎有生气。在他的枕边，林夫着意刻上了一颗小太阳，预示着光明终将驱走黑暗，预示着未来终将迎来希望。

看着这位"不屈的斗士"，我仿佛看见了林夫自己，这幅画，好像就是他自己的写照。

他是鲁迅先生说的"真的猛士"，林夫，他将永生。

诗人的"雪笛"

——读鄢家发诗集《边地雪笛》

多年前去了一趟成都，曾去拜访著名诗人鄢家发先生，后来还应了鄢先生的邀请，在一家颇雅致的小店里品尝了一回成都的名小吃，至今仍记忆犹新。在我准备离开成都的时候，他赠给我一本他当时刚出版的新诗集《边地雪笛》。

诗集分上下两篇，上篇为"塞上雪笛"，有"康藏行迹""二月雪原"两辑，下篇为"南国独语"，有"边地如酒""古河上游"和"箴言风景"三辑。

鄢家发先生的诗恐怕是属于很典雅的那种，清丽而不乏凝重，富于哲理。在这部诗集里，诗人描绘了西北原野、康藏雪域、云贵峡谷、湘鄂边地等，凡诗人足迹所至之处都留下了他的低吟浅唱，充满了对生命存在与自然景观的关注和感悟，有着浓郁的宗教情味。

我飘浮而来

玛尼，我已念经几遍了

那河畔上的经幡

在濛濛的雨中

多么温馨而圣洁

这是他写于康定的一首诗《高原的云》中的一节，其中玛尼是藏传佛教里的祈祷之语。在他的这部诗集中，总是充满了这种祈祷的气氛和宽容的胸怀，让人在掩卷之余，仿佛听到了雪原上寺院里的风铃声，听到了峡谷里呼啸的风，尝到了边地醉人的酒，看到了原野上那如钩的月。

著名评论家吴思敬先生在给我的一封信中说到鄢家发时，认为他是一位很有特色的诗人，我表示深深的赞同。

无心生妙谛

——读吴明哲书法作品

高楼有九潭，微波涟漪而深不见底；水是厚厚的绿，瀑布飞泻，令人流连忘返。她是如此安于寂寞，孤独地埋藏在崇山峻岭之中，朴拙而神秘。红叶黄花覆盖着农人樵夫的足迹，丛林灌木在山风中涛声不绝。我真羡慕那些能够日夜享受着那酝酿于山水间的芳醇而化育的人们。

这深深的渴慕常常勾起我对它由衷的怀念。

直到有一天，当读到吴明哲先生的书法作品时，我豁然开朗，仿佛有一种遇见久别的故人，不再因相思而苦恼似的欢娱，从日夜的思念中竟发出释然的轻叹。读吴明哲先生的书法作品，使我走进了我所渴慕的曾经领略过的意境之中，再一次承领那天然的情趣，忘却一切人间的烦忧。我的内心不由地惊讶：怎么会是这样？思想于是在冥冥之中被带进了一座神圣的艺术殿堂里，不由你不对祭坛上所供奉的缪斯顶礼膜拜。

吴明哲先生的书法作品，行云流水，自成体系。我们能够凭借着艺术家富于个性的情绪框架而进行创造性的自我完善。他那流于宣纸上的线条浑厚大方，结构宽而不松，留有很多令人遐想的空间，意境深远，含蓄而饱满，章法整齐，又不失仙子的飘逸，端庄凝重，潇洒自如，意志宽博，秀劲高古，风格大度而充实，力透纸背。从整体上看，随意挥洒，形成一股连绵不断的气韵，贯穿始终，颇具建安风骨。正如九潭的碧水——绿得就像一枚古铜镜。那饱含着墨汁的笔在宣纸上所奇妙地勾下的森林中，有着一种哲人般的苦思冥想，凝聚着一种深沉的静默，却又蕴涵着微妙的流动，洋溢着诗人的激情、愉悦的苦痛，并且这苦痛将深深地烙印在脚下肥沃的土地上。这虽是一个矛盾体，但在不平衡中求平衡，这就需要更高的表现技巧，同时也使作品的内涵更丰富，更千姿百态了。

钟繇说："笔迹者，界也，流美者，人也。"书法艺术中那"人的主题"被他鲜明地点化而出。吴明哲先生大约正是遵循了钟繇这伟大的发现，他的作品带有强烈的主观色彩，信手写来，神采飞扬，骨态清和，尽情纵横。那空明与虚静，有着幽州台上的孤独与坦然。正如提炼了多番的美酒，被蜡封于地下多年之后，便有了一种莫可名状的魅力，它那浓烈的幽香就足以使人闻之而飘飘欲仙，悠远、持续、深沉。其中有着另一种深层的隐喻，从而激发人们源远流长的共鸣。

艺术创作与人的处境以及人生阅历是息息相关的。在当代中国的许多艺术家中，常有一些不甘寂寞、急功好利的人，他们疲于奔命，缺乏自我，从众依附。艺术从根本上是属于心灵的。人类心灵的繁复、孤独和冲动，现实世界反映于人类心灵深处的隐秘诡异，总是那样深不可测。为了时髦而随意变换比例、色彩及温度乃是艺术最大的忌讳。

吴明哲先生却安于孤独，对急剧变革的社会现实有着独特的感受和洞察。他敢于另辟蹊径，在艺术上不懈努力地追求完美的境界，使其作品富于想象力和艺术感染力。他偏重于殷契竹简、秦砖汉瓦中挖掘艺术精蕴，淡于功名，流连于维摩诘式的山水中，忘掉赏罚毁誉，摈弃私心杂念。正如他在一首诗中所写："无心生妙谛，到处证灵根。"故而他的作品能够超越现实时空，对世间万象进行着更深层的思索，在群体中找到富于自己个性的创作道路。他的书法作品，他的每一个字，都犹如一幅风景，可以推向邈远的情境，跳荡着生命的律动，率直朴茂，尽得风流。

《圣经》上说，人来到这世上，就应该懂得忍受苦难，只要根基立于磐石之上，就不怕任何强大的风吹雨淋。人事更替，沧海桑田，凡此人生的一切遭遇，风雨飘摇的逆旅之苦，只要我们直面人生，幸福就会到来。这似乎亦是我从吴明哲先生的书法作品中所看到的景象。

谁吃过狮子的肉？

——读丹麦卡尔·爱德华《两条腿》

尽管卡尔·爱华德（Carl Ewalol）先生无法和他的同乡安徒生相提并论，但他的童话《两条腿》无疑仍然属于值得人们赞美的那类作品。李小峰先生早在 20 世纪 20 年代就将它译成美丽的中文，直到今天，我能读到的仍是他的这个译本。

当我读着童话里的两条腿先生如何努力战胜自然，战胜狮王的时候，我忽然想到一个问题，在我们当中，谁吃过狮子的肉呢？

当我在我的朋友们中提出这个问题时，他们一致认为我不是疯了，就是无聊得要命。但是谁能回答这个问题呢？当然，他们谁也没吃过狮子的肉。我继续问，那是为什么？

他们的回答妙极了（当然，也有许多朋友认为根本不屑于回答我的这个问题，但是总有朋友要等待我的问题会有怎样一个可笑的下场）。他们中有的说，我们现在找不到狮子了，也有的说，现在我们根本不需要狮子的肉，我们的食品是那样的丰富，一个菜都能翻出好几个花样让你品尝。对，这是真的。

他们说，现在我们需要的是如何保护狮子。狮子现在已沦为珍奇动物，吃狮子的肉，是触犯法律的。这也是真的。

于是我又假设，倘若现在的大街上忽然出现一只狮子，那会是怎样的景象呢？相信人们几乎莫不惊慌失措地奔逃，别无办法。只有少数人能够制服他，那就是警察。

如此看来，我们并没有能力保护它，只能杀死它。这使我感到颇为沮丧。爱华德的两条腿先生是不畏惧狮子的。我们的祖先在原始的时代是多么伟大，他们成群结队拿着武器吆喝着，狮子不敢遇见这些两条腿朋友，否则它的肉就会变成他们餐桌上的美餐。要奔逃的该是它呀。而现在，我们多么惧怕狮子。

的确，现在狮子越来越少了，人在飞快地繁殖，而狮子却失去了它们生存的环境。于是，当它们快要灭绝的时候，我们才忽然想到需要它们，想到生态的平衡。我们需要保护它们，让已经为数极少的狮子们生存下来，我们的环境才能安全。

西出阳关无故人

——读斯文·赫定《丝绸之路》

　　斯文·赫定先生是在 1935 年 4 月 15 日回到了他的瑞典故土。那一天的斯德哥尔摩对赫定先生来说一定非常难忘，毕竟，半个世纪以来，亲情和友情在这一刻表现出了最快乐和最放松的状态。赫定先生说："至此，从我第一次离家，将自己的一生奉献给考察最边远的亚洲的事业起，正好过了半个世纪。"在这半个世纪里，他的亲人、他的友人就一直为他在亚洲腹地的历险而共同承担着命运可怕的一面，直到他最后一次完成这样的远行，在中国欢度了他古稀之年的生日，为此他感到骄傲。那是在他最后一次胜利地完成了对丝绸之路的考察之后。在那"西出阳关无故人"的地方，在 20 世纪 30 年代更是盗贼横行、军阀混战，因此对于赫定一行来说，更大的危险反而不是什么自然灾害，却来自这些人为的苦难。

　　斯文·赫定以他一生的探险历程赢得了世人的尊敬，同时，他更是著作等身之人，通过其著作，使他的探险本身显得更有价值和意义。这也使他的探险更加闻名。

　　斯文·赫定的早期著作有《穿越亚洲》《罗布泊：探

险与考察》等，正是他首先发现了楼兰古国遗址。仅仅这一点就足以使他名垂青史了。他对中国人民表现出的友好是真诚的，他的探险不仅为他自己的一生确定了意义，也为中国人带来了利益。在那个军阀割据的混乱时代，中国是个可以任人欺凌的国家，而斯文·赫定先生却并不因此对国人有任何欺瞒和歧视，倒愿意为中国的建设而贡献自己的一份力。这本厚厚的《丝绸之路》，正是这样的产物，他是值得国人怀念的。

他在接近古稀之年的时候，还慨然接受了当时中国政府的邀请，组织了这支西北查勘队，再次冒着生命之险，在戈壁沙漠和内战中沿着古代丝绸之路考察，为的正是希望通过自己的实地勘探，为中国建造一条通往新疆的公路创造良好的条件，以加强新疆与内地和中国沿海的联系。要知道当时正有很多国家插手控制新疆的贸易和政治，图谋分裂中国的神圣领土。令人意想不到的是，他仍然为此付出了巨大的代价，包括盛世才在内的各方势力甚至无端地阻挠他们的这一工作。

《丝绸之路》真实地记录了斯文·赫定先生的沿途所见、风土人情、地质状况。从他的记述中可见当时新疆的内乱、外患、灾害等所有这些贫穷落后的局面，这也正是当时中国的缩影。为了得到足够的汽油，赫定先生亲赴乌鲁木齐，随即被盛世才拘禁于城中。这期间，他亲眼目睹了盛世才的阴险狡诈。而在此之前，他又在内战的各军阀之间被无端地猜疑，甚至几乎丧生。他们为了占用查勘队的汽车，差点就枪毙了包括赫定先生在内的所有人。这使赫定先生十分痛苦，他想，为了中国的利益，他是否值得这样无谓地献出生命？

最后他妥协了，机智地使查勘队走出了这片是非之地，在如此艰难的情况下，他在新疆被耽搁了很久，超过了原定计划的时间，竟受到了派遣他的国民政府毫无理由的怀疑。

当时赫定先生已近 70，垂垂老矣，尽管仍精力充沛，但已缺乏决断。岁月使他更富于情感，对戈壁滩上的一草一木，他都充满了怀念之情，甚至在他旅途最困难的时候，都不忍杀死一只羚羊来补充自己的营养。在这条路上，他就这样在沙漠荒原上度过了两个难忘的圣诞节。

赫定先生通过此书为我们真实地描绘了中国 20 世纪 30 年代软弱无能的国民政府，新疆的各色阴谋家、受害者和爱国者。虽然有很多描述有时代局限性，但作为一名外国专家，一位想为中国"实实在在做点好事"的外国有识之士，这已经极不容易了。

他相信中国能够建成这样一条漫长的公路，完全沿着丝绸之路。他说："的确，和中国人完成的另一项建筑——长城相比，筑路就更微不足道了。"他认为，倘若这条公路得以建成，"一个汽车旅行爱好者可以驾着自己的汽车从上海出发，沿着丝绸之路到喀什，然后穿过整个西亚到达伊斯坦布尔，再经过布达佩斯、维也纳和柏林，到达汉堡、不莱梅港、加来或布伦……他以最近的线路穿越了整个旧世界的横断面,完成的是一次最有趣、最有教益的汽车旅行,也是地球上最好不过的一次旅行……风景如画、人潮如涌的中国内地,戈壁滩边缘上的绿洲、敦煌和楼兰之间神秘的大漠,野骆驼那孤寂荒凉的故乡。"

但是,这样一条世界上最长的公路交通动脉,当然不会仅仅是为了游乐而建筑的。赫定先生说:"这条路不仅会有助于中华帝国内部的贸易往来,还能在东西方之间开辟一条新的交通线,它将联结的是太平洋和大西洋这两个大洋、亚洲和欧洲这两块大陆、黄种人和白种人这两大种族、中国文化和西方文化这两大文明。在这因怀疑和妒忌而使各国分离的时代,任何一种预期可以使不同民族接近并团结起来的事物,都应得到欢迎和理解。"

赫定先生在这期间所怀抱的理想,正是中国古代最盛强之时曾经一度证实过的景象。

斯文·赫定先生所发现的这条路,是意味着人类文明得以进步的一条路,也是所有向往美好的人们心中的一条路。

历史与现实的演绎

——读《沙上的神谕——走进以色列》

张锐锋的散文集《沙上的神谕——走进以色列》并不是普通意义上的那种浮光掠影式的游记，而展示给我们的竟是他对以色列的古老历史文明和发达的现代化社会现实进行的独特审视。其广阔的视野和鞭辟入里的解析，在巨大的时空背景下向我们展示了以色列的自然史和犹太民族丰富的、充满悲剧性的心灵史，以及犹太文化与其他文化尤其是阿拉伯文化之间的内在联系和漫长而又复杂的纠葛与冲突，体现了一位中国当代作家对人类命运深切的关怀。

犹太民族苍凉的历史常常会让人感到沉重的压迫。当他们在荒芜的沙漠上建造他们的城市与宫殿的时候，他们坚信这是上帝应许他们的"流奶与蜜之地"，他们就在这样荒芜的沙地上开始酝酿他们那有着蜜和奶一样的文明。他们的经书上说，一粒沙里可以见出一个世界。他们似乎做到了。

当大卫王占领耶路撒冷，当所罗门王在那里建造庞大的圣殿的时候，他们辉煌的文明在沙漠上闪耀着夺目的光，并照亮了整个世界。这是一个怎样的奇迹？一直以来，我对这个伟大民族充满了敬仰。不仅仅是因为他们是世界上杰出的商者，他们在失去家园的 1000 多年中流散到世界各地，却能够在上千年的流浪中赚取和拥有巨大的财富，并能够培养出海涅、马克思、爱因斯坦等众多伟大的文学家、哲学家、科学家，影响了整个人类文明的进步。更在于他们竟能够牢牢记着自己的家园，尽管这家园多少年来仅仅存在于他们的文献资料中，几乎像他们那濒临绝迹的古代希伯来文字一样抽象。正如张锐锋在《沙上的神谕——走进以色列》中所写："世界上有哪一个民族有过这样的奇迹？没有。一个民族一般地在失去家园之后很快会被别的民族所淹没，然后悄悄地消匿在历史的古冢丛中。我们甚至可以看到，犹太民族是一个有着惊人记忆力的民族。一堵曾经埋藏在耶路撒冷的垃圾堆里的希律王朝时代的墙壁，竟然一直召唤着他们对于所罗门圣殿的追忆——直到今天，那截被人称为'哭墙'的墙，一直是以色列或者全世界犹太人的记忆和灵感的源泉。"

他们的民族凝聚力是惊人的，他们也经历各种毁灭性的打击，从古埃及时代、古巴比伦时代、古罗马时代，耶路撒冷一次又一次被洗劫，尸横遍野，血流成河，直到第二次世界大战中，纳粹德国将近 600 万犹太人置于血泊之中。但这一切从来不曾使他们失去信心，并终于在巴勒斯坦土地上恢复了自己的国家。他们在那样狭窄的地带，把这样一个小国建设成为世界上屈指可数的发达国家，这几乎又是一个奇迹。就像他们的先知耶利米说的：你们论地方说，是荒芜无人民无牲畜之地，但在这荒凉无人民无牲畜的犹太城邑和耶路撒冷的街上，必再听见有欢喜和快乐的声音，新郎和新妇的声音。

但以色列人并不常常欢呼，他们能够深刻领会那些先知的箴言。他们往往沉浸在 2000 多年的悲歌中。他们记着自己的幸福，但他们更记着他们的苦难和屈辱。虽然生活中的犹太人，尤其是那些年轻的小伙子和美丽开放的犹太姑娘，他们欢乐的笑声也曾感染了作为一位孤独的旅者的张锐锋。是的，如今生活在以色列的多数犹太人是幸福的，是富裕的，他们驾驶着自己的汽车，囊中装着金钱，有太阳下漂亮的花园别墅，有可爱的孩子与妻子，"可他们竟然凄然泪下，吟唱着公元前 6 世纪他们的祖先沦为巴比伦奴隶时的歌！"张锐锋这样写道，"在我们看来，这是完全不可思议的。因为古巴比伦帝国时代已距我们遥遥 2000 余年。而且这是一个早已死亡的、湮没于沙漠之中的帝国啊。为什么他们依旧为那些他们不曾经历的、甚至不曾记得的，或者连证据都找不到多少的古代哭泣呢？难道我们能够仅仅用'宗教情感'这样一个模糊的语词去解释吗？"张锐锋的感慨同样会引起我们的思索。对一个民族的历史回顾并关注他们现实的状态，是有着深刻意义的，尤其对于我们这样一个几乎有着同样绵绵悠长的历史和古老文明、有着同样的悲剧命运的中华民族来说。

作为一位散文作家，张锐锋的体察是细腻而独特的，在他对以色列进行了长达近一年的游历后，他写出了这样一部专题性的系列散文集，对以色列的历史与现实进行了深刻的演绎，从历史文明破落的碎片中和现实社会生动的现象里揭示了犹太民族的性格，以及奇异的风情、斑驳的历史。他不仅让我们听到来自沙漠的人类激越的高歌、感受到来自犹太民族饱尝苦难的生命痕迹，也让我们听到了作者张锐锋自己的心声，他的缅怀、愤怒、无奈与悲悯。

意大利人马可·波罗对中世纪中国的描述给我们留下的似乎不仅仅是一段有趣的历史，而更是对世界进行上下求索的永恒精神，不管他或他们的描述是否真实，其意义总是深远的。张锐锋给予我们的，正是这样一本书：它不仅是一个人在异国旅行的足迹记录，更是一个关于民族命运的历史与现实的启示录。一个能够给予世人以同样的激情和文化自省的旅行家才是值得我们尊敬的，而那些毫无头脑、根本无法为世人提供任何关怀更不用说终极关怀的旅行者，他们即使徒步在荒芜的土地上进行着艰苦的跋涉，他们的行为也只是对他们自己有着某种悲哀的意义罢了。

尽管这本书充满了踟蹰与困惑、窘迫与痛苦，但这一切均来自一位智者的审视与体验，这才是最珍贵的。

虚拟的现实或虚拟的历史

——读《达·芬奇密码》

我从来没有将所谓的畅销书放在心上，因为我总觉得，只有经过历史检验的文本才是值得去探究的，而人云亦云的热潮，包括那些思潮，总是喧宾夺主的样子，委实叫人不由自主。但是这个闷热的夏天，我只有通过消遣的方式，让阅读不会显得过于烦琐，于是我挑了这本小说《达·芬奇密码》。因为对达·芬奇的人生，我一直怀着好奇，这位天才总有令人不可思议的发现，而不仅仅是他那些伟大的绘画作品留给人们神秘的印象。

这的确是一部不错的小说（我指的是表面的文本意义），在作者的字里行间透露着精心设计的几近于完美的阴谋诡计，而一步步将你引入歧途，在密码的解读中，作者向人们一层层展开了他对历史的解读与神学的理解。我想或许这才是作者真正的目的，他的兴趣也许不仅仅满足于一个故事的叙述，而是希望通过这个故事一层层剥开历史的伪装。而那个引人入胜的故事仅仅是一件并不重要的外衣。

但这个故事还是很大程度地吸引了我的注意力，我丝毫不觉得这闷热的夏天有什么不好，因为我急于要了解的是，巴黎卢浮宫博物馆馆长雅克·索尼埃究竟隐藏了什么秘密，以致被谋杀，他留下的密码，使美国符号学家兰登与索尼埃的孙女索菲卷入其中，并发现一连串的线索竟然隐藏在达·芬奇的艺术作品中。而这一切与一个秘密宗教组织峋山隐修会有关，而这个组织据说成立于1099年，并受到"圣殿骑士团"的保护，其成员包括西方历史上的诸多大人物，比如牛顿、雨果以及达·芬奇等。而这个秘密组织要保护的，更是一个惊天的大秘密，那就是《圣经》中提到的抹大拉的"玛丽亚"与耶稣结婚并留下了神圣的血脉，这血脉甚至与8世纪以前在法兰克建立王朝的墨洛温家族有关。

与所有的悬念小说一样，随着案情的进展，在书的最后，虽然秘密依旧还是秘密，但幕后的主使者与凶手终于暴露并受到了应有的惩罚，现实的结局是完满的，而尤其重要的是，历史的真相终于大白于天下。不过在我看来，历史的疑问依然在我的身边挥之不去，峋山隐修会真的存在吗？耶稣真的与抹大拉的"玛丽亚"结婚并留下了后代吗？令人惊讶的是，这位美国的作者丹·布朗在书的前面竟声称："本书中所有关于艺术品、建筑、文献和秘密仪式的描述均准确无误。"

丹·布朗在《达·芬奇密码》一书中所引述的文献，大多是人们在1945年于埃及境内的沙漠地区纳杰哈马迪发现的诺斯替教义及与此相关的历史文献，而诺斯替教派是一个曾活跃于公元2—3世纪的基督教组织，这些文献的发现在学术界引起了争议。事实证明，这个教派的许多教义仅仅是伪托，它们对正统的学说并不构成威胁；至于峋山隐修会也只是一个玩笑的产物，但在中世纪，倒是有一个峋山兄弟会，可是也没有充分的证据说明它与圣殿骑士团有过联系。

事实上，丹·布朗给予我们的，只是一个虚拟的现实与一个假想的历史，这一切都不曾发生过，正如《纽约时报》的书评所说："还没有一位作者设下这样的圈套哄骗读者，诱使他们屏住呼吸来追逐情节，并罪大恶极地公然以此为乐。"

我原以为，丹·布朗在这本小说中顺便告诉了我们许多知识，而这些知识与西方的历史文明有着直接的关系，他惊人的秘密与发现真的如同他在小说中对他设计的秘密所下的结论，具有巨大的力量，足以颠覆整个传统的世界。但我的兴奋很快就消失了，因为另一本书，就是达雷尔·博克的《破解〈达·芬奇密码〉》。达雷尔·博克是美国达拉斯神学院的教授，他的这部书破解了许多关于圣经的迷惑，历史的真实与现实的争论。

不管怎样，就小说而言，丹·布朗的这部作品无疑是天才之作，其智慧、幽默与环环相扣的谜团真的很惊心动魄，只是，小说就是小说，不要将小说的世界诉诸现实，更不要以历史的真实相要挟，而这，就需要读者保持冷静的头脑与独立的思考了。

读完这两本有趣的书，一个夏天也就过去了，原来生活是这样有乐趣的，而这乐趣，也需要自己去发现并寻找，任何埋怨都不必要。

我的童话

父亲说："有空就读点童话。"父亲总是这样劝诫我。父亲是对的，因为这世间，童话是极美的事物。

自我启蒙时，父亲就教我读童话，当然是丹麦安徒生的。这世间我再也找不到有哪位童话作家胜过这位充满幻想的老头。

对安徒生的童话，我能倒背如流。起先我读《卖火柴的小女孩》，我读了不止三次了。我的幻想和多愁大约就起源于这篇童话。每当大年三十，我总会想起那位可怜的小女孩。我的心仿佛就飞到了寒冷的北欧，我渴望小女孩能与我分享过年的快乐，分享我的压岁钱。我想象此刻安徒生家的火炉一定很温暖，他定会表扬我做的好事，表扬我比雷锋做得更好。

后来当我稍稍长大了点，似乎也能读懂《冰姑娘》了，她的爱情故事给我很朦胧的感觉，当然还有《野天鹅》，公主的形象开始在我的心中占据着最高的位置，我的关于爱情的启蒙，也大约起源于安徒生的童话吧。

父亲珍藏有安徒生童话的全集，都是叶君健先生翻译的。后来我知道，女诗人陈敬容在20世纪40年代也曾从英文转译过安徒生的童话，据说也译得极凄美。

如今父亲老了，我也到了而立之年，父亲仍然这样对我说："有空，就读点童话。"我知道童话里那些极美的故事，不止蕴涵着人生的真谛，更有一种心情。我知道，只有极仁爱的人，才会为人们写出极美的童话来。

读《茵梦湖》

茵梦湖曾经是我少年梦想的地方，因为那时最让我迷醉的，正是德国作家施托谟的中篇小说《茵梦湖》。那是初夏的黄昏，落日悬挂在松台山后的落霞潭上，原先的碧波在金红色的霞光中仿佛充满了哲学的玄思，格外宁静。走过古老的石板桥，晚风中有一种朦胧的感动，那是因为手中的那本《茵梦湖》。

我读的是张友松先生从英文转译的英汉对照本。施托谟把故事写得那样动人，使我犹如身临茵梦湖畔那美丽的庄园，伊丽莎白幽怨的眼睛是那样脉脉含情而又无可奈何地凝望着平静的水面。礼拜堂里做晚祷的钟声响起来了，钢琴那伤感的音调从百叶窗里飘出，赖恩哈和伊丽莎白新组成的家庭在一起。当暮色四合时，他向他们朗读着他收集来的民谣：

阿娘严命不可违
强我另嫁别家郎
我有所欢情难舍
与他分袂我心伤
没奈何，欲断肠

小说中写道："赖恩哈一面读着这首歌，觉得纸上有一种微妙的颤动；他读完了的时候，伊丽莎白轻轻地把她的椅子往后一推，悄悄地走到花园里去了。她母亲望着她的背影。伊利克好像要去跟着她似的，但是她母亲说，'伊丽莎白有一两桩小事要到外面去做哩'。于是他也就在原处没有动。"整部小说从头到尾都是那样带着淡淡的忧伤叙述着，没有一点激烈的情绪或场面，便是他们秘密的相爱、许诺直到分手、伊丽莎白被母亲许嫁给了伊利克，直到赖恩哈回来，与他们一家友好的相处的几天，他们心中燃烧的爱情以及面对现实的无奈，最后在暮色中的离别，一切都仿佛只是一段人生中最抒情的和谐的乐章，像一座超越生命之美的灵魂高尚的建筑。

其实这部小说的故事极为单纯，讲的是一对相互爱慕的年轻人，他们青梅竹马，但后来男主人公赖恩哈离开故乡去远方求学，伊丽莎白和他虽然都没有表露心迹，但彼此心照不宣。当赖恩哈临别时，他说："我有一个秘密，一个美妙的秘密，我过两年之后回来，那时候你就会知道的。"但是两年后他接到母亲的一封信，告知他伊丽莎白已经嫁给了善良的伊利克，他的好友，一位年轻的庄园主，茵梦湖的主人。伊利克先后向她求过两次婚都不能如愿，但她最后还是答应了，因为是她的母亲为她做的主。她的心中依旧思念着那个心中怀着一个美妙的秘密的人。

几年后赖恩哈去了茵梦湖，和伊丽莎白一家重新聚首，重温过去的友情和温情。最后，赖恩哈终于不能忍受即成的事实而决定不告而辞，他留下纸条。但是心有灵犀的伊丽莎白在最后一刻追上了他，对这刚刚见面又要重新分手感到非常伤心。她说："你是永不会回来的了，我知道，你不要否认，你是永不会回来的了。"

"是的，永不回来了。"他说。

她让她的手从他的臂上落下，再没有说话了。他穿过过道，走到门口，然后又转过身来。她还在原处站着不动，以一双无精打采的眼睛望着他。他向前走了一步，向她伸张两臂，但是他又猛然制止住了自己，转过身向门外走了。

我完全沉浸于这怅然若失的情境里，思绪让风吹得凌乱不堪，久久不能释怀。

茵梦湖就这样留在我的记忆里，每一次重读，便都有新的感触与启示。

"历史之门"

　　我虽也算一个爱读书的人，对历史多少也知道一点吧？但也就那么一点肤浅的知识还要自以为是地到处炫耀，就有点愚不可及的样子了。出于对历史的兴趣，我曾与几位朋辈发愿要于历史中发现点什么，才知道中国数千年的岁月，实在浩瀚，如此不自量力，自作多情，未免可笑。直到日前翻阅《中国古代史导读》，才总算找到了一条明亮的路径，因而我称此书为"历史之门"，但愿不是太过分。

　　《中国古代史导读》由肖黎、李桂海主编，上海文汇出版社 1991 年 9 月出版，印刷过两次，据该书版权页上记载，总共发行了 6000 册，在学术书方面，也算一本畅销书了吧？可见是颇受读者欢迎的。该书由我国著名历史学家李学勤、郑超等 10 位教授分别介绍了从先秦到明清各历史时期的重要文献、考古资料、研究的历史和现状以及研究的展望，各种不同的见解并存，在叙述中又不乏作者自己的真知灼见，给读者提供了极有价值的参考。全书 40 多万字，共 500 多页，尽管相当简略，但对于想在历史中探出些究竟的初学者来说，这本书无疑是必读之物。

　　历史是一个有意义的魔方，我们能够于茫茫学海、广

裘书林中借助这样一本书而打开历史之门，一窥魔方里的
奥义，自然是我们的幸运。

传统的音调

——读《音调未定的传统》

因为一开始我并不了解朱维铮先生的学术风格，因此，当我翻开这本《音调未定的传统》时，首先要读的就是被附于书末的那篇《谈学》，这是朱先生与李天纲的一篇对话录，朱先生在对话中较详细地阐明了自己的学术见解及旨趣。他说："在我看来，历史感源于现实感。因此，当我考察已成为历史的人物及其思想时，我首先想考察的不是他们继承了某种传统，而是他们在生活中遇到了怎样的事件。"从这篇《谈学》开始，我才逐渐认识了眼前这本书的作者。

又因为我对辜鸿铭的喜爱，大约也是受当前学术时髦的影响吧。而在《音调未定的传统》中，就有一篇《辜鸿铭，生平及其它非考证》，被排在所有文论的最末。在读了《谈学》之后，我就理所当然地开始读这篇文章，又顺着这篇往前读，差不多就这样一直到读完了全书才发现，朱先生的文章编排是按一定的时间顺序的，其中牵涉的观点或问题竟被我逆流而上地追寻了一番，想想也颇有趣味。

这本《音调未定的传统》由辽宁教育出版社 1995 年 3

月出版，约 25 万字，被收入《书趣文丛》第一辑，共收入朱先生有关中国文化史论文 27 篇，并有朱先生的一篇《小引》及那篇与李天纲的谈话录，朱先生在此书中痛快淋漓地阐述了文化史的有关问题，诸如"传统文化与文化传统"、"文化的类型""孔子与教育传统""基督教与近代文化"等，并论述了从清乾隆直到民国初年的文化史，其中涉及洪亮吉案、弄虚作假的魏源、"尸谏"的悲剧，以及刘师培、辜鸿铭等人物。果然，"人世间没有不变的传统，或者说没有自古及今一以贯之的传统"，因而朱先生将自己的这部文集题名为"音调未定的传统"，自有他的道理。

考古的神话

——读《神祇·坟墓·学者：欧洲考古人的故事》

　　我向来对考古有着浓厚的兴趣，是因为我觉得这中间充满了神秘的力量、冒险的奇遇、意外的财富、浪漫的幻想和历史的真相等，即使是那些在别人看来也许是枯燥乏味的考证，对我来说也一样有着无穷的魅力。直到人们通过一些科学的方法而使历史的面貌得以揭示以后，我仍然还会有意犹未尽的感觉，因为我还想知道古人为什么要这样做、这样生活，他们究竟在想些什么，如果不这样，历史会怎样呢？我们现在的生活会怎样呢？未来会怎样呢？我们将会回到过去吗？重复或者毁灭？那些神话中的奇迹：洪水暴发、伟大的阿伽门农王、繁华的城市特洛伊……它们究竟是否存在过？穷究人类的历史可以使人类了解自己的身世，看清过去的足迹，人类才会懂得应该如何创造自己的未来。但我终究成不了考古学家，我缺乏足够的耐心和能力，甚至连完整地读完一部考古学的著作都做不到——因为当你真正去接触那些论著的时候，你会发现这一切真的太枯燥而艰深了。可是这本书不一样，作者用生动的笔调描述了十几位欧洲著名的考古学家不凡的经历与才华，在他们惊心动魄的勇敢与执着追索下，隐秘的吐坦卡蒙墓、尼尼微古城、古希腊的金面罩、古玛雅殉葬女郎的尸骨、古巴比伦的空中花园……一件一件地浮出地面，通俗的叙述使它成为适应广大读者口味的畅销书，同时严格遵守科学性的原则使它成为一本考古的典籍，并长期作为不少大学的必读书。这就是德国的历史学家 C.W. 西拉姆的《神祇·坟墓·学者：欧洲考古人的故事》。

20 世纪以来，尤其是二战以后直到最近这一时期，科技的不断进步给考古学带来了飞速的发展，新的发现和新的理论几乎都在重写人类过去的历史。但在 18 世纪，考古学在欧洲刚刚兴起的时候人们所做的努力，在今天看来依旧有着不可替代的作用。自从那不勒斯王后从她宫中那宽阔的庭园里挖掘出庞培城的遗址开始，西拉姆分四个部分缕析了希腊、埃及、巴比伦和中美洲的考古发掘情况，以及这些欧洲考古人的野心、良知、才华，他们的冒险、流血、财富，还有那些古迹背后的历史真相，在你感觉古代不可思议的同时，这些考古人的经历也同样使你感到非同一般。这些考古学家中有很多是杰出的天才，比如谢里曼，当他在小时候听到荷马史诗中的故事时，就立志非要找到强大的特洛伊城。他出身贫穷，在奔波闯荡中度过青年时光，流浪、充当杂役，但他通过艰苦努力而通晓了英语、法语、西班牙语、意大利语、葡萄牙语、俄语、阿拉伯语。因为他所通晓的语言，为他带来了商业上的成功，而最终成为一个拥有巨大财富的人。当他的事业如日中天的时候，他却放弃了，转而从事起考古发掘，以实现儿时的梦想，那就是特洛伊。在那个时代，人们大多认为荷马笔下的古希腊不过是一个神话，因为根据当时能够发现的最早的文字记载，希腊当时还相当原始，更没有什么庞大的舰队，因此人们毫不相信在有史料可查的产生灿烂的古希腊文化以前的原始野蛮时期还有荷马所讴歌的那样高度的文明世界。更何况这位出生于德国北部一个小村庄的穷牧师的儿子根本不懂考古学，虽然他现在是一个百万富翁。但他抱着对荷马的坚定的信念，在他 46 岁那年启程直接奔赴阿齐亚人的王国，以锲而不舍的精神证明了自己正确的理论，不仅叫伟大的特洛伊城重新崛起在大地上，也叫世人重新认识了世界以及遥远的过去，看到了先前以为不过是一个不足为信的神话故事的真实面貌，人们惊讶地看到了不可想象的阿伽门农王的金面具，从而证实了原先以为诗人幻想的世界竟是千真万确的事实。如果说这是从神话中发现了历史，不如说这是又一个考古的神话。还有 20 多岁就成为大学教授的语言天才商博良对古代象形文字的破译以及在考古学上伟大的贡献，他们严谨的治学态度和献身精神就像地底的金子一样。

"深入研究人类历史以后，我们有时似乎可以感到，古代的气息越过岁月的隔阂飘到我们的身边。明显的事例说明，5000 年来人类的经历并没有白白过去……尽管如此，过去的力量是存留下来了，并且不断地对我们发生影响，尽管我们也许并未觉察。如果真正深刻地认清作为人类究竟意味着什么，那我们会感到吃惊，因为人类的特点在于代代相传，每一代都必须具备前辈留给他们的思想感情。多数人永远看不到传统的重要性，看不到在所有哺乳动物中只有人类随着时间的推移不断前进；并且我们很少想到怎样才能使我们从前人继承的东西发挥最大的作用。"西拉姆这样写道，"夸张一点说，考古学家的铁锹每挖一次，就会挖出更多的材料，证明我们的所有自觉的思想和感情有的已经在巴比伦想过和感觉过，这是考古学家们为之不胜惊诧的切身体验。然而使他们更为惊诧的是，越来越多的材料证明，巴比伦的文化是从远远早于闪米特巴比伦人的民族传下来的，这个民族甚至比埃及还要古老。"这不仅是他对巴比伦的论述，也是对整个考古学的精辟见解。在这部书中所讲到的欧洲考古人的研究范围，除了对印地安文化的发掘是在中美洲大陆外，基本上是地中海周围以及中东地区和埃及，他们在发掘历史的同时，也有将得到的宝物偷偷运回自己国家的博物馆中，这种行为从国家的利益上说是一种掠夺，但从另一个角度说，他们同时也保护了这些文物免遭无知的蹂躏和践踏，阻止了盗墓者疯狂的破坏。这使我们不禁想起敦煌的发现，现代考古学对国人来说浸透了血和泪。这本书中没有论述到中国，因为作者认为自己对中国的认识仅限于书本，而此书中的所有材料都与现场挖掘有关，因此没有包括进去。事实上，中国对文物的重视可以追溯到公元前的春秋战国时代，在东周的首都洛阳建起了类似今天博物馆的"守藏室"，北宋时期就有著名学者编撰《考古图》《金石录》《集古图》等，且历代对金石、钱币、玉器、陶瓷、碑刻等都有丰富的研究，是萌发考古思想最早的国家，但令人惋惜的是并没有形成一门独立的学科，成为现代意义的考古学，在一段时间里甚至因为国力的软弱而任由西方列强疯狂掠夺了祖先的财富，这是中国考古学上永远的伤痛。

考古学的意义，是远远超过文物本身价值的，正如西拉姆在这本书的结束语里写的："我们需要了解过去的5000年，以便掌握未来的100年。"但是，西拉姆又说道："许多古文物出生以后进了博物馆就等于重新埋在地下，这应该说是一种新的危险情况。"

我们怎么办？

《开卷》有缘

第一次见到《开卷》是在什么时候，我早已不记得了。但第一眼看见它所留给我的印象，却十分深刻。我把这份小刊物摆在案上，翻开，脑子里想到的，竟是刘禹锡《陋室铭》里的句子："谈笑有鸿儒，往来无白丁。可以调素琴，阅金经。无丝竹之乱耳，无案牍之劳形。"它虽没有那种豪华的装帧，封面与内文是同样素白的纸，甚至可以说没有封面一样，正如一间陋室，只有一扇敞开的柴门，里头摆设简洁雅致，却是高朋满座，所谓"有仙则名，有龙则灵"。

说实在话，在我第一次见到《开卷》后，心中便有了期待。这种期待与初恋的心情无异，便是期待着能够更快地读到下一期，期待着新的重逢，期待着她的如期而至，带给我新的惊喜，哪怕这份惊喜是那样短暂，或细微如晨露。这大约就算是一种缘分吧？而更让我惊喜的是，这样一份民刊，却聚集了众多著名的专家学者，经常能够在其上读到他们字字珠玑的华章，几乎每一篇都让我回味，或有共鸣，或得教益，从没有一篇文章让我失望。如果打一个不恰当的通俗的比方，它呈现的不是一份法国大餐，却是一份精致的甜点布丁，吃完就等着吧，下回还有，但不多，小分量，而分量不轻。小小的 32 开本，寥寥十数页，几篇短文章，隽永而简约。

这就是我所认识的《开卷》。我常为它而喜悦，也因此不揣冒昧地给它投去我的拙文。呈上，偶有录用，则仿佛有登堂入室之莫大荣幸，恍若得以在陋室中亲聆鸿儒的谈笑与文坛掌故；又譬如于华山论剑的众豪杰里，竟忝列其中，身佩一把钝剑，但能听闻那些方家上人的江湖轶闻，便心有窃喜。

古人说，开卷有益。董宁文兄主编的这份小小《开卷》，何止有益，更是值得收藏的精品。它让我想起菲兹杰拉德英译的《鲁拜集》里的一则短诗：

A Book of Verses underneath the Bough,

A Jug of Wine, a Loaf of Bread——and Thou

Beside me singing in the Wilderness——

Oh, Wilderness were Paradises now!

我试译之：

绿荫之下，一卷诗章，

一杯酒，一点干粮——还有你

陪伴我放歌于这荒野之上——

哦，这荒野胜似天堂！

如果说，这份《开卷》是一间陋室，则可见长到石阶上的苔藓碧绿，映入窗帘里的草色青葱，都是那样真实可爱，"惟文德馨"；若说《开卷》是一片绿荫，那么它便是可以任我放歌听歌的美丽荒野。开卷即有缘，不知读者诸君以为然否？

卡萨诺瓦的冒险：
恋爱、告密与复仇

　　在他死后的两个世纪里，这位沙龙里曾经活跃的著名人物，在历史的烟云中化为一粒尘埃，所有的光芒早已被新的绚丽色彩湮没。这个自称为"巫师、作假者、贼、奸细、中饱私囊的贪官、叛徒、赌徒、无赖、诽谤者、造假汇票者、篡改文字的文侩、亵渎宗教的骗子、不信教者"的人，谁还记得他呢？即便是在他的祖国，或者在他曾经浪迹的整个欧洲，对于他，也是遗忘代替了追忆。

　　然而，到了 20 世纪末，他又不停地勾起人们的追忆，那些追述他的传奇一生的文字，不仅在欧洲获得好评，也被翻译到遥远的中国。我想，倘若他泉下有知，不知会有怎样的惊讶与欣喜。

　　他 就 是 卡 萨 诺 瓦（Giacomo Girolamo Casanova，1725—1798 年），极富传奇色彩的意大利冒险家、作家、"追寻女色的风流才子"。他出生于意大利威尼斯，卒于波希米亚的杜克斯（现属捷克）。

　　如果说，1960 年出生于英国的当代作家安德鲁·米勒笔下的《恋爱中的卡萨诺瓦》（李天奇译，江西教育出版社 2013 年 11 月版）是一部传记小说，那么这样的卡萨诺瓦究竟有多少虚构的成分？而真实的卡萨诺瓦又是怎样的一个人呢？正如作家在书中自我介绍说，这本书的部分内容基于卡萨诺瓦的自传《我的一生》，其余部分则是彻底的虚构。《我的一生》有多种中译本出版，而这段说明更让我不由地想起黎迪娅·弗兰姆笔下的《卡萨诺瓦传奇》（袁俊生译，团结出版社2002年1月版），这位来自比利时的精神分析学家，从精神分析的角度，概述了卡萨诺瓦传奇的一生。无论是在他们的虚构或真实中，让我们见到的，都是同一个关于轻佻的爱情之剑与垂暮者的复仇之笔的精彩故事，读来皆饶有趣味。

这个自称为"森加特骑士"的狂妄的威尼斯作家，作为演员的儿子，他只是不甘心低贱的出身，虽然他漂亮的母亲出入宫廷，为达官贵人们演绎着人间的喜剧，虽然他的母亲一直是他心目中永远的女神，但这不能改变他被侮辱与被损害的命运。他必须不断地与命运抗争，而他所有的手段竟是那样胡闹与可笑，然而他终于还是胜利了。

父亲英年早逝，母亲四海奔波，留下他一个孩子，莫名其妙地流着鼻血。于是这个孩子只好去寻找巫婆与咒语，并真的治好了自己的顽疾。从此，他不但钻研医学，也深信巫术的力量。最终，他还是相信自己。在他壮年的时候，由于一次高度发烧，几乎性命难保，所有的宫廷医生都认为必须放血治疗。但他不同意，居然从枕头底下迅速拔出手枪对着医生们开火，将他们赶跑。他运用自己的医学知识与可笑的巫术，治好了自己。他又一次成功了。值得庆幸的是，幸亏他没有听从那时的庸医们固执的建议，否则也许就会像英国伟大的贵族诗人拜伦一样死去。据说后来的拜伦也是患了与他同样的症候，在被放了血后死去的。

平民的孩子要想在那个社会腾达，没有别的出路，要么选择律师，要么去当修士。所幸宽厚仁慈的戈纳修士接纳了他，他渊博的学识也造就了这个天才的年轻人的未来。而他从教士的书本上学会的所有伎俩，竟是如何勾引贵妇人们，撕下她们的面纱，袒露她们的胴体，洞穿她们的羞耻心，而最终让爱情的火，将一切烧毁。他承认自己是女人的玩偶。黎迪娅·弗兰姆在《卡萨诺瓦传奇》中写道：在一个暴风雨的夜晚，他陪着蒙特雷阿伯爵的客人——一位新婚的少妇，同坐一辆马车奔驰在意大利东北部威尼托的乡村小路上。可怕的闪电、暴雨与响雷，吓着了年轻的夫人，而17岁的修士勇敢地抱住了她，一分钟也不耽搁地骑到她的身上。她称他在亵渎宗教，他要她装作晕过去了，以免车夫看到这场面。他撩起她的裙子，搂住她的臀部，他相信终于获得"最彻底的胜利，任何一个敏捷的角斗士都从未获得这样的胜利"。

"在暴风雨结束前，您就尽情享受我献给您的乐趣吧！"

"您怎么敢以这种卑鄙的举动向雷电挑战呢？"虔诚的少妇问道。

"雷电允许我这么做。"他答道。

"您真是个坏蛋，让我的余生都会不幸。现在您高兴了吧？"

"不。"

"您还要干什么？"

"狂吻。"

"我多不幸呀！好吧，来吧！"

"对我说，您爱我。"

"不，因为您不信教，您就等着下地狱吧。"少妇诅咒道。

雨过天晴，他向她保证治愈了她害怕打雷的恐惧心理。"这我相信，但将来我只和我丈夫一起出门。"少妇说。

"您这就错了，因为您的丈夫决不会像我这样去安慰您。"

"这也确实如此。"

他幼年时曾被巫术治愈过，青年时，他想用人类最奇特的交往去治愈他人，那就是用轻佻的爱情享受性爱所带来的愉悦。但这样的冒险并不总是无往而不胜的，反而屡遭挫折。他在爱情上最大的失败，是在1764年的伦敦，他结识了一个名叫沙比雍的妓女，他赎买了她的自由，而她魔鬼般的计划却是让他爱上她,用如痴如狂的爱情惩罚他，对他肆意污蔑，尽施羞辱。他枉费心机，一步步走向地狱，竟在衣兜里装上100磅的铅块，向伦敦塔走去，准备投泰晤士河自尽。一位英国贵族救了他，而他发现在他自尽的当儿，沙比雍正在与别人跳小步舞。被抛弃受侮辱的他，钱情两空，只有驯养一只鹦鹉摆在人群熙攘的地方，教它学会这样叫："沙比雍小姐比她妈还放荡"……这样的咒骂着实让他快活了很长一段时间。

他的巫术与放肆的言语终于引起了宗教裁判所的不安，一张逮捕令使他身陷牢笼一年零四个月，但他居然神奇地逃脱了，并假扮贵族，混迹于欧洲各大沙龙。他以渊博的学问与优雅的谈吐，成为沙龙中最受欢迎的人物。在流亡巴黎时，他创建了彩票生意，成为富翁，挥金如土。于是他回到威尼斯，化名普拉托里尼，又成为宗教裁判所的密探，举报他所痛恨的贵族们的言行。他还写了一封检举信，信中罗列了一份很长的禁书目录，包括伏尔泰、卢梭、小克雷比雍以及斯宾诺莎的书。由于他得罪了斯皮诺拉侯爵兄弟，结果暴露了自己，他再也没有起死回生的余地，在流亡的余生，他的钱也花完了，只好漂泊于欧洲各主要大道上，为贵族老爷打工，谋取差使。

晚年，他只有撰写回忆录，用文字实现自己的复仇。他躲在沃尔斯登伯爵的杜克斯城堡，担任他的图书管理员。他一刻也没有停下复仇的笔。要知道，他年轻的时候剑术高明，曾经与一位波兰贵族决斗过，并给对方留下了重伤的耻辱。可是，现在他老了。他写下了一切，他不避讳自己的所作所为，他认为快乐并不是罪恶，他善于向命运下赌注，在孤注一掷的赌局中，他不会输，因为他的宿敌尚未获胜。他不忏悔。他要报复社会，告诉人们他是如何行骗、赌博，甚至出卖灵魂的。他写了 12 卷，那里不仅是他传奇一生的真实写照，更是一幅 18 世纪的社会画卷，肮脏龌龊、低级下流、流氓无赖、穷奢极欲。他要将他的一生，化成傲慢的遗产，留给世人。他承认自己的一生中只浪费了一天的光阴，那是 1764 年 12 月的一个星期日，在圣彼得堡的一个化装舞会之后，他躺倒就睡，竟连续睡了 27 个小时，那一天他好像未曾经历过。生活对于他，就是永恒的狂欢节。

他用笔报复社会，在我看来，也报复着他自己。他用轻佻的爱情为妇人带来快乐，而结果却是自己不断地受到伤害。但他依旧爱着她们，她们也深爱着他。

他是一个无赖，也是一个出类拔萃的智者，一个女士们的挚友。

这就是卡萨诺瓦。这就是他的自传《我的一生》（高中甫等译，北京燕山出版社 2006 年 6 月版）。

安德鲁·米勒在《恋爱中的卡萨诺瓦·跋》中写道："卡萨诺瓦，历史上的卡萨诺瓦，在 1798 年 6 月 4 日去世，享年 73 岁，雄伟的身躯最终被一生的冒险击垮。他的遗体葬在圣芭芭拉教堂的墓地中，就在杜克斯郊区外。现在那里已经没有墓碑，但在传说中，坟墓上的铁十字架曾多年拉扯途经此地的年轻姑娘的裙摆。"读这段文字，在我的脑海里于是浮现出这样的画面：轻风拂来，姑娘回头拉住自己被勾到的裙摆发出轻声的尖叫，铁十字架的墓碑下，卡萨诺瓦的名字在阳光下闪耀着俏皮的光芒，恍若他嘴角挑起的微笑。

萨德：被诅咒的叛逆者

——读《萨德侯爵传》

　　若要真正地了解这个人物，并不是一件轻而易举的事，因为他是这样一个可怕的、甚至被认为是一个不可救药的放荡者或从地狱的黑暗中诞生的恶魔。他的一生中多次因对妇女施以变态的性虐待行为而遭监禁（性虐待狂 Sadism 一词即由其名而来），他的小说作品被人看成是体现了绝对的邪恶甚至达到了罪恶的程度。他的一生充满了坎坷、怪诞、叛逆与苦难，这就是萨德侯爵，一位在法国甚至世界文学史中不可回避亦不可忽视的人物。他的一生不仅反映了 18 世纪法兰西贵族生活的风流写照，也反映了专制主义盛行时代一个堕落的、传统道德的叛逆者追求自由、情欲的畸形而又艰险的心路历程。在他的墓志铭上，他这样写道："丑陋的专制主义在各个时代都迫害他，这恶魔在国王治下，侵害了他一生，在恐怖时期，它拒不退却，把萨德推到深渊边上，在执政府时期，它卷土重来，又把萨德当作牺牲品。"

　　在我游历巴黎之前，我对萨德可谓所知甚少。当我漫步在阳光下的平等宫（王宫）中，我想到了巴尔扎克对它的描绘,那是王权被推翻后革命者演说的充满激情的广场,是诗人、书商与妓女云集的地方。同时我也想到,也许还有萨德快乐自由地穿梭其中的身影吧,那是萨德在巴士底狱羁押了 13 年后终于被平反,而获得"有选举权的公民"的日子。1790 年的春天使萨德侯爵这位被旧专制政权镇压的旧贵族变成一贫如洗的平民。但是革命的新时代是依旧不能见容于这位思想怪诞的所谓色情的作家的,自由的春天的阳光并不能温暖他的余生。随后不久,萨德又被革命群众判处死刑,而先后被羁押在各大牢狱,最终他虽免于死刑,却被当局关进了夏朗东精神病院,在那里又是 13 年的光阴,直到他老死。他的一生终于没能摆脱牢狱之灾。正如法国作家尚塔尔·托马斯在《萨德侯爵传》的最后一章里写的:"在想象与传说之间,在含糊而夸张的飞短流长之中,他成了一个怪物——既是旧制度的恶棍,又是大革命的帮凶,最终还以其淫荡的余烬来扰乱一些不幸的精神病人的安宁。"

但是牢狱又为他的创作生涯创造了寂寥的思索的环境,由此而促使他写下了卷帙浩繁的小说。正是他在 37 岁的华年被关进万森监狱时,他才真正开始了小说创作,后来被转到巴士底狱,就写得更多了。如果从艺术的角度来考察他的作品,当然不能到达怎样的境界,而与其后的雨果、巴尔扎克、福楼拜、左拉们相提并论,但他思想的锋芒、大胆的叙述,终究对后世的作家们产生了颇大的影响,这是值得我们研究与探讨的。我想,他们之间的渊源,充满了历史的真实与悬念。

直到新世纪的钟声敲响的时候，我才开始接触到这位18世纪法国的贵族，并且往往出于猎奇的心理，希望了解这位被诅咒的色情狂究竟写下了怎样的文字，而叫200年间的世人对他如此忌讳与惶恐。事实上，真正开始感动我的，竟不是他的小说，却是两部关于萨德的电影。一部是考夫曼导演的《鹅毛笔》，由凯特·温斯莱特与杰夫里·拉什主演；另一部则是根据萨德的小说改编的故事片《贾丝汀》，由吉斯·弗朗哥导演。这一部当然不如前一部优秀，但人们似乎可以通过他们的图像的诠释，来了解到萨德及其小说的风貌了。

尚塔尔·托马斯的这部《萨德侯爵传》应该说是一部评传，他并没有专注于萨德离奇而荒诞的生活，以及由此而产生的种种情景。但他通过萨德一生的不幸遭遇以及他的文字、书信等，从形而上的角度更细致地分析了他之所以要面临严酷命运的心理活动、他的思想和灵魂的拷问。

萨德，1740年出生于外省的一个古老的贵族世家，与波旁王室有着远亲的关系，15岁成为御林军的军官，在"七年战役"中表现勇敢。23岁退役结婚，四个月后就因性丑闻而被捕。出狱后仍放浪形骸，荒诞不经，丑闻不断，反复受罚入狱，竟达二三十次之多。37岁再度被捕，从万森监狱到巴士底狱，一待就是13年。1789年大革命爆发，他重获自由。1801年，已经61岁的萨德侯爵却又因淫秽作家的罪名而再次被投入监狱，后又被囚禁于夏朗东精神病院，直到 1814 年他 74 岁时病死。正如柳鸣九先生说的：
"他是个英勇的军人……他是当时封建专制主义社会的贰
臣逆子，带有几乎是天生的反骨，在巴士底狱中，曾企图
煽动犯人揭竿而起。在大革命后，他表现了对社会进步、
历史变化的巨大热情，他是当时革命事业与社会公益性事
业的积极参与者，但他并非一个狂热偏执的过激分子，而
持有一种纯正合理的社会意识，在革命恐怖时期的 1793 年，
他曾主张人道主义与温和政策而被过激派逮捕，列入了处
死名单，谁说他一生中的监狱生活全是因为性案丑闻？他
在文学创作中升华了自己，他没有沦落为淫秽下流的作家，
倒可以说升格成为了一个严肃的哲人。"

　　萨德去世后，应他的幼子的请求，警察没收了他晚年
最后的作品《弗洛贝尔的日子，或被揭露的本性》，当局以"通
篇都是淫秽话、渎神话和无法类归的卑鄙语句"来形容这
部作品并将其焚毁。"这一举动也代表了一个时代（路易
十八和查理十世的复辟时期，路易·菲利普的七月王朝，
第二共和国）的态度。对这个时代而言，应该焚毁萨德，
抹掉对他的记忆，禁读他的作品。"托马斯在他的这本传
记中这样写道。直到 20 世纪初，他的作品仍被列入禁书。

　　但是萨德的阴魂似乎一直游荡在巴黎的上空，挥之不
去。龚古尔两兄弟，埃德蒙和儒勒在他们的 1855 年的日
记中写道："萨德在福楼拜的脑子里始终萦绕不去。福楼
拜总是想起萨德，就像是被一个秘密所吸引。"波德莱尔
更是对他着了迷，他说："只有回到萨德，也就是回到自

然人的状态，才能解说恶……" 20 世纪中后期，人们开始注意并重新搜集出版他的作品。有人说："为什么你们不告诉我他是个优秀的抒情诗人？《阿利娜与瓦尔古》第八章有一支歌，我觉得它是 18 世纪法国文学中最高雅的典范……"而尚塔尔·托马斯的《萨德侯爵传》，正是通过可靠的例证，对接受萨德作品的历史——法国文学中少有的历史——做了详细的分析。

萨德不道德的性丑闻在今天的社会看来，也许算不得怎样骇人听闻，而他从性的角度来对当时社会的艺术的叙述和人性的议论，却不得不逼迫我们重新认识人类社会与历史进程，并拷问自己的灵魂。

他们的神话

——读《流亡者的神话——犹太人的文化史》

除了《圣经》，我们今天可以看到的现存历史文献记载中首次提到以色列的，是公元前 1223 年埃及法老梅尼普塔在一个碑刻上的一句话："以色列已化为废墟，但它的种族并未灭绝。"因此朱子仪在他的《流亡者的神话——犹太人的文化史》一书中说，犹太文化史的篇章几乎从它的最初几页开始，就充满了幸存者的反思。当约书亚继承摩西的遗志，抬着神圣的"约柜"顺利地渡过约旦河的时候，他们虽然依靠武力征服了这块"流奶与蜜"的"上帝应许之地"迦南，但这块土地却并不像他们想象的那样得享太平。巴比伦、埃及、罗马、波斯，这些历史上曾经无比强大的古老帝国总是不断地以他们战无不胜的铁蹄穿过以色列的城市、草场与帐篷。犹太人在经历一次又一次的战争掠夺和死亡洗劫后，这个民族就像一朵被蹂躏的鲜花，随风而散，飘撒到世界各地。

因此，看起来他们是多么懦弱，他们几乎毫无抵抗的能力。虽然在大卫和所罗门时代，他们也曾经一度辉煌过，并在这一地区构造出一个富强的帝国，使周边国家满怀了艳羡和嫉妒。所罗门死后，这样辉煌的历史便成为他们最后的安慰，崩溃的帝国在苟延残喘了几个世纪以后，终于还是被强大的异族驱逐出了耶路撒冷，他们似乎注定了流亡的命运，就像他们的先祖该隐，他因为杀了他的兄弟亚伯而受到了上帝的惩罚，耶和华对他说："你种地，地不再给你效力，你必流离飘荡在地上。"（《旧约·创世纪》）

有趣的是，不管他们怎样在这大地上飘荡，这个民族因为相信自己作为"选民"的身份而加倍地虔诚，他们的意志反而得到了加强，他们相信自己犯下了沉重的罪孽，所以耶和华庇护他们的时候少而惩治他们的时候多。他们努力行善，他们后来被考古发现的《伪经》中就有《十二族长的自白》这样一章，叙述了他们一生所犯的罪行以及由此引起的报应，以此为教训告诫后人，罪是人的内在邪恶欲望所致，所以要禁欲、禁贪婪、禁仇恨、禁虚伪、禁骄傲和禁不义，要远避诱惑，广行善举。犹太人视"约柜"为生命，因为这里面据说有刻着"十诫"的石板。他们把它安放在锡安山上的圣殿里，所罗门营造了这座崔巍的宫殿，但不久即被亚述人和新巴比伦洗劫一空，"约柜"也就从此不知去向了。要知道，"犹太教诞生在以色列人最艰难的岁月里，他们身处旷野，孤立无援，而且人心涣散，摩西作为以色列人杰出的领袖而以绝对的一神信仰挽救了他的民族"。从摩西带领犹太人走出埃及到所罗门帝国最后崩溃，犹太人流离失所上千年，他们正是依靠不断地诠释他们的戒律和绝对的一神教来凝聚着自己的民族，那部因此而编就的《塔木德》甚至一个时期里超越了圣经对他们的影响。

直到耶稣出现，尽管至今仍有人怀疑他是否曾经真实存在，但作为犹太人的最后一位摩西一样伟大的人物，他创造了另一个与犹太教几乎对立的宗教，也正是通过他及他的使徒保罗，才得以使希伯来的文化传遍世界。而在此之前，朱子仪写道："犹太民族在精神文化方面所表现出的巨大的创造力，此时已经大大地衰退了。他们已拥有了有关自己民族的伟大的神话和预言。"

在往后的岁月里，犹太教的哲学家们，比如斐洛、所罗门·本－加布里奥尔、哈列维、迈蒙尼德，他们在流亡的岁月中不断地吸收异族优秀的文明，直至现代的马丁·布伯，他们在诠释演进犹太教的同时，也丰富了基督教神学，在西方产生了深远的影响。

犹太人创造了一个文明形态，这个看起来懦弱的民族在不断的自我拯救中创造了一个伟大的奇迹。朱子仪先生在他的这本《流亡者的神话——犹太人的文化史》中，正是这样为我们描述了这个民族的生存经历。在该书的最后他这样写道："我们看到的是这样一个民族——它在神话传说中有着令人艳美的前景，上帝曾给予美好的许诺，可在其历史的绝大多数时间里，它实际拥有的只是一代又一代悲惨的受难者；他们散居在世界各地，可严峻的现实问题迫使他们坚守自己的传统，并由这样的传统构成新的凝聚力；他们始终生活在理想与现实的激烈冲突之中，在两者之间，传说里那样情侣般亲密的联系注定被切断之后，他们仍旧尽一切可能地寻求它们之间新的联系；他们在这种寻求之中创造了伟大的文明，并以其世界性的特点至今仍在影响着世界。"当他们中间出现了海涅、马克思、爱因斯坦和弗洛伊德的时候，作为独立的犹太文化也许的确已经不复存在了，朱子仪说："但它的精神还将不断引发新的、惊人的创造力而赢得世人的敬仰。"

是的，事实上，这部《流亡者的神话——犹太人的文化史》给予我们的，并不仅仅是与古代犹太人进行的一场对话，也让我们体验和理解了这个民族的心路旅程。

一粒沙里见出一个世界

——论《一沙书法》

古籍《乐记》有言，所谓人生而静是天性，感于物而动是性欲。我们的一生何尝不是在静与动的矛盾中盛衰着。渴求安静往往是我们从进化中带来的根本，但在物质的世界中，我们的心又如何安静得了呢？一旦受到外物的触动，便会变成感性的欲望，世间万象对于人的诱惑，岂在微粒尘末？

然而，当夜籁之时，翻阅着上海书画出版社 1994 年 8 月出版的《一沙书法》，那种宇宙的浑朴之象便不由你不反省身处红尘的意义。那是一股世外的风在撩动着心灵的窗帘，远古的迷惘和童真的天然之性深深地触动着那富于感知的心性，我的沉默是无以名状的空灵所造就的结果。没有了来自外物的诱惑，所谓心静而安。

吴佐仁先生字一沙，而他的书法艺术似乎也正应验了18 世纪有先知之誉的英国诗人布莱克的一句诗："一粒沙里见出一个世界。"

从《一沙书法》这部融汇了吴佐仁先生半生精神力量的作品中不难看出，他对古老文明的传统有着独立的取舍思维，也许他认为那源远流长而一脉相承的中华文化，不继承它未免太不聪明。抛弃已有的东西实在不易，因为这种行为意味着彻底的否定，必须付出一切重新开始的勇气。艺术是在继承的基础上的再创造，只有善于否定和自我否定者才能在前人的阴影里闯出一条自己的道路。正如美国学者哈罗德·布鲁姆在他《影响的焦虑》一书中指出的："天赋较逊者把前人理想化；而具有较丰富想象力者，则取前人之所有为己用。然而不付出代价者终无所获。取前人之所有为己用会引起由于受人恩惠而产生的负债之焦虑。"数千年来，尤其是在辉煌传统的文明古国，这种"影响的焦虑"实在常常困扰着我们，前人创下的业绩仿佛是一个美丽的圈套，使我们一旦陷入其中便要丧失宝贵的自我。我们必须摆脱历史的魔方，但我们是多么害怕独自闯荡时的一旦失败。

然而在我们的一生中，最重要的就是在脱离父母荫庇后的自立门户。于艺术上也决非例外，王羲之不正是因为摆脱了其先人的束缚才有了他辉煌无比的成就？但他的成就太耀眼了，他的成就又成为一种新的规范新的绳索，这强大的绳索的力量无形中使我们的心态趋向畸形——彻头彻尾地鄙视自己，将这绳索把自己束缚得紧紧的！

布莱克认为，被任何前驱者的体系所奴役意味着使自己囿于无法摆脱的推理和比较，结果丧失了创新意识。一切艺术开始于我们的觉醒——不是对"堕落"的觉醒，而是对"我们正在堕落"的觉醒。正如布鲁姆说的，就在这一瞬间，在这一瞬间他发现了自己的善，他选择了一条英雄之路：去经历那地狱之苦，去探索在地狱里还可能有什么作为。否则，"他只能忏悔，只能是接受一个全然于自我之外的'上帝'，彻底地无所作为。"

在吴佐仁先生的书法集《一沙书法》中可以想见，那种原始的自然状态和精神的自由，打破了日常的心绪和行为而走向超越的不安。他不需要赞誉，他甘愿由于对历史的反叛而必然要承受的地狱之苦，他需要的是远离尘世的超越的思索，需要的是能够承领他精神之光辉的知音。在他的书法中我们似乎聆听到了《广陵散》那旷世已久的颤音。

他怀着诚挚的崇敬的心，让纯粹自然的个性在古老文明的海洋里遨游，几近达于物我两忘之境。而他对艺术对人生的感悟却又常常背离传统的法则，甚至触犯它的忌讳，"有时直上孤峰顶，月下披云笑一声。"这并非哗众取宠之举，实在是一种精神的突围。他深知宗炳在《画山水序》中所言："圣人含道映物，贤者澄怀味象，至于山水，质有而趣灵。"艺术的最高境界在于意境、气韵、格调，在于形而上的"质"，在于贤者之道。

佐仁先生在他的书法中，实现了原始文化在彩陶上刻划的作为符号的意义。由于那些毫无意义的线条融注了人的精神基质而使我们感受到那心律的节奏和起伏。他没有在意那种由于历史的原因而必须得出怎样的结果，他的不执着就像魏晋人物的潇洒风度，让纯粹的自然状态和随意的运笔来体现作为现代人在古老文明的海洋里遨游的姿态。

他是怀着那种敬畏和崇拜，渴求着祭祀的真实心态，他只以诚挚作为精神的支柱，以道家的泛神论思想维护着文字的终极表现。艺术最终不是技艺的问题，而是"艺道"的问题，实在是人格向上之道。他最终达到了表现自我，表现自我对自然真实的生命的认同，随心运笔，取象不惑，以无法之法去探索，追求自我的超越和历史的超越，达于贤者清澄的心境，赏味万物之象，飘溢着灵妙的精神性，而以具体的形态美象征着那无为而无所不为的不可道之"道"。

每每，在一种新的艺术观和实践出现的时候，不外乎这样几种结局，一种是万人拥戴，一种是千夫指责，或者是毁誉参半，但这也只是现时的想象，随着历史的大浪淘沙，这几种结局的更替变迁有时更让人因出乎意料而发出岁月无常的感慨，但无论是现时的哪种结局和它在未来的截然相反的变化，但愿我们都能独具慧眼而不要让真正表达了某种崇高的探索精神的艺术与我们失之交臂。探索同时意味着成功或失败，无论如何，勇于探索真理，在探索和追求中使心灵得以净化和升华的人都是值得我们尊敬和爱戴的，而成功的探索就更值得我们赞美了。

吴佐仁先生要在一粒沙里创造一个世界，一个纯净无邪的自我世界。

象征的象征

锦瑟无端五十弦，

一弦一柱思华年。

庄生晓梦迷蝴蝶，

望帝春心托杜鹃。

沧海月明珠有泪，

蓝田日暖玉生烟。

此情可待成追忆，

只是当时已惘然。

难以想象的是，公元9世纪的锦瑟该是怎样的一种形式，《周礼·乐器图》上说："饰以宝玉者曰宝瑟，绘文如锦曰锦瑟。"也许该是漆以浓浓的黑色，间以红色的鲜花，那样高贵而靡丽，在夕阳未暝的光芒中熠熠生辉。还应有一只蝴蝶，悠悠地栖息在弦上。蝶影是让人迷醉的，她明丽的颜色和翩跹的姿态，象征着美丽和纯真、爱情和贞洁。自古以来，蝶影似乎更寄寓着令人魂飞魄散的悲剧内蕴，这是爱情与死亡的祭坛！

锦瑟从未是不禁的悲哀，她的音色，无不象征着受伤的灵魂、孤傲的折磨，她可以诉说一个暴君的怜悯，或者一个弱女子的罪行。

《史记·封禅书》说："太帝使秦女鼓五十弦瑟，悲，帝禁不止。"这是所有乐器中的极悲苦者，她繁重、凄怨、萧瑟的悲苦，有着无端的执着。前尘旧梦，往事如烟，逝去的年华可曾唤醒理想的光明？梦影是中国古代士人的一种生存方式，只是这梦影从来不曾有一刻的惊醒，否则，人去楼空，执灯独归的夜晚，该是怎样的寂寞和凄凉。

听吧，瀑布的吼声和百灵的谐音；看吧，莹澈的露珠在月影下自动的七彩，这一切都是生命的精液，在辽阔的夜的旷野，期待着啼血的子规。这高洁的绝望啊，可还有一份不能销蚀的春心！

鲛人的泪光也许最使人牵挂了，就像那充满了恻隐的星空，闪动着你的期盼，而我又如何挣脱尘世痛苦的羁绊，为你纯洁丰采的引诱而冒险？蓝田山的玉石可有着千古的美名，在阳光的映耀里，就像骊山间的祥云瑞气，这悲喜的追忆，是思念的愁苦和相拥的欢娱，一般的无尽无止，一般的虚幻而真实！

李商隐就是这样叫你感动，而结果，你却不知是雨还是晴。你想悲泣，却无泪；你想高歌，却无词。

从艺术上看，李商隐的诗逐句都用典故，又游离典故本身所代表的意义。李商隐之在中国，就像斯宾塞之在英国一样。斯宾塞所建立起的英诗传统，是一种富于音乐性和图画性的诗歌语言，一种脱离现实的梦幻世界，他是"诗人的诗人"。而李商隐是所建立的中国诗歌传统，其内容也许更丰富,其影响也更久远,他创造的是"象征中的象征"。遗音远籁、绝群超伦者,正是这首《锦瑟》所达到的象征的极致。

"未若文章之无穷"

曹丕在其《典论·论文》中说："盖文章经国之大业，不朽之盛事。"其实曹丕的所谓文章，不过指的是政教的文献，所有的奏议之雅、书论之理和诗赋之丽，皆不过是政治教化的一种形式而已，他的不朽之盛事实乃"经国之大业"而非单纯的文学艺术。

作为他的同胞兄弟，曹植却在《答杨德祖书》中写道："辞赋小道，固未足以揄扬大义、彰示来世也。"似乎完全是相反的论调，然他的心意未必与其兄相差太远。鲁迅先生曾在《魏晋风度及文章与药及酒之关系》一文中分析说，子建之所以轻蔑文章，是因为他自己做得好，所以敢说这是小道，更重要的一点则是，子建心中更大的向往乃是在政治方面谋求大业，做文章不过是政治上不得志而为之，遂有此说。

曹植在政治上一直受压抑而未能施展其抱负。他才华横溢、锋芒毕露，轻视文采而一心追求政治抱负，但又有失处心积虑反遭猜忌，"而植宠日衰"。

然在《典论》中自称愿守"素士之业"的曹丕在这里恰恰与曹植相反，似乎他真的向往只在章句中展现才华，以求不朽，政治与他毫不相干，天下一切事，都"未若文章之无穷"。他成功地获得曹操的信任并被立为太子。但他在位六年间，正式取代了汉朝而称帝，对自己的同胞兄弟频施迫害，牢牢地抓着"寡人"的荣势，又哪与他《典论》中所描写的"素士"有丝毫的相像呢？

但结果他们又几乎都是因了文章而得以名世，不可不谓殊途同归。而他们及其父亲共同创建的曹魏政权却没有延续多久即被司马氏篡夺而去，成为历史的陈迹，这对他们来说无疑是一个善意的讽刺吧。

利玛窦之来中国：幸，或不幸？

——谒利玛窦墓并愿他安息

2011 年的 3 月，我临时租住在京东燕郊一座号称夏威夷的公寓楼里百无聊赖，而租住在我楼上的那人则每天与他豢养的狼狗在房间里来回狂奔，又不时地将水洒得满城风雨一般，真的犹如在鬼哭狼嚎的荒郊野外。而即使被如此烦扰，我却一心只读圣贤书一般，将《利玛窦中国札记》静静地读完，一看日期，刚好是 4 月 4 日，而明天，正是利玛窦在北京去世 400 年后的第一个清明节。

利玛窦（Padre Matteo Ricci）于 1610 年 5 月 11 日在北京去世，由于没有合适的墓地，直到一年后明万历皇帝钦赐，才下葬于北京阜成门外二里沟。那里以前曾经是一座乡间别墅，属于皇宫中一个地位很高的杨姓太监，他因为犯有某项罪行而被判处死刑。按明朝惯例，当宦官入狱时，他的产业就归最先占有它的人。为了挽救自己的别业不被占夺，杨太监在入狱前就把它改为寺院，起了一个动听的名字：仁恩寺。但他的计划反而成了他失去它的原因，因为私人不许拥有寺院，而归礼部掌管，最终成为公共产业而被皇帝赐给了以利玛窦为首的天主教会，并作为利玛窦及其他在华传教士的墓地。

这座墓园如今坐落在北京市委党校内，园内松柏参天，四周岑寂。与利玛窦墓并列一起的还有两座各居左右，分别是汤若望墓与南怀仁墓，他们是在利玛窦去世后来到中国的著名传教士。

2011 年 4 月 5 日清明节，我带着长子冬儿，从燕郊打车去北京车公庄大街 6 号北京市委党校，拜谒利玛窦之墓。这天下午，阳光和煦，桃花盛开。而为我们开车的出租车司机，当他听闻我们去党校竟是为扫墓，惊诧而又深表同情地瞪大了眼睛，以为我的语无伦次要么是有意讥讽，要么便是痴人说梦。

是的，这北京市委党校的所在，正是当年那个下狱的杨太监的别业，而又是后来成为外国传教士安息的墓园，一处宁静的、充满了悲伤与怀念的圣地。那是自利玛窦在此下葬后 400 年间发展而成的，由于有皇帝的钦赐而一直受到庇佑。直到 20 世纪 50 年代，墓地彻底被毁，划归北京市委党校。1984 年，曾被埋在地下"永世不得翻身"的利玛窦墓碑才得以重树。如今的校园内还留有一座建于旧世纪的天主教神学院大楼，斑驳的墙体外老藤缠绕，主楼的屋檐下写着"1910"字样，我不知道这是指该楼建造的年代，还是为了纪念利玛窦去世 300 周年而在那时镌刻上去的。冬儿对这幢如今已成为教职工宿舍的老房子竟兴趣浓厚，接连拍了好几张照片，觉得这充满了岁月沧桑的建筑可以入画，可以成为他将来作画的素材。哦，他原来是为着艺术的构想而快乐——但这已足够了，对于这满怀激情的未来画家、才 15 岁的青春少年来说，沉重的历史只是轻飘飘的一张发黄的纸，却是他不能承受的。

利玛窦的故乡马切拉塔（Macerata）位于亚得里亚海滨的亚平宁山脉，是意大利中部教皇邦安科纳省一座美丽而寂静的中世纪石头城，整座小城在和煦的阳光下到处呈现出耀眼的金黄色。

公元 1552 年（明嘉靖三十一年）10 月 6 日，马切拉塔城一片宁静。"药房先生"利奇家诞下一子，取名 Padre Matteo Ricci，30 年后当他成长为一个耶稣会传教士而到达中国后，他给自己取了一个中文名字：利玛窦。从此这个名字不仅被载入中国的史册，也成为这个家族在历史上最著名的人物。他的故居如今成为现代美术馆，被称为"利奇宫"，墙上悬挂着利奇家族的一面镶着族徽的旗帜，徽章左边的黄色小刺猬就是这个家族的象征，因为 Ricci 姓氏本身即是意大利文 riccio（刺猬）一词的复数形式。利玛窦的父亲是开药房的，家里不属于贵族，但这位"药房先生"曾一度出任市长，因此也曾显赫一时。

巧合的是，就在他出生的那一年，正在东方传教的他的先驱、寄居澳门并计划着进入中国的早期耶稣会士圣方济各·沙勿略，在历尽磨难后，在失败的低迷情绪中，病逝于距广州 30 海里的上川岛，年仅 46 岁。他也许没有想到，在他去世 30 年后，他的后继者竟然能够进入这个严厉拒绝了他的神秘的东方帝国。

对于中世纪的欧洲，利玛窦发回罗马教廷的有关中国的报道具有重要的意义与价值。除了多封发自中国的信札，利玛窦在他的晚年便开始将自己在中国的传教经历记录下来，这便是为人们所熟知的《利玛窦中国札记》。这份文献在他去世后被随后到中国传教的年轻的耶稣会士金尼阁收藏，并于 1614 年由他从澳门携回罗马。在漫长而寂寞的海上旅途中，金尼阁将其从意大利文译成拉丁文，并在利玛窦某些未能详尽的地方加入了自己的诠释，增添了他本人在中国的一些见闻，以及利玛窦本人的事迹及其在中国死后的哀荣。其第一版的封面题为"耶稣会士利玛窦神父的基督教远征中国史会务记录五卷致教皇保罗第五书中初次精确而忠实地描述了中国的朝廷、风俗、法律、制度以及新的教务问题"。这份珍贵的文献于 1615 年在德国奥格斯堡出版后，在欧洲不胫而走，广为流传。他的意大利原文手稿则被保存在梵蒂冈的档案中，直到 20 世纪初才被重新发现并得以整理出版。但无论是对于历史学家们，还是对于普通读者来说，这本拉丁文译本似乎更有价值，首先是因为比利时人金尼阁对拉丁文的精通，他的译本在文采上要远胜过利玛窦的意大利原文手稿；再则，金尼阁作为历史的见证人，尽管他在某些地方进行了篡改、修饰与增删，但他的亲历同样具有重要的历史意义与价值。利玛窦在中国生活工作了 30 余年，将所有的精力都花在了学习并熟练掌握汉语及写作，以及困难重重的传教事业上，正如他自己所言，于意大利文的写作上，反而变得生疏了许多。

　　《利玛窦中国札记》有多种中文译本，我读到的这本

《利玛窦中国札记》是中华书局1983年版，系"中外关系史名著译丛"之一，何高济、王遵仲、李申译，何兆武审校。这部书一印再印，2010年还出了精装本。

在我看来，《利玛窦中国札记》一书中的第一卷最有意思。作者在这里试图全面概述当时的中国状况，有关中国的名称、土地物产、政治制度、科学技术、风俗习惯等，都有非常具体而细致的描写。欧洲人大约是第一次从利玛窦的书里知道茶与漆："有一种灌木，它的叶子可以煎成中国人、日本人和他们的邻人叫作茶的著名饮料。""这种饮料是要品啜而不要大饮，并且总是趁热喝。它的味道不很好，略带苦涩，但经常饮用却被认为是有益健康的。"关于油漆，利玛窦写道："涂上这种涂料的木头可以有深浅不同的颜色，光泽如镜，华彩悦目，并且摸上去非常光滑。""正是这种涂料，使得中国和日本的房屋外观富丽动人。"利玛窦说："中国人是最勤劳的人民。""中国的庄稼一年两收，有时一年三收，这不仅因为土地肥沃，气候温和，而且在很大程度上更是由于人民勤劳的缘故。"利玛窦还介绍了中国人的"五大美德"，即"仁义礼智信"。利玛窦说："中国这个古老的帝国以普遍讲究温文有礼而知名于世……对于他们来说，办事要体谅、尊重和恭敬别人，这构成温文有礼的基础。"他还介绍了中国人怎样孝敬长辈、尊敬师友："如果要看一看孝道的表现，那么下述的情况一定可以见证世界上没有别的民族可以和中国人相比。孩子们在长辈面前必须侧坐，椅子要靠后；学生在老师面前也是如此……即使非常穷的人也要努力工作来供养父母直到送终。""中国人比我们更尊敬老师，一个人受教哪怕只有一天，他也会终生都称他为老师。"

利玛窦在中国将近 30 年，在他付出了巨大而艰辛的努力后，他不仅非常熟练地掌握了汉语，还编撰了许多中文著作，如：《二十五言》一卷；《天主实义》二卷；《畸人十篇》二卷、附《西琴曲意》一卷；《交友论》一卷等，并对中国古代文化进行过系统的钻研，把孔子及儒家学说介绍给欧洲，在欧洲的学界，尤其是对欧洲启蒙运动时期的思想产生过重要的影响，伏尔泰就曾因此而推崇中国传统哲学，并说："世界的历史始于中国。"

而对于中国来说，利玛窦带来的有关西方的信息与科学技术，更是留下了不可磨灭的烙印，对当时的中国学界更是产生了巨大的震动——这种来自心灵的震动并非因为他的有关基督教的"实义"，更不能与清朝末年救亡图存一般为西方学术所震动相提并论。当时的中国学界完全是在平等的心态下，既没有对西方学术一律视为蛮夷的妄自尊大，更没有以中国传统为愚昧落后的无比自卑。但利玛窦带来的《坤舆万国全图》，使 200 多年没有与世界沟通的明朝中国大开眼界。据《明史·卷三百二十六·列传第二百十四·外国七》记载：

万历时，大西洋人至京师，言天主耶稣生于如德亚，即古大秦国也。其国自开辟以来六千年，史书所载，世代相嬗，及万事万物原始，无不详悉。谓为天主肇生人类之邦，言颇诞谩不可信。其物产、珍宝之盛，具见前史。

意大里亚，居大西洋中，自古不通中国。万历时，其国人利玛窦至京师，为《万国全图》，言天下有五大洲。第一曰亚细亚洲，中凡百余国，而中国居其一。第二曰欧罗巴洲，中凡七十余国，而意大里亚居其一。第三曰利未亚洲，亦百余国。第四曰亚墨利加洲，地更大，以境土相连，分为南北二洲。最后得墨瓦腊泥加洲为第五。而域中大地尽矣。其说荒渺莫考，然其国人充斥中土，则其地固有之，不可诬也。

利玛窦去世后，明神宗钦赐墓地，让许多人感到不平，认为这是史无前例，但当时中国学界的多数人认为，仅凭利玛窦进献的《坤舆万国全图》，这份殊荣便是他应得的。他还在徐光启的帮助与合作下，共同翻译了欧几里得的《几何原本》前五卷，不仅带给中国许多先进的科学知识和哲学思想，而且许多中文词汇如点、线、面、平面、曲线、曲面、直角、钝角、锐角、垂线、平行线、对角线、三角形、四边形、多边形、圆、圆心、外切、几何、星期等，就是由他们创造的，并沿用至今。他还在李之藻的帮助下，由李之藻笔录，出版了《同文算指》，一部介绍欧洲算术，根据克拉维乌斯所著的《实用算术概论》译成，内容有基本四则运算、分数至比例、开方、正弦余弦等三角几何；以及关于应用几何、测量的《测量法义》，由徐光启笔录，附《勾股义》；有关天文学的《浑盖通宪图说》，李之藻笔录；有关古代罗马记忆术的《西国记法》；此外他还写过或参与写过《西琴八曲》等有关西方音乐的著作。而他在中国写下的第一部中文著作《交友论》，则收录了从古罗马的西塞罗直到文艺复兴时期人文主义大师爱拉斯谟等人论友谊的格言上百则。"这部《交友论》使我赢得了人们的信任，同时，也使人认识了我们欧洲的作为。这部作品是文学、智慧和德行的结晶"。（利玛窦 1599 年书信）

《明史·卷二十五·志第一》也记载说："明神宗时，西洋人利玛窦等入中国，精于天文、历算之学，发微阐奥，运算制器，前此未尝有也。"从史书的记载来看，中国人对利玛窦的到来，更多的关注在于他所带来的西方先进的近代科学技术：天文、历法、数学，乃至望远镜、自鸣钟、三棱镜等。利玛窦借以敲开中国之门的礼物，正是他所携来的上述科技与物产。他教会了中国人如何使用与制造钟表，被奉为钟表制造的始祖而受到膜拜，这大约是他始料不及的。与他交往密切的中国上层人士，或皈依他的教义的中国优秀学者，大都是出于对他的来自西方学识的敬佩，如徐光启、李之藻、李天经、冯应京等人，完全是出于对未知世界的渴慕，尤其是西方有关天文历法方面的精确计算，以及葡萄牙的火炮技术，使他们对近代科学思想产生了交流的渴望。可以假设，倘若当时中国不是正处于晚明之季而是在一个开明的盛世，或哪怕是在明代初年，这种充满人文主义的交流或将给中国带来怎样的思想革新？给中国的历史文化进程带来怎样的影响？给中国社会制度带来怎样的变革思想？这种假设也是可以成立的，因为在利玛窦时代的西方，正是地理大发现、文艺大复兴、文化大交流的时代。但是，利玛窦的到来，他带来的一切科学成果，在中国仅仅是昙花一现。明朝中国在万历皇帝的统治下，已经呈现出不可救药的衰败，这位皇帝不仅 40 年不理朝政，更是利用太监来干预政府，即便是正常的税收，而一经太监之手就变成了劫掠与讹诈，正如利玛窦在他的书里反复描述的，太监们就像来自地狱的恶魔一般，黑压压地从皇宫里"飞"出来，到处横征暴敛，无恶不作。而这种皇帝与政府通过太监进行权力斗争的现象，在明代尤其激烈。可以说，明代自始至终就在这样一种政治循环中，给中国社会埋下了祸根。我始终认为，明代从没有出现过一个可以称之为合格的皇帝，他们要么是手里沾满鲜血的杀戮者、暴君，要么是心理变态的懦夫、弱不禁风的短命鬼，如果要说得"恶毒"或"卑劣"一点，起自社会最底层的流氓乞丐，并以杀戮与阴谋贯穿始终的朱元璋所带来的"皇室血统"，从一开始便使中国走上了万劫不复的歧途。正如利玛窦在他的《中国札记》中所描述的，那位中国的皇帝——利玛窦所寄望于他能够实现天主教义的传播，正如与其同时代的法国国王之皈依——完全不像是生活在自己所统治的国度，反而像生活在敌人的重重包围之中，对自己的人民充满了恐惧，仿佛他一走出那深居简出的紫禁城，便会被"爱戴"他的人民撕成碎片。

而随后不久，明朝便在风雨飘摇中灭亡。此时南明的皇后向耶稣会士表示皈依，希望罗马教廷能够出手相救，也只是渺茫。尽管梵蒂冈至今保留着那封珍贵的信函，而历史早已翻开新的一页。但新的一页，却并不一定代表新生，而是更黑暗的深渊——在我看来，满清皇朝在思想禁锢方面比明朝更是有过之而无不及，这个无比落后的皇朝在思想上的统治除了残忍与冥顽，没有任何值得赞扬的地方。

对利玛窦，由于他提出的融入中国社会生活、提倡在中国的传教士儒冠儒服的政策而在当时的罗马教廷引来争议与不满。他以科学技术为诱导，而善于移花接木，将中国自古所称的"上帝"来翻译称谓拉丁文"Guit"，又利用中国人自古敬天的观念把他们唯一的神祇称为"天主"，可谓极其巧妙，其说一直沿用至今。他在思想理论上联合儒家反对佛道，企图将天主教思想直接与《论语》原典挂上钩，通过学术手段争取中国士大夫的支持，可以说他的政策是有效的，直到19世纪末第三次来华传教的教士们如著名的李提摩太仍沿用他的故辙（第一次为唐朝时期聂斯托利教派的叙利亚高僧阿罗本来华传教，利玛窦时期为第二次，鸦片战争后至1949年为第三次）。但由于罗马教廷官方一度否定了他的政策，认为这是丧失原则立场的投降政策，而愚蠢地导致中国清朝朝廷与之决裂，从而导致这次传教以彻底失败而结束。

因此，虽然利玛窦本人付出了巨大的代价与牺牲，并最终葬身异国他乡，对于他所献身的宗教事业，无论如何评价，哪怕将他称为伟大的圣徒，都不为过。但直到20世纪初，他的传教才得到高度评价。

因此，在我看来，利玛窦之来中国，却是在错误的时机出现的一个错误的人选，幸或不幸，也只能任由历史评说。

所谓"错误的时机"，正如我在上述中所谓的"即将灭亡的明末之季及其随后而来的落后愚昧的清朝"。而所谓"错误的人选",却并非利玛窦本人的错误,而更多地应归咎于他所代表的社会势力,这却是不以他个人的才能和意志为转移的。众所周知,天主教耶稣会由罗耀拉的依纳爵(Ignatius de Loyola, 1491—1556)于1534年8月15日创立,代表了反宗教改革的势力,努力维护罗马教皇的权威,其成员必须绝对服从教会。罗耀拉的依纳爵曾说:"假如教会这样定义的话,我就相信白的是黑的。"利玛窦以科学的手段来完成传教的目的,他与徐光启合译《几何原本》,仅译了前五章,这对于利玛窦来说已经足够,尽管徐氏渴望继续,但利氏既无时间也不愿意将时间精力花费其上,因为他有更重要的工作,那就是传教。因此,这部《几何原本》直到19世纪60年代,才由李善兰补译完全。在《利玛窦中国札记》中,从第二卷开始到第五卷,记述了传教士们,主要是利玛窦本人在中国的传教经历,并多次宣扬迷信与神迹,比起同时代的中西哲人如笛卡尔之强调上帝也要服从自然的铁的规律或徐光启之力图追求自然哲学中的数学原理,其间显然有着天壤之别,正如何兆武先生所指出的:"他的中文论著《天主实义》《辨学遗牍》和《畸人十篇》,谈不上任何真正具有科学或思想价值的成分,或真正具有近代意义的东西,因而在思想理论上可以说是没有什么积极的意义可言。"

何兆武先生与译者之一何高济先生在《利玛窦中国札记·中译者序言》中写道:

(一)他在多大程度上促进了中西文化的交流,而尤其是他在多大程度上——像是为某些研究者所艳称的那样——引进了西方的近代科学；（二）他的传教事业（这是他的主要目的）在多大程度上——像是某些教会史家所赞美的那样——获得了成功。对这两个问题的回答都是简单的：（一）作为中西思想文化方面接触的第一个媒介者，他在多方面奠定了并促进了中西文化的交流，他的历史影响也是深远的，可以说一直影响及于近代……但是他的功绩仅此而已。至于当时在西方已经大踏步登上历史舞台并且历史地注定了蔚为主流的近代科学与近代思想，则利玛窦及其所代表的思潮却是与之背道而驰的。（二）他的传教活动，最后可以说是一场失败，他不但没有能用另一种（中世纪天主教神学的）思想体系来改变或者取代中国传统的思想体系（犹如史不绝书的中世纪西方的基督教圣者那样皈依了许多异教民族），亦即他所谓的"合儒""补儒"，以至"超儒"的工作；而且就其对中国思想的激荡与影响的规模和持久而言，也远不能望魏晋以来的佛教思想影响的项背……17世纪不仅西方的科学和思想已正式步入近代，中国历史的主要课题也同样在于完成这一由中世纪向着近代的转化，而耶稣会传教士的立场、观点和方法却从根本上不可能有助于这一历史使命的完成。

何兆武先生在他的《中西文化交流史论》一书中进一步指出："假设当时中西文化的媒介者不是这批耶稣会传教士，而是另一批具有近代头脑的人；假如当时所传入中国的不是中世纪的神学教条而是近代的世界观和方法论，不是西方中世纪传统的神本主义而是文艺复兴以来已成为西方思潮主流的人本主义，不是托勒密的神学体系而是哥白尼、伽利略所奠立的近代科学体系；那么中国思想文化的发展又将是一个什么样的面貌呢？这样的假设应该是可以容许的，因为这在历史上并非是什么不可能的事。"

正如《利玛窦中国札记》的拉丁文书名《基督教远征中国史》，明朝中国最让人牵挂，也最让人百思不得其解的，莫过于这样一种巧合：即明初的"郑和下西洋"与明末的"基督教远征中国"。就明代中西交通史来说，中国朝廷派出郑和的"无敌舰队"七下西洋，威风八面地显示了这个东方帝国在经济、军事、文化等各个领域的繁盛与强大。它比西方哥伦布及其后的地理大发现的航海活动早了半个多世纪，而这一盛大景象却是昙花一现，随后令人惊讶的是，连宫廷档案也没有留下，在没有任何外力打击或皇朝更替的挫败情况下，这个貌似盛世的皇朝随即却是长期的闭关锁国，与世隔绝，并奠定了中国此后 500 余年的衰败命运，不断地陷入暴君或愚顽的专制统治深渊。此后的西方却进入了盛大的文艺复兴，踏上民主与法治的道路。在地理大发现后，西方国家大举进行海外殖民活动。直到明朝末年，四处远征与冒险的葡萄牙——这个在郑和看来真的就如葡萄一般小的国家的殖民者带来了他们的教士，艰难而荣耀地敲开中国森严而空洞的国门，由一个教士，开始了对中国的"远征"与探险。当葡萄牙人抵达马六甲海峡时，从当地土著人那里听说，早在一个世纪以前就曾有"白人"来过并抓走了他们的国王，让葡萄牙人大吃一惊而又困惑不已，他们当然不知道土著人所谓的"白人"，就是郑和所率的当时世界无可匹敌的中国舰队。

利玛窦的汉白玉墓碑上刻有"耶稣会士利公之墓"，碑额雕龙花纹的中心，镌有十字徽记，右边的碑文是："利先生玛窦，号西泰，大西洋意大利亚国人。自幼入会真修。明万历壬午年，航海首入中华衍教，万历庚子年来都，万历庚戌年卒，在世五十九年，在会四十二年。"左侧是内容大体相同的拉丁文。石碑后面是灰身黑顶圆拱式的长方形砖砌坟墓，不大的墓园被矮墙所围，前有石牌坊大门。这个在万历年间由一个犯罪的"恶魔般的太监"的别业改建而成的传教士的墓园，在清光绪二十六年（1900）义和团运动中曾遭破坏，后重修墓地，并新建教堂，将77尊墓碑嵌在教堂的外墙上。"文化大革命"期间，利玛窦墓与附近诸传教士墓又被夷平，教堂被拆毁，利玛窦等人的墓碑被埋入地下。1984年墓地才重被修复。从太监的罪恶的别业而成为基督教传教士圣洁的墓地，冥冥中似乎有着天意的安排，仿佛满怀了救赎的别样的意味。

站在利玛窦的墓碑前，我与我的长子冬儿合影留念，作为对这位"航海九万里"不畏艰辛远道而来的古代修士的缅怀与敬意，我只祈愿国人能够心怀人本主义的理想，以智慧、独立、自由与博爱的精神，去面对我们的过去与未来。愿生者永怀悲悯，愿逝者永获安息。

此时此刻，我不由地想起美国汉学家史景迁在他的长篇传记《利玛窦的记忆之宫》最后一章的第一句话："利玛窦脚穿绣花鞋，伫立在'记忆之宫'的门口。"

蚩尤之死：失败的战神

在古代神话中，古希腊罗马的战神给我留下了很深刻的印象，因为他不仅是一个性格暴躁的年轻人，英俊勇猛，尤其是，他和爱与美的女神阿芙洛狄忒偷情的浪漫故事，带着爱琴海的天蓝色彩。他们还生下小爱神厄洛斯（Eros，即丘比特）。他的名字叫阿瑞斯（Ares），罗马名字叫玛尔斯，是古希腊奥林匹斯十二主神之一。他嗜杀、血腥，是力量与权力的象征，也是人类祸灾的化身。而阿芙洛狄忒（Aphrodite），罗马名字叫维纳斯（Venus），她从海水的白泡沫中诞生，躺在塞浦路斯海滩，白瓷般的肌肤，镶着蕨形的花冠，一直被认为是美的最高象征。

相比而言，中国古代的神话，尤其是战神，显然更加残暴而面貌狰狞。关于他的故事，更有着黑暗的背景，与古希腊天蓝色的明亮色彩形成鲜明的对比。

这位中国的战神，就是与黄帝大战于涿鹿的蚩尤。

关于他的事迹，大多记录在《山海经》《太平御览》《神异经》或《述异记》中，形象怪异，残暴凶狠，所谓"兽身人语，铜头铁额，食沙石子……诛杀无道，不仁不慈"等。《述异记》中说："有蚩尤神，俗云：人身牛蹄，四目六手。

今冀州人掘地得髑髅如铜铁者，即蚩尤之骨也。今有蚩尤齿，长二寸，坚不可碎。秦汉间说蚩尤氏耳鬓如剑戟，头有角，与轩辕斗，以角抵人，人不能向……"

有关他的事迹，也记录在正史中，《尚书》《史记》等都有关于他与黄帝"涿鹿大战"的记载，可见这一场大战是中国远古历史上的一个重大的事件。司马迁《史记·五帝本纪》："蚩尤作乱，不用帝命，于是黄帝乃微师诸侯，与蚩尤战于涿鹿之野，遂擒杀蚩尤，而诸侯咸尊轩辕为天子，代神农氏（炎帝），是为黄帝。"《尚书·吕刑》记载周穆王叙述刑法的源流时，说蚩尤作乱，以酷刑、杀戮来统治人民。

我不知道古希腊罗马神话，与历史真实有多少实在的关联，阿瑞斯与阿芙洛狄忒的故事都写在《荷马史诗》里面，特洛伊古城至今没有确凿的证据指出其具体的位置，有西方的考古学家通过各种科学手段，寻找它的遗址。有报道说在土耳其沿海找到了。更有学者指出，《荷马史诗》中的故事是有历史依据的。

但是我相信，中国的神话，与历史真实是有着密切的关联的，因为中国是一个重视历史的国家，5000年的历史，其中许多细节，竟都有记载。因而我更相信，蚩尤曾经真实地活在这片大地上。有人认为他就是炎帝，有人认为他是炎帝的后裔，并根据谱系指出他是炎帝的孙子。不管怎样，他代表了华夏民族中的另一个部落集团是没有疑义的。他曾是黄帝的"六相"之首，掌天时，又负责掌管青铜等金属冶炼，号称"兵主"，可以肯定，他掌握了当时最先进的科学技术，因此他的兵器十分精良。炎帝与黄帝本是兄弟，都是少典之子。而炎帝作为中国的统治者，他的权力曾经受到诸侯，也就是各华夏部落的削弱，于是黄帝崛起。因此，蚩尤作为炎帝部落的首领之一，反对黄帝是必然的。由于他的武器精良，又能调动风伯雨师，呼风唤雨，黄帝与他九战皆败，只好祈求上天神灵的帮助。后来他终于凭借风后与玄女在发明指南针与八阵图的基础上打败了蚩尤。玄女代表了北方的女神，而蚩尤代表了多雨的南方的部落集团，故蚩尤能作大风雨，黄帝很无奈，而九天玄女则带来了北方的干旱。一些西方的汉学家指出，世界上许多王朝的最后灭亡，都与天灾有关，尤其是干旱，这是最主要的灾难。而中国的许多王朝的覆灭也与此有关，比如汉唐等。我想这是有一定道理的。因为旱灾是悄无声息的，不比洪水地震之声嘶力竭，但洪水地震大都属于局部地区，而旱灾却是大面积的，其导致的直接结果是整个国家粮食的颗粒无收与水源的极度短缺，由此必引发社会的动荡与不安。蚩尤的覆灭，大约也与此有关，这是神话故事留给我们的历史信息吧？

从史书的记载来看，黄帝是"正义"与"秩序"的象征，而蚩尤则是"邪恶"与"混乱"的代表。蚩尤战败后，黄帝对他的处置非常残酷，他将蚩尤的皮剥下来做成箭靶，把他的胃掏出来做成蹴鞠，把他的骨肉剁烂，做成肉酱。这是从马王堆出土的帛书《经·正乱》中记载的。大概这就是蹴鞠最初的形成了，有人说那是蚩尤的头被踢来踢去而不是他的胃，不管怎样，反正蚩尤之死，是非常悲烈的，大概身首异地了，所以他有两个冢。《史记·五帝本记》中说："传言黄帝与蚩尤战于涿鹿之野，黄帝杀之，身体异处，故别葬之。"其墓地一处在寿良（即今山东东平县西南，也即汉宣帝建蚩尤祠之所在），一处在锯野（即今山东锯野县东北）。《皇览·冢墓记》说蚩尤冢高七丈，在东平郡寿张（即寿良）县阚乡城中，而蚩尤姓阚，故其后代亦姓阚，他们每年十月都祭祀蚩尤。有专家考证，蚩尤正是九黎三苗的祖先，其部族后来南迁云贵高原及东南亚地区，今日苗族乃其后裔之一。

　　我们总是将黄帝列为正义的一方，说他怎样爱民如子，而将与之对抗的蚩尤丑化为怪兽乱力的邪恶一方，这正应验了所谓成王败寇的思维习惯。其实，黄帝与蚩尤的大战，是属于兄弟阋墙，同胞相残，是两个同姓部落之间的权力斗争。而谁是"正义"谁是"邪恶"，也并非完全泾渭分明。胜利者总是最终得到"被批准的暴力"，无论怎样残忍地处置对手，都可以正义的名义。于是蚩尤不得不沦为牛头兽身而解人语的神力怪兽。我相信对蚩尤的描绘，大约都来自黄帝一方的宣传。也有专家考证，蚩尤属于以牛为图腾的部落，所以才有这样的形象与化身，大约他黑色的大纛之上，那巨大的牛角正是他的徽标。

　　无论黄帝一方怎样宣传蚩尤之可恨可恶，但仍有人敬仰这位叛逆者勇敢的精神，这些人包括其族人，也包括那些或许知道一些真相的人，于是，他终于被尊为战神，受到历代祭祀。据《史记》记载，刘邦在起兵的时候，就曾在沛县向他衅血祭祀。司马迁在《史记·高祖本记》中说："司兵之星名蚩尤"，也就是那时的人们将天上的彗星说成是"蚩尤之旗"。《史记·天官书》又说："蚩尤之旗，类彗而后曲，象旗，见则王者征伐四方。"也就是出现作为"蚩尤之旗"的彗星，对战争是有利的。所以在战争开始起兵时，要祭蚩尤。待"天下大定"以后，汉高祖又"令祝官立蚩尤之祠于长安。长安置祠祝官、女巫"。这多少让我有些诧异，因为蚩尤明明战败，并被残忍地剁烂了骨肉，可谓无论从精神还是肉体上，都已遭到彻底的失败，古人反而不仅要祭祀他，还要他庇佑出征的人们得以凯旋，可见在古人的世界里，黄帝的宣传并不足以贬低蚩尤的伟大，知道真相的人还是对他充满了敬畏。而对我们来说，5000年前的真相早已不再重要。

而对他的纪念，民间更甚。这正所谓"群众的眼睛雪亮"，人们才不管官方的宣传，说他是怎样的牛鬼蛇神，怎样的邪恶狰狞。梁代任昉《述异记》就记录了南北朝时祭"蚩尤神"的情况："今冀州有乐名"蚩尤戏"，其民两两三三，头戴牛角而相抵。汉造角抵，盖其遗制也。太原村落间，祭蚩尤神，不用牛头。今冀州有蚩尤川，即涿鹿之野。汉武时，太原有蚩尤神昼见，龟足蛇首；主疫，其俗遂立为祠。"此书还说："涿鹿今在冀州，有蚩尤神，俗云人身牛蹄，四目六手。"事实上，蚩尤，无论被认为就是炎帝，或炎帝的后裔，有一个事实，那就是，他们是同胞无疑。我们现在都说自己是炎黄子孙，所以蚩尤同是我们英雄的祖先，我们如今对他怎样祭拜，都不为过。

朝鲜也祭蚩尤神。朝鲜人亦将蚩尤视为自己的祖先。近来韩国出过一部戏说历史的长篇小说《蚩尤大帝》，写蚩尤怎样打败黄帝，成为朝鲜的祖先。这篇小说据说曾一度引起国人的异议。

中国的战神，竟是失败的怪兽形象，这多少让我有点感觉窝囊。直到将骁勇善战的关羽奉为财神之后，中国的尚武精神大约从此遭到了可笑的异化。在我的印象中，近代以来，中国在对外战争中似乎一直以失败而告终，古代留给我们的《武经七书》中所有的谋略，似乎都不起作用，这与蚩尤的处境，大概多少有点关联吧？幸亏我们有孔子们在，有战无不胜的文化精神力量，使华夏文明长存不息。智慧终究是一切善良与正义的庇护者。中国人是爱好和平的，但若被侵犯，中国的蚩尤们必拼死而战。

古希腊罗马神话中的战神阿瑞斯，是一名百战不厌的武士。他尚武好斗，一听到战鼓声就手舞足蹈，一闻到血腥气就心醉神迷。哪里有鏖战，他就立即冲向那里，不问青红皂白就砍杀起来。他盔甲上插着漂亮的羽翎，臂上套着皮护袖，手持的铜矛，英姿勃发。他得天独厚，威武敏捷、孔武有力、魁梧壮伟。他时而徒步战斗，时而驾驭着一辆四马战车迎风挥戈——那四匹马是北风与复仇女神的后裔。这让我想起蚩尤的风伯雨师与黄帝的九天玄女。与中国的蚩尤相比，阿瑞斯显然阳光许多，可爱许多。但无论怎样，战争终究是愚昧而祸害无穷的。古希腊人也一样认为，他是智慧的敌人，人类的祸害。古希腊剧作家索福克勒斯称阿瑞斯为"可鄙之神"。在荷马史诗中，他则是一个狂暴而多情的风流之神。人们常将这样一些词语用于阿瑞斯：硕大、强健、迅猛、狂乱、违约、凶残、嗜血，毁国。

蚩尤死后，据说他的躯体化为枫树。我由此猜想，他大约是在秋天战死的，那时，在经历了一场可怕的干旱之后，蚩尤终于被黄帝征服，漫山遍野的红叶，犹如他喷洒的鲜血。

复仇之神：刑天舞干戚

海德格尔说："本真的历史性不一定需要历史学。无历史学的时代本身并非也就是无历史的。"考察中国的神话传说，往往总是与历史有着千丝万缕的联系，看起来这个无历史学的时代真的并非没有历史，虽然它本真的存在并不一定需要历史学的诠释。据说印度的神话，似乎更多来自虚构的幻想，湿婆的爱欲里充满了人类对宇宙的玄思，不像古希腊的宙斯，化身天鹅去勾引人间的妻子那样富有喜剧的色彩。现代考古学家们通过自己勤勉的工作，发现古希腊神话尤其是荷马史诗中的事件与地点，似乎真的存在历史的投影。譬如关于复仇之神的描述，在古希腊，乃是正义的执法者，她们到地上来是为了惩罚人类的罪行。她们心如铁石，不分昼夜，穷追不舍，令人崩溃。在古代中国，复仇之神刑天与精卫则是现实的反叛者与绝望者，他们同样是心如铁石，不屈不挠，不舍昼夜地为复仇而战斗，同样地令人崩溃。而关于复仇之神的记载，则同样来源于具有历史学意义的文献。

复仇者的心总是悲凉的，复仇者的死，亦是世间最惨烈的，那是独个人的反抗与挣扎，但那一颗悲凉的心却仿佛燃烧着愤怒的火，永不熄灭一般，即便抛头颅洒热血，仍旧不分昼夜地追逐着他的仇恨。刑天大约是最符合这样一个复仇者的形象的，他的断了头颅的身躯，而以乳头为目，以肚脐为口，肌肉发达的双臂挥舞着盾与斧，还要不屈不挠地与天下一统的黄帝厮杀，这样的斗志，在中国的文化中并不罕见，尤其在儒家的传统中，是坚守着这样的信念的，甚至不惜被世人嘲讽为迂腐。譬如为家国之沦丧的文天祥，为信念之覆亡的方孝孺。

刑天的故事主要记载于《山海经·海外西经》之中："刑天与帝争神，帝断其首，葬之常羊之山，乃以乳为目，以脐为口，操干戚以舞。"这里的"刑天"原作"形天"，但《太平御览》卷八八七引此经及陶潜《读山海经》诗皆改为"刑"。刑者，戮也。有人说，"刑天"就是表示誓戮天帝以复仇。

关于复仇之神，在古代中国的神话中还有一位女神精卫，她是太阳神炎帝的女儿，由于在东海中溺水而死，死后化身为鸟，每天到西山衔木石以填东海，发出凄厉的悲鸣。这个故事最早也出自《山海经》之"北山经"。

刑天与精卫的复仇精神，早已融化在我们的血液中，正如陶渊明在诗中所歌咏的："精卫衔微木，将以填沧海。刑天舞干戚，猛志固常在。同物既无类，化去不复悔。徒设在昔心，良辰讵可待！"

无论是在神国，还是在历史的现实中，刑天作为炎帝的属神或属臣，似乎是毋庸置疑的。因为他被黄帝砍下的头颅，被安葬于常羊山，那里正是炎帝的诞生地（《宋书·符瑞志》云："有神龙首感女登于常羊山，生炎帝神农。"）。《路史·后纪三》云："（神农）乃命刑天作《扶犁》之乐，制《丰年》之咏，以荐禧来，是曰《下谋》。"可见这位后来被称为"刑天"的炎帝的属下，还是一位热爱艺术，能够谱曲演奏，作诗填词，富于文采的人。后来炎帝被黄帝推翻，屈居南方。炎黄之争，大约是上古中国一场大斗争，"涿鹿之野，血流漂杵"，不仅战火遍及神州大地，甚至绵延数十年甚或数百年之久，蚩尤、夸父、后土等炎帝的属臣后裔们更是前赴后继起来反抗黄帝，为炎帝复仇。其中，刑天却是最壮烈的一位，因为他不但没有名字（他被砍了头后，才被称为"刑天"的），似乎也没有千军万马的决战，而是一个人的战斗。在战神蚩尤举兵反抗黄帝失败被杀后，刑天于是独闯天庭。他就像一名忠肝义胆的刺客，黑夜中独行的侠士，如后世人间的荆轲与伍孚，义无反顾地奔向不归之路。他终被砍下了头颅，埋葬于常羊山下。而他无首的身躯依旧那样有力地一手拿着盾牌，一手举起大斧，向着天空狂劈乱舞，他以两乳为眼，把肚脐为口，他的身躯就是他的头颅，继续和敌人拼死搏斗。

总之，无论是蚩尤还是刑天，抑或作为女儿的精卫，炎帝一族，最终是走向了完全的覆灭。

在《史记》等史书的记载中，炎帝显然是华夏大地仁慈的统治者，但作为农耕文化的"神农氏"部落，却难以抵御作为游牧民的来自西部的"轩辕氏"黄帝部落的攻击。

虽然在黄帝一统江山后，人们将炎黄共称为中华始祖，但作为统治者的黄帝一族，当面对炎帝一族不断出现的反叛者，显然是施以了残忍的镇压与屠戮，从蚩尤的灭亡与刑天的断首，可见当时的残酷之现实。在他们那荒诞不经的金刚怒目式的形象里面，乃隐含着炎黄氏族之间在远古时代血腥的斗争场面，也隐含着华夏民族充满了血性的刚烈秉性。

复仇之神普遍地存在于世界各民族的神话中，而且往往都有着恐怖狰狞的外表，即便是在爱美的古希腊人所创造的神话中，其他的神祇都有着俊美的外表，唯有复仇三女神面貌狰狞——身材高大，眼睛血红，长着狗的脑袋、蛇的头发和蝙蝠的翅膀，一手执火炬，一手持蛇鞭。她们有一个共同的名字：厄里倪厄斯（Erinnyes，意为愤怒）。荷马史诗中有时只提到一个厄里倪厄斯，有时又说她们是一群；埃斯库罗斯则认为 Erinnyes 是个复数的神祇。欧里庇得斯在著作中认为她们是三个，分别为提西丰（Tisiphone，意为"向凶手复仇"）、阿勒克托（Alecto，"永无止境"）和墨盖拉（Megaera，"嫉妒"）。厄里倪厄斯是她们的总称。她们是洗雪沉冤、匡扶正义的神灵，是被害者阴魂的化身（正如中国神话中的炎帝之女精卫）。赫西俄德说她们是大地之神盖亚吸收了天神乌拉纳斯（最早的至上神，天的化身，大地女神的丈夫）被阉割后飞溅的血液所生出的女儿，索福克勒斯则说她们是大地之神盖亚与风神所生。

在古希腊神话中，复仇女神"厄里倪厄斯"有时又被称为"欧墨尼得斯"（Eumenides），意思是"仁慈的女神"，有人说这是因为希腊人对于复仇女神十分敬畏，认为直接说出她们的名字会给自己带来厄运。这其中还有一个曲折的历程：迈锡尼的国王阿伽门农，作为特洛伊战争中希腊联军的统帅，在特洛伊的十年征战后回到故乡，却被妻子及其情人杀害。王子俄瑞斯忒斯为父报仇，亲手杀了自己的母亲。复仇女神最恨这样的罪行，于是她们要惩罚俄瑞斯忒斯。幸亏阿波罗一路庇护俄瑞斯忒斯逃到了雅典。然后智慧女神雅典娜出面成立法庭，组织陪审团，公开审理。复仇女神提起公诉，她们认为：妻子同丈夫并无血缘关系，杀之无妨，而儿子杀害母亲才是重罪。但阿波罗出庭作证，雅典娜也有偏袒，俄瑞斯忒斯被判无罪。复仇女神对这样的宣判满怀了怒火，为了安抚她们，阿波罗等答应在雅典为复仇女神建立庙宇，让她们享受人类的崇拜与祭祀，从此人们以"欧墨尼得斯——仁慈的女神"称呼她们，总算暂时平息了复仇女神的怒火。这个故事意味着新一代神剥夺了老一代神的权力，并践踏了古老的律令。有人认为，从这个故事可以看出，它同时也标志着母权制向父权制的转变。

在古希腊的神话体系中，有新与旧的区分，也就是说，宙斯的统治乃是新的神话体系，在此之前还有一个旧的神话体系，那是比宙斯的神话更古老的传说，代表了母权社会的权力，到了后来，许多旧的神与新的神混淆了起来。

这种现象在古代中国大约也是存在的，正如女娲创世的神话便是代表了更加古老的母权社会的权力体系，而盘古开天的故事则显然是代表了新的父权的势力。

作为奥林匹斯神族之前的老一代神祇，厄里倪厄斯具有决定性的力量。厄里倪厄斯的报复不一定在什么时候到来，但却必定会来。

但在古代中国的神话中，复仇之神可从来没有什么"仁慈"的优遇，被砍去了头颅的刑天是那样的恐怖狰狞，即便是柔弱如青鸟的精卫，亦是睁大了一双血红的眼睛翱翔在风浪之中，她的悲鸣响彻大地。

无论是刑天还是精卫，在这个神话的叙述中，他们与炎帝、蚩尤等，都是代表了老一代的神祇，但与古希腊神话的不同之处则在于，他们代表了暴虐与冷酷，而黄帝作为新兴的势力，则代表了正义与秩序。但无论炎帝与蚩尤一族如何遭到胜利者与统治者的贬斥，刑天在后人的叙述中，似乎普遍是受到了褒扬的。他的这一形象，后来大约是化作了人间祭祀仪式上的舞蹈，那歌咏与呐喊声中的武舞，大约就是对他的最庄严的纪念吧？他那断首的形象，也总是不由地让我想起巴黎的圣德尼，这位殉教者在被砍头后，竟抱起自己的头颅向北狂奔。他成为巴黎的守护神，受到法国人的纪念。我曾在巴黎的先贤祠里看过这个故事的壁画，而当我看见那幅形象生动的画面时，首先想起的，就是上古时代中国的复仇者，那被残忍地砍下头颅的刑天。而填海的精卫，则成为后世的人们永远的同情对象，而将更多的悲悯赋予其身。

常羊山是炎帝诞生的圣地，黄帝将刑天的首级埋葬在常羊山下，显然是要安抚那反叛者的灵魂，希望他们从此平静，不再滋生事端，同时也彰显一代帝王的仁者之心。而刑天虽断头颅，却斗志不泯，这大约是黄帝所不曾料及的吧？又或是后人的附会，为着那不灭的复仇的怒火？为信念而牺牲，为道义而抗争，为卑微的生命在不屈的反抗与斗争中赢得尊严，所有这一切，在中国数千年的历史文化中，是被不断地弱化、矮化、愚化，并遭到严厉的贬斥，掌握着绝对的话语权的统治者总是摆出一副道貌岸然的仁慈模样，声色俱厉地喝斥着，教他们在地狱的折磨中恐惧着。因此，那更具有英雄主义的浪漫与悲壮色彩的刑天精神，充满了对绝对权威的反抗与决绝，在中国数千年的历史文化中是非常难得的。他的锲而不舍的奋斗，与厄里倪厄斯令人崩溃的不舍昼夜的报复，显然有着分明的区别——那是一个反叛者与公诉者之间的区别。

人们对刑天的怀念，体现在"操干戚以舞"的场景里面，因为作为起源于祭祀仪式的舞蹈，最具有庄严的缅怀与追念的意义。在阴山的岩画中，我们可以看到杀战俘以庆功的画面：一个被砍去了脑袋的躯体张臂躺在地上，头颅则在一个正手执牛尾舞蹈的祭司或武士的脚下。据《淮南子》记载，大禹统治的时代，三苗屡屡反叛，"禹三败苗而仍不服"，于是大禹"执干戚舞于两阶之间，而三苗服"。如果说这种舞蹈不是由刑天断首之后"操干戚以舞"的形象演绎而来，那么也一定是后来的人们因为怀念而以这样的舞蹈来演义刑天虽死犹生的不屈精神。我猜想这两者之间必有一定的联系。这种手握盾牌与大斧的舞蹈，似乎一直在民间流传，早已没有了从前的庄严与隆重了吧？那些为丰年的庆典或特殊的节日而起的傩戏武舞，或可称为"刑天之舞"的流变。

　　不管刑天曾经怎样地被统治者当作暴虐的复仇者而遭到否定，但在世人普遍的认识中，刑天之死无疑是壮烈的，他的可怕的舞蹈，正是代表了反抗的权利。刑天飞溅的鲜血，早已融入华夏大地，化作朵朵灿烂的桃花。

北宋诗僧释惠洪笔下的东瓯

北宋诗僧释惠洪（1071—1128），俗姓彭，字觉范，著有《筠溪集》《冷斋夜话》等。有趣的是，作为临济宗的惠洪，他的诗文集《石门文字禅》30卷流传到日本，却得到日本江户时代曹洞宗的禅师廓门贯彻的校注。临济宗与曹洞宗虽同出六祖禅门，两派门徒在法理上的认知却往往水火不容。惠洪的这个诗文集在中国一直没有校注，因此廓门贯彻的这部《注石门文字禅》成了唯一的校注本，收藏于日本京都财团法人禅文化研究所和东京驹泽大学图书馆，日本佛学界对此颇引以为傲。2000年10月，日本出版了此书的影印本，才为世人所知晓。该书由当时在日本京都大学担任客座教授的南京大学教授张伯伟引进中国，中华书局2012年2月出版，张伯伟、郭醒、童岭、卞东波点校。我向来喜欢古代诗僧的作品，觉得他们的诗文中除了悠远的诗意外，还有冷峻而玄妙的禅思，有着对人世的觉悟与灵魂的救赎。而在翻阅这部上下两册1700多页的《注石门文字禅》时，在第四卷古诗中，读到一篇《劝学次徐师川韵》，其中写道：

东瓯赘华夏，西汉为边沿。

民俗号殷富，亦有佳林泉。

黠者事商贩，朴者工力田。

自隋迄于唐，稍知慕华轩。

这些诗句描绘了北宋末年东瓯的盛景，廓门贯彻在其后的校注中写道，"《一统志·温州府》：郡名东瓯，汉名"。东瓯即温州也。对我来说，这几句诗，不啻为一个小小的惊喜。

在古代诗人中，尤其是北宋以前，描绘温州的诗文寥寥，而且基本上都是对风光的一点赞叹。而惠洪的这首诗，却写出了温州这样一个从商殷富的民俗风情，并从隋唐以来开始融入中原文化、追慕功名的状态。"轩"指士大夫所乘车马，从这里我们可以看出，隋唐以前温州只是华夏的一个边沿蛮荒之地，但人民大多从事商业，也勤于躬耕，风景秀丽；自隋唐以迄，才开始进入中原文明，接受儒家文化，考取功名。这也是因为从隋唐开始废除了贵族世袭门阀，开科取士，所有人都可以通过科举考试进入政府参与社会管理。温州这样一个边沿之地上的人们于是也就有了融入的可能。

惠洪是一个有争议的高僧，他著述颇丰，在禅学僧史、诗文创作与批评等方面都有建树，却又放浪形骸，饮酒狎妓，恃才傲物。他出生于江西筠州新昌（今江西宜丰县），自幼聪颖好学，"日记数千言，览群书殆尽"。他的这首诗题为"次徐师川韵"，徐师川即徐俯（1075—1141），江西诗派著名诗人之一，字师川，自号东湖居士，原籍洪州分宁（江西修水县）人，后迁居德兴天门村。他是徐禧之子，黄庭坚之甥。工诗词，著有《东湖集》。惠洪与江西诗派多有来往。宋·王明清在《玉照新志·卷五》谓惠洪"尝为县小吏，黄山谷喜其聪慧，教令读书，为浮屠氏，其后海内推为名僧"，学者多认为此说不可信。但从这首诗，可见他与徐俯有较为深入的交往，似乎也可见他与黄庭坚或许应该是有过交集的。

作为一代高僧，惠洪足迹又遍及江浙一带，即便没有亲临东瓯，想必对这一带民风也是比较熟悉的吧？

北宋诗僧释惠洪与温州的缘分

　　缘分一词即来自佛教，作为北宋诗僧，释惠洪与温州，可谓有缘。前些日子偶读日本廓门贯彻《注石门文字禅》，其中有一首《劝学次徐师川韵》，其中有句言及东瓯，吾据廓门之注，以此东瓯为今日温州，而摘录于纸，敷衍成文，以见温州从隋唐始"稍知"华夏文明，而人民殷富，勤于农耕与商贩。

　　拙文见报年余，而有爱好者及专家指出此东瓯即温州实为谬误，因徐师川及诗中提到的唐代欧阳詹皆非温州士子。或曰，东瓯所属有狭义广义之分，狭义者专指温州，肇始于西汉分封东瓯王而有其地；广义东瓯则指闽越，疆跨泉州，而诗中所言欧阳詹正是闽越之人，则此东瓯为泉州无疑。吾孤陋寡闻而学识浅薄，向不知这广义之东瓯。窃以为，东瓯若有此广义狭义之分，则广义之东瓯不知是否也囊括温州？若狭义为温州而广义竟无温州，如此看来世上不是有广义狭义的东瓯，而根本就是有两个东瓯，则吾更觉不能思议，只好拱手承教。

　　所谓诗无达诂，乃虚构之艺术。诗人往往天马行空，思绪如云彩飞扬，时东时西，时闽越时东瓯，时空交错，亦是一种境界。况且此诗为"次徐师川韵"，徐即江西派诗人，洪州分宁（江西修水县）人，黄庭坚之甥，而诗中却一会儿说东瓯"民俗号殷富，亦有佳林泉……"，一会儿又说唐朝的欧阳詹如何如何，更描写了江西的人杰地灵，如"江南佳丽地，南昌富山川。幽谷抱欧峰，西山秀气连……"，可见都是诗人的比兴之喻，他的所谓东瓯，或许真的就是那广义的属地，而将洪州也纳入其中了，至于蛮荒的温州，或也有幸成为他歌咏描摹之境，也未可知。作为诗人的惠洪，其"游戏翰墨"的文艺主张，据陈自力《释惠洪研究》的解释，乃是从佛教"游戏三昧"的术语中引申而来，借指洒脱自如、无所执着、无拘无束的创作态度。其《石门文字禅·卷二十六》有《题言上人所蓄诗》云："予幻梦人间，游戏笔砚。登高临远，时时为未忘情之语。"在他的诗中，东瓯西山，信手拈来，意象纷呈，而情愫依止。在诗僧的笔下，大约也就是一个借以抒怀的远方异域，一个大概的方向而已。

不过，无论这一首诗中的东瓯是否即今日温州，而其《石门文字禅·卷十六》有绝句云：

风骨东瓯语带吴，见君满眼是西湖。
径山河上今佳否，想见年来鬓亦枯。

则此东瓯确指温州无疑矣。

此诗是惠洪与来自温州的和尚净心相见于湖南，夜语叙旧而忆念思慧、有规等故友所作。廓门贯彻注"河上"即"和尚也，同音故"；又注"东瓯，即温州府也"。诗题云："心上座，余故人慧廓然之嗣，而规方外之犹子也，过予于湘上，夜语有怀廓然方外，作两绝。"此所引绝句为其一。

净心和尚生平事迹已无可考，我们也只能从惠洪的诗中略知一二。从这首诗的题目来看，他是临济宗思慧廓然弟子，云门宗的有规方外也将他视为弟子。查《五灯会元·卷十六》有有规禅师，当即此僧。在惠洪的《石门文字禅·卷十》有一首七言律诗，题为《送净心大师住温州江心寺》，诗云：

> 万锻炉中百怨门，哲人虽往典刑存。
> 扫除临济实头谤，称赏黄龙的骨孙。
> 梦泽於菟三口视，丹山雏凤九苞文。
> 还乡妙曲谁能听，一笛波心两岸闻。

廓门贯彻注，云梦泽在安陆县南 50 里，於菟乡在云梦县治北。他们在湖北境内的三岔路口相别，对惠洪来说是怅惘的，而净心大师或许已经归心似箭了，正如诗中所言："还乡妙曲谁能听，一笛波心两岸闻。"

惠洪与净心不仅在佛学上是知音，而且有着长期的深厚友谊。早在北宋政和二年（1112），惠洪流放海南岛的时候，温州僧净心与江西僧诚上人就曾一道去探望他，于是他写下了一首七言律诗《诚心二上人见过》，描写了三人一同在破屋里品尝新茶、苦中作乐的情景。诗云：

> 破夏来寻甘露灭，快人如对水晶轮。
>
> 烟云扫尽词传意，知见不生情透尘。
>
> 旋缚茅茨吞远壑，偶临檐隙见归人。
>
> 露芽便觉如浮雪，品坐同分一盏春。

东瓯不仅多次出现在惠洪的诗中，他在写给陈瓘的诗中还曾提到雁荡山，可见他对东瓯并非了无所知，或仅知泉州之东瓯而不知境跨温台之东瓯。而无论他是否到过这一片蛮荒之地，我想他对这一方水土，必有美好的想象。作为唐代高僧，出自温州的永嘉玄觉大师影响深远，亦是惠洪心中的楷模之一，他在《石门文字禅·卷十八》有《永嘉真觉大师赞》，赞曰："……烈火焚烧，河流湍逝。谷风怒号，大地依止……"并在序言中写道："余读其歌辞（指《永嘉证道歌》，作者按），究其履践，如尺围钥合，未尝不置卷长叹。想公之为人，硕大光明，壁立万仞。而视今之学者，寒酸琐细，纷纷蠢蠢。宗教兴衰，于此可知矣。"他以四言诗的赞歌形式，对永嘉大师的佛学表达了自己的敬意。从这些诗句和赞词中，可见惠洪与东瓯是有深厚的情感交流的。

清代温州诗人陈天植的几首诗

多年前我行脚大西北，羁旅延安清凉山下，每日瞻仰万佛窟中的神奇石雕，在人迹罕至的山后怀想鸠摩罗什东来的风采，深感历史的缥缈与沉寂，颇有"细风淘沙骨，惊飚转路尘"（司马光《延安道中作》）的慨然。

陕北延安在古代属于边陲，对于江南的士子来说，那是何其遥远荒凉。我读有关延安的诗章，却惊喜地发现有一位温州诗人，在清代康熙年间曾经出任延安知府，并留下了两首诗篇。那就是陈天植的《登延州城》与《延安即事》。陈天植，浙江永嘉（今温州鹿城区）人，贡生，康熙十六年（1677）任延安知府，《延安府志》称他"招恤流亡，严革积弊"，是一位很有魄力的官员。清代初期，朝廷实行的是血腥的统治，文字狱盛行，汉人尤其是出自反抗最为激烈的江南的士子，只能出任中低级职位，省级以上的巡抚都是八旗子弟。因此，这位同样来自浙南边陲的温州书生，在延安知府的任上能够实实在在地做一些有利百姓的事，并不容易。他曾于康熙十九年（1680）重修《延安府志》十卷。这部府志较之弘治本《延安府志》内容要丰富得多，体例也更完善，在首一卷里绘有疆域、星野等图。

北京图书馆、南京大学、南京地理研究所、延安革命纪念馆、故宫博物院图书馆、中国科学院图书馆等地均藏有残本。他在《登延州城》中写道：

> 孤城晚眺四茫茫，白骨青磷旧战场。
>
> 西去高山灵武近，北来绝塞夏州长。
>
> 烽烟几处余遗址，生聚何年辟大荒？
>
> 怀古遥遥忆范老，甲兵曾以莫严疆。

此诗中的范老乃指范仲淹，赞扬他在知延州时以甲兵严守防御来自西夏的攻击。

陈天植再次引起我的关注，是他原来还曾出任山海关管关通判。那是在康熙三年至十年（1664—1671），史称他"宽和恬静，事治民安"，并纂修《山海关志》。当年我曾游山海关，在山海关老龙头澄海楼前见到一块碑，上书：一勺之多。楼址处原有一座观海亭，是明代早期观海览胜之所。明万历三十九年至四十二年（1611—1614），兵部主事王致中在此建澄海楼。初建时为守城箭楼。清康熙九年（1670）通判陈天植重修，并留下一篇《重修澄海楼记》，还有一首《观海亭望秦皇岛》也很有气势：

> 孤亭百尺接微茫，秋日高登神易伤。
>
> 古堞连云横大麓，雄涛飞雪溅危樯。
>
> 秦皇漫设筹边计，徐福空谈采药方。

自昔兴亡浑莫问，一声长啸寄子狂。

陈天植于康熙三年（1664）出任山海关通判，甫一到任就关心年久失修的长城，开始了整修城墙的巨大工程。这里过去是明代的边陲，主要抵御来自东北的清军入侵。长城在此便到了尽头，面向大海的巍峨城墙被称为"老龙头"。但到了清代初期，这里已经失去了防御的功能而废弃不用了。因此当他见到老龙头时，曾经巍峨耸立的老龙头已经"日就倾欹"，而澄海楼"亦颓败不可登"。陈天植不胜感慨地说："危哉！斯楼不早为葺，行将化为冷风宕烟矣！"初时由于资金等原因，陈天植虽有倡议，但未能实现重修城墙与箭楼之事，直到六年后的康熙九年（1670），陈天植采用了集资的方式，先召集关城的士大夫与子衿耆老商议，"咸称善"，并"皆乐捐金，共勷其胜"。一年后，澄海楼落成，众人请陈天植写《重修澄海楼记》，陈天植就写下了这样的话："因思昔人兰亭、岳阳、竹楼亦各有记，以识景物。若斯楼也，面临巨壑，背负大山，高枕长城之上，波澄万里，嶂叠千重，又岂区区彭蠡、洞庭、会稽、山阴诸胜足媲其雄深哉！"同时，陈天植进一步指出："若夫为翰、为屏、为锁、为钥，于以巩固雄关，奠安海宇，是在朝廷之得人，又不徒恃此长城之固与斯楼之壮也矣！"这大约是他联想到明代的灭亡，万里雄关也无济于事的往事，所谓若想天下太平，在于得民心，顺民意，而不在于长城之固与斯楼之壮。

陈天植在山海关写下很多诗篇，其中《山海关》一诗

最为著名:

> 雄关划内外,地险扼长安。
> 大海波光澜,遥峰杀气寒。
> 疆场百战后,烟火几家残。
> 塞草连天碧,行人不忍看。

另有《题汉飞将军射虎石》:

> 猿臂将军勇绝伦,提戈万里净烟尘。
> 至今渝水沙边石,犹畏当年射虎人。

康熙二十四年(1685),陈天植调任梧州知府,勤于政事,并重修梧州府志。他在梧州的任上做了许多事,出资在城内北茶山(今北山)巅修建了北望楼,又捐资增建了留云阁,重修了东岳庙。他在梧州留下了两首诗篇《歌罗城吊古》与《歌罗城写怀》。歌罗城位于新地镇殿村城山,隋开皇年间李世贤造反,筑歌罗城与隋兵对抗,隋文帝遣宰相虞庆则率大军三万人平之。诗中所说的"子云",即虞庆则。诗如下:

《歌罗城吊古》

> 子云昔日拥貔貅,唾手交南定七州。

天上玺书兼将相，座中杯酒尽公侯。

龙洲自古浮青雀，鳄注于今起白鸥。

昨夜西江千嶂雨，歌罗城下涨寒流。

《歌罗城写怀》

宦海浮沉几十年，乱余星冀范炎边。

二三官舍都依麓，百数人家半住船。

村饮画图成往事，江滩游钓想先贤。

吾来无补苍生甚，载石何人愿亦然。

陈天植的生平不详，据我所知，他于康熙三年到十年（1664-1671）任山海关管关通判，康熙十六年至十九年（1677-1680）任延安知府，康熙二十四年（1685）任梧州知府。这位来自温州的贡生，原是一位有骨气、有胆识的江南士子，更是一位有才华、有见识的清代初期优秀诗人。

14、17 世纪
西方旅行家笔下的温州

　　自从 13 世纪蒙古人征服西方以后，中西方开始有了更加深入的往来，远东的中国也开始真实地进入西方的视野，而不再仅仅存在于他们荒诞的传说之中。从 1222 年开始，蒙古人统治了从中国海到巴尔喀什湖的整个亚洲北部，并越过高加索，蹂躏了伏尔加河流域。1238 年，蒙古人又发动了第二次规模更大的西征，洗劫了整个东欧，他们扫荡了格鲁吉亚和摩拉维亚，进入匈牙利，入侵中欧与西欧的屏障被击垮，基督教欧洲的中心终于感受到了面临毁灭的恐惧。幸好在随后的 1241 年 12 月，窝阔台汗去世，为了争夺汗位，成吉思汗的儿子们顿时陷入混乱之中，从而终止了对欧洲的入侵。随后的继承者贵由与蒙哥将兵锋引向中国南宋皇朝，直到忽必烈于 1279 年灭南宋，建立元朝。西方终于获得了喘息，但来自蒙古的威胁仍然时时存在。因此，为了了解这个忽然来到世上的民族，西方派遣了很多使团，出使东方。最初他们主要了解的是怎样与蒙古人作战，他们的意图是什么，他们的武器和部队组织，如何对付他们的韬略，以及关于蒙古人怎样媾和，他们所征服的地区名称，对自己臣民的压迫和勇敢抵抗他们的地区。

东西方的交通，曾经由于阿拉伯人的崛起而被切断了，阿拉伯人垄断了丝绸之路的贸易，使东西方变得越来越遥远，越来越神秘。正是蒙古人的征服，打破了这个局面，使东西方的交流反而变得顺畅了，凡是得到蒙古人许可的，便可以在欧亚大陆上通行无阻。

从此，西方人开始踏上中国的土地，开始了解蒙古人统治下的中原和富庶的江南。可以说，这是第一次让中国真正进入西方的视野。这些使团成员、旅行家们纷纷写下关于中国的游记，成为当时有关中国的珍贵资料。如今回头看他们的记载，我们会发现很多有趣的、值得回味的景象。正如元代来华的著名欧洲旅行家鄂多立克就曾在他的《东游录》中写下了一段关于杭州的见闻，他的题目是"关于杭州城，它是世上最大的城市"，他说："从那里出发，我来到杭州城，它是全世界最大的城市（确实大到我简直不敢谈它，若不是我在威尼斯遇见很多曾到过那里的人）。它四周足有百英里，其中无寸地不住满人……城开十二座大门，而从每座门，城镇都伸延八英里左右远，每个都较威尼斯或帕都亚为大。所以你可在其中一个郊区一直旅行六七天，而看来仅走了很少一段路。"

鄂多立克是从福州到达杭州的，这段路他走了很多天。离开福州后，他写道："离此旅行18天，我经过很多市镇，目睹了种种事物。在我这样旅行时我到达一座大山。在其一侧，所有居住在那里的动物都是黑的，男人和女人均有极奇特的生活方式。但在另一侧，所有的动物都是白的，男女的生活方式和前者截然不同。已婚妇女都在头上戴一个大角筒……我来到一条大河前，同时我居住在一个叫作'白沙（Belsa）'的城中，它有一座横跨该河的桥。"根据他的描述，这时他应该已经进入浙南地区，他说的大山是否就是泰顺文成一带呢？而"已婚妇女都在头上戴一个大角筒"的装束，与平阳境内的畲族是否有关联呢？这座名为 Belsa 的城也应该已经是在浙江境内，但 Belsa 一名却难以找到一个可以适当对音的地名，无法确定它究竟具体指向哪里。我猜想就在温州境内也说不定。因为他在随后的描述中向人们介绍了一种捕鱼的有趣方式，而这方式在温州鳌江、飞云江一带是常见的。关于捕鱼，他这样写道：

　　桥头是一家我寄宿的旅舍。而我的主人想让我高兴，说："如你要看美妙的捕鱼，随我来。"于是他领我上桥，我看见他在那里有几艘船，船的栖木上系着些水鸟。这些水禽，他现在用绳子圈住喉咙，让它们不能吞食捕到的鱼。接着他把三只大篮子放到一艘船里，两头各一只，中间一只，再把水禽放出去。它们马上潜入水中，捕捉大量的鱼，一当捉住鱼时，就自行把鱼投入篮内，因此不多会儿工夫，三只篮子都满了。我的主人这时松开它们脖子上的绳，让它们再入水捕鱼供自己吞食。

　　——《鄂多立克东游录》，何高济译，中华书局 1981年 10 月第一版

　　鄂多立克（Friar Odoric：1265—1331）是罗马天主教圣方济各会修士，他是继马可·波罗之后来到中国的著名旅行者。

温州自南宋以后成为一个重要的港口，与世界各地的贸易也很繁忙，从温州港出口的温州漆器、陶瓷、丝织品很受欢迎，而且温州人的足迹从那时起也遍布世界各地，温州人周达观出使真腊（今柬埔寨）写下了著名的游记，还有许多温州人远渡重洋，在朝鲜、日本、菲律宾、印尼等地从事商业活动，甚至成为他们的重要官员。我们查看温州的历史，会发现摩尼教、伊斯兰教等来自西方的宗教都曾在温州流传，来自世界各地的商人、僧侣从瓯江码头上岸后，大多投宿在麻行僧街的旅舍。可见温州与世界各地的交往，在那时已经颇为频繁了。但是在那些西方旅行家的游记中，很少有关于温州的记载，他们往往详细描述了广州、泉州、杭州、明州（宁波）、金华等与温州毗邻的地区，而温州似乎真的是一个相当偏僻的地方，是他们的足迹不曾到达的地方。只有在《鄂多立克东游录》中，我们似乎隐约可以感受到一点温州的气息。

直到在 17 世纪罗马尼亚人米列斯库写的《中国漫记》中，我才发现了一段关于温州的记载，这段记载尽管简略，但对于今天的我们来说，还是弥足珍贵的，从他的记载中我们可以发现 17 世纪的温州的繁华景象。他写道：

本省（指浙江省——作者）第十一大城市名温州府，靠海，为江南水乡，以面积广阔、风景秀丽和建筑宏伟而著称，因此又名小杭州。这里各种海船和商人云集。府城下辖五个小城镇，大都是山城。这里生长着一种螃蟹，有半个猫头鹰那么大，味道极为鲜美。这里还有许多高山，一座山上有湖，湖上野鸭终年不断。

米列斯库在这部《中国漫记》中记述了浙江省及其所属大小城市和特点，他指出，浙江省虽不大，但其富裕和秀丽却在中国首屈一指。他还写道："这里的桑蚕是如此之多，以致织出来的丝绸和制作的绸缎衣服，不但够整个中华帝国穿，而且也够日本岛、菲律宾岛，甚至遥远的印度和欧洲国家穿，而且其质量优于中国其他省份，价格又便宜，在欧洲买一件衣服的钱，在这儿可以买十件。"

米列斯库出生于 1636 年的罗马尼亚，青年时代攻读希腊语、土耳其语、阿拉伯语、意大利语等，对自然科学与数学颇有造诣。他曾在罗马尼亚两个公国出任宫廷文书、兵部主管等，1671 年在耶路撒冷大主教的推荐下到俄国担任翻译。他是在 1675 年作为俄国使节出使中国的，1676 年觐见了康熙皇帝，1678 年返回莫斯科，1709 年在那里去世。他来中国不仅仅是作为一个使节，大约还肩负着重任，也即考察中国的地理环境、政治军事、经济文化和科学技术等，因此他除了《中国漫记》一书外，还著有《旅华日志》与《出使中国奏疏》。由于他对中国充满了好奇，在饱览中国的古老文明之后，由衷赞叹中国人的睿智与和善，指出中国人的待人处世注重礼仪，工艺技术发达。我手头的这本《中国漫记》由蒋本良、柳凤运根据 1975 年罗马尼亚文翻译，作为《中外关系史名著译丛》之一，中华书局 1990 年 8 月第一版。

天放数椽文敏笔

——读舒谭先生《扫叶集》与瓯隐园往事

位于温州墨池坊的墨池公园原是一座建于明代的著名园林玉介园，据史料记载，玉介园为明代福建布政使左参议王澈及其子王叔杲所建。王澈是永嘉场英桥人，嘉靖年间辞官而徙居永嘉郡城（今鹿城区），择址墨池坊，建"传忠堂"。此后其子王叔杲于"传忠堂"购宅边隙地十余亩，剪荆砍莽，构亭筑轩，遍植松竹槐柳，辟出一处令人心旷神怡的园林来。因其介于华盖山"容成太玉洞天"之西，故名玉介园，遂成一大名园。王叔杲于嘉靖四十一年（1562）中进士，历官兵部车驾司主事、职方司员外郎、武选司郎中等，著有《玉介园存稿》。60岁辞官后多居此园中。此后该园曾经几度兴废。

民国初年，名士冒广生（1873—1959，字鹤亭，号疚翁，别署疚斋，江苏如皋人）于1913年到温州出任瓯海关监督，玉介园已为镇府台衙所在。只是花园无人打理，但见草荆蔓延，亭廊颓圮。于是他重新打造花园，改名为"瓯隐园"。此后，这里仿佛成为冒氏的隐居之地，同时也成为温州文人雅集之所，一度人文鼎盛。任职期间，冒鹤老关心地方文化，网罗温州文献，编成《永嘉诗传》百卷，收入自唐以来温州诗人的诗作两万余首，并刻印了《永嘉诗人祠堂丛刻》《永嘉高僧碑传集》。他对温州文化重建的贡献，功莫大焉。

1950 年此处成为新成立的温州市政府办公之地，20 世纪 80 年代市政府搬迁之后又成为鹿城区政府大院，门庭森然。而曾经的园林也早已面目全非。

近年来，区政府搬迁，此处被改造成墨池公园，使这一古老的著名园林终于成为人们休憩游览的好去处，虽与500 年前的旧景早已不同，但 100 年前作为"瓯隐园"的幻影，多少还有些孑遗可寻。我每于节假日来这园中随师习武，研习又名八阵图的内家五行拳和双龙梅花棍，听师父讲讲拳经。那些曾经的武士风云、侠肝义胆如同古老戏曲，让人追慕不已。同时我也对冒广生先生在温州的踪迹产生了莫大的兴趣。兴之所至，回家从书架上找出舒谭（1914—1999）的《扫叶集》，想从先生琉璃般的文字里追寻有关这座名园的只言片语，毕竟，作为冒广生先生的公子，舒谭先生 1914 年出生于温州，大约也就出生于这"瓯隐园"中吧？可惜书中关于温州的文字不多，只有一段与南戏有关的伶人往事，或可一提。

据舒谭先生在《扫叶集》中的回忆，其父冒鹤老在温州期间，积极推动戏剧实践，于瓯隐园中兴建"后戏采堂"，组建京班"翔舞台"，并撰《南戏琐谈》（原题《戏言》），缅怀宋代温州戏学和永嘉学派，对古代戏的发展作了简要的梳理与考证，对戏曲中的角色、器乐、剧具等都作了扼要的介绍，尤其是联系温州地方戏进行考索与评价，对温州来说具有重要的文献价值。其间有一位年登古稀的老伶工阿桃，见冒鹤老热心发扬南戏，"虽息影20多年，仍欣然粉墨登场，认为《十五贯》中的况钟，不是一般后辈演员能胜任，一定要亲自扮演，以酬知音。"（舒谭《〈南戏琐谈〉跋》）

在舒谭先生的这本《扫叶集》中，收录了颇多观戏论戏的随笔，足见舒谭先生于戏曲方面亦深有造诣。而对戏曲的爱好，大约是冒氏家族的传统，冒广生父子，乃明朝末年四公子之一冒辟疆的后人，不仅冒鹤老对戏曲情有独钟，明末冒辟疆即醉心于此道，家业全盛时，曾蓄有昆曲家班，极负盛名。据舒谭先生说，此家班是阮大铖旧日戏班，阮死后由冒氏收容。

风流倜傥的冒辟疆晚年穷愁，在他82岁那年，写下了一首自况诗《柴门》，诗云：

柴门茅屋两边开，旧日朱门竟草莱。
幸有高堂存废坠，更余古朴映楼台。
四围篱落宜松石，三径栏回谱竹梅。
天放数椽文敏笔，惟公许我谪仙才。

舒谭先生在他的《冒辟疆其人其事及其书法》一文中认为是冒辟疆晚年所作，因此不见存于冒辟疆早岁所刻的

《朴巢诗选》，连后来的《巢民诗文集》和清道光六年（1826）重刻本的《同人集》也无著录。在随后的他的另一篇《关于冒辟疆的如皋故居》中他进一步写道：

> 不久前，我检视先父广生（鹤亭）先生的《小三吾亭诗集》未刊稿抄本，发现对此诗有不同的看法。父亲说："徵君（指辟疆先生）63 岁癸丑（1673 年）后诗，均附刻《同人集》中，至 81 岁辛未（1691 年）止。中间及其后，以金尽客尽，所刻亦未备。余见其手书诗，往往出《同人集》外者。此幅题曰《柴门》，署壬申（1692 年），盖 82 岁所作。"

在这首诗中，冒辟疆描写了自己晚年穷困潦倒的生活境况，曾经的朱门如今荒草萋萋。据舒諲先生叙述，他晚年竟以鬻书自给，每夜于灯下写蝇头小楷，以求次日出售换取柴米之资。由于太过勤勉，以致病目失明。末二句"则以新厅事悬董文敏（其昌）书'天放堂'额，退念幼年受文敏知，序其《香俪园诗》（余有重刻本），目之为王子安（勃）也。"（冒广生语）

冒辟疆少负才名，广交天下士，受到董其昌的嘉许，更有与陈圆圆、董小宛的风流韵事而成为清流俊彦甚至乡野俚俗间的谈资。

作为冒辟疆的嫡孙后裔，舒諲先生识解明通，学养丰厚，早年投身于进步的文化事业，追求科学与民主的精神，著述颇丰。这本收录了有关冒辟疆其人其事文章的《扫叶集》，由生活·读书·新知三联书店出版于 1987 年 12 月，1997 年 12 月又出了第二版。在这本散文集里，舒谭先生从北戴河讲到洛阳，从汤阴的岳飞庙讲到乾隆皇帝，从宦官用事讲到王金发的悲剧，从《满江红》的争论讲到上海的小报以及沦陷区上海的三禁《岳飞》话剧。可谓包罗万象，典故轶闻，时涵古今。舒芜先生在此书的序言里，讲到舒谭先生对自己这本散文集的自谦之语："这些文字都无甚价值，不过是历年的落叶，现在扫作一堆。"故以《扫叶集》名之。但在后辈读来，这其中的每一片"落叶"都有斑斓的色彩，都镂刻着许多栩栩如生的图案，都依附着许多先辈的魂灵在与我们轻声细语，都值得我们倍加珍惜。因此，我将其先祖的诗句用作此文的标题，借以对他的文字的概括，我想若是舒谭先生泉下有知，也当莞尔称许的吧？

舒谭先生 1914 年出生于温州，他幼年最初的足迹，大约遍布在如今成为墨池公园的瓯隐园里吧？他与温籍作家、知名演员黄宗江先生是表兄弟，因此，他虽籍贯江苏，但也算是半个温州人，可谓与温州有缘。

墨池公园内，曾经的曲池阑干之间，几棵古木依旧枝繁叶茂，在微风的吹拂下，仿佛还在轻声讲述着瓯隐园中的伶人往事，讲述着明代玉介园的回风舞雪，与民国间的诗人唱和，所有的焦虑、惆怅与落寞，都在如今的花园中成为负暄琐谈般的闲适。舒谭先生的这本《扫叶集》，如今读来，也正是这般心情。

由斯巴达三百勇士
想到西周虎贲之士
——读马明达先生《说剑丛稿》

看过《三百勇士》这部由美国导演扎克·施奈德（Zack Snyder）拍摄于 2005 年的电影的观众，对斯巴达国王列奥尼达率领的 300 战士大概会有极其深刻的印象。电影运用了高科技的制作，重现了古希腊与波斯的战争场面，虽知虚拟，却让人备感炫丽真实，300 勇士的英雄气概感染了无数观众。而我在观看此剧时，不由想起我国古代的虎贲之士，分明与这斯巴达的战士一模一样，他们奔跑在战场上，挥舞着盾牌利剑，冲阵厮杀，不仅视死如归，其高超的剑术武艺，亦让敌人胆寒。

近读马明达先生的《说剑丛稿》，其中开篇即《"虎贲之士说剑"解》，不仅考证了剑在中国的运用历史，也对虎贲之士有了较为详尽的论述。据他的考释，虎贲是手执短剑的冲锋队，一律配备盾牌。虎贲的数量，有的典籍是"三百"，这一点，与斯巴达 300 勇士浴血奋战温泉关，让波斯大军付出两万死尸的代价，非常相似。而据《史记·周本纪》上的说法，则是"戎车三百乘，虎贲三千人，甲士四万五千人"。无论是 300 还是 3000，看来这都是根据战争的规模来确定的。据马明达先生的考证，虎贲的特长是勇猛而善于奔跑，他们除了装备有短剑，应该还有一样重要的武器，那就是盾牌，古代称"干"。正如《尚书·牧誓》所记，武王在这个著名的战前动员令上说："称尔戈，比尔干，立尔矛，予其誓！"据马明达先生的诠释，"称尔戈"是针对戎车讲的，"称"就是举；"比尔干"是对虎贲讲的，"比"就是排列；"立尔矛"是对甲士讲的，是要求将矛竖立起来。这篇《牧誓》，孔安国的《传》曰："虎贲，勇士称也。若虎贲兽，言其猛也。"马明达先生说，作为虎贲之士，他们在战斗中的一个重要任务就是带头去冲击敌阵，向敌人"挑战"，展示必胜的信心，当时称之为"致师"。可以想见，他们一手持盾，一手握剑，向着敌阵一路呐喊狂奔，其彪悍勇武之势，怎不令人心生畏惧？

他们不是一般的甲士，而是训练有素的"特种部队"，不仅高大威猛，而且人人身怀绝技，势不可挡。因此，《乐记》中，说武王克殷之后，天下和平，多年不复用兵，"而虎贲之士说剑也"。马明达先生认为此"说剑"为传授演练击剑的技艺，即后世剑道之滥觞，而不是所谓"白头宫女说玄宗"一样的放下刀剑拿嘴皮子吹牛。

许多历史学家指出，剑虽古已有之，在西周初期即已出现，但显然非我固有。《逸周书·克殷解》中，说周人攻入朝歌后，武王"先入，适王所。乃克射之，三发而后下车，而击之以轻吕……"就是说武王到了纣王的宫殿，对着纣王的尸体连射三箭，然后下车，用"轻吕"击之，以这一系列象征性的动作表示了周人的复仇。其中，对"轻吕"的解释，历代都认为是一种剑的名称。现代学者发现，这"轻吕"与匈奴对剑的称呼"径路"仅一音之转，都是"剑"的对音。因此，张政烺先生说："剑非吴越人所发明，大约从塞外传来。"由此看来，斯巴达勇士手中的剑，与西周虎贲之士手中的剑，应该具备相似的款式造型。

马明达先生的这本《说剑丛稿》，不仅是一部关于中国古代兵器的历史论著，其中还有大量中国古代武术的考证，尤其是宋太祖、戚继光等古代帝王将相与近现代武术的渊源，他们在军事上的成就及对武术发展所起的作用，都有比较详尽的考察与追溯，比如《武术史上的宋太祖》《尉迟敬德与"鞭枪"武艺》《戚继光〈拳经〉探论》等。也有对明清以来民间武术的探索与挖掘，对一些民间拳术与器械以及民间武术家生平成就的考订，以及与日本等国在技艺与器械方面的武术交流，比如《历史上中、日、朝剑刀武艺交流考》《漫话"罗汉拳"》《五台山的僧兵和武艺》《明末武术家石敬岩考述》《沙家拳考》等，有着十分吸引人的内容，揭开笼罩在他们身上的神秘面纱，对中国武学的渊源和现代武术的滥觞，都有十分严谨的考据。不仅让人大开眼界，更是对中国武术理论的一种梳理，具有重要的学术价值。

我不知马明达先生，仅从此书的作者简介中获知他的点滴经历。马明达先生 1943 年出生于河北沧州，回族人。1967 年毕业于西北师范大学历史系，现为广州暨南大学历史系教授。但显然马先生非仅一介书生，据他自述，他的父亲马凤图先生是一位文通武备、享誉西北的武术家，精通劈挂拳、八极拳、陆合大枪等家传武术，又曾系统学习过通备拳法与中医，久居陇右，在大西北创立甘肃省国术馆，倡导推动武术交流。因此，马明达先生自小耳濡目染，跟随其父练武，对中国武术尤其是北方各派武艺有比较深入的了解与切身体验。他将武术纳入自己的历史研究领域，从武术的视角研究历史，因此别开生面。

由于大多数历史学家并不精通武人之道，而大多数武人又少有精通文墨者，而马明达先生得此兼通之利，于他的研究领域，自有其独到的见解，是别人难以企及的。正如马明达先生在他的《初版前言》中说："我的主要精力一直放在读史和治史上，但武术却是我无可选择的、与生俱来的爱好……慢慢地竟有了一种责任感，特别面对当代武术的衰变和不正之风，常觉骨鲠在喉，不吐不快。"但是，正如用马先生自己的话来说，他的研究涉及多种学科，包括历史学、体育学、宗教民俗等，显然"我的研究领域具有鲜明的边缘属性……"，而由于其边缘的属性，注定了其难度与落寞冷清的境遇。尤其是武术领域，自古不受重视，留存的资料非常稀少，倒是更多具有神秘性质的传说，因此梳理起来更见困难。

这本《说剑丛稿》初版于 2000 年，我所读到的，则是 2007 年又由中华书局出版的增订本。作为一种具有边缘性的学术专著，由此可见其受欢迎的程度。看来，有时候"边缘"并不"边缘"，因为"边缘"别有风光。

古印度和古代中国传说中
的机器鸟与机器人

——印度《五卷书》中的金翅鸟及其他

　　近日重读印度《五卷书》，读到第一卷第八个故事，讲的是一个吠舍出身的织工却爱上了刹帝利种姓的公主而得了相思病，作为他的朋友，一个能干的车匠为他带来一个"用木头制成的、用各种各样的颜色涂抹得花花绿绿的、用一片木楔推动着自己能够飞的、新拼凑成的机器金翅鸟"，让他骑上，装扮成从天而降的大神那罗耶那的样子，在夜里飞入国王的后宫，去与公主幽会。就这样，他们的爱情一天一天增长，每一天都享受着爱情的狂欢，并且还为国王击败了强大的敌人。这个美丽的故事充满了喜剧的效果，让人浮想联翩。

　　而类似的故事，在古代中国的著述中也常出现，其中最早的大约就是《墨子·鲁问》中说的公输盘制作的竹木鹊："公输子削竹木以为鹊，成而飞之，三日不下。"

　　印度《五卷书》虽成书于 12 世纪，即在 1199 年一个耆那教的和尚补哩那婆多罗受大臣苏摩之命，根据已有的一些抄本编纂而成。但其故事的流传与编撰几乎贯穿印度整个古典梵语文学时期，即从公元 1 世纪到 12 世纪。按照印度传统的说法，《五卷书》是《统治论》的一种，是通过一系列的故事，讲述统治国家的权谋策略，也讲述人生的智慧与道德，希望读者能够通过这样一本书而成为一个有修养、有智慧、有道德、有能力的人。而在此之前的 6 世纪，《五卷书》就曾被翻译成波斯的帕荷里维语，大约在 570 年，帕荷里维语的版本又被翻译成古代叙利亚文，180 年后，又通过这个译本而产生了一个后来流传极为广泛的阿拉伯译本，译者是伊本·阿里·穆加发。这个译本不是忠实的翻译，而是增加并改编了一些内容，书名《卡里来和笛木乃》。《五卷书》记述的是森林中狮子王手下的两个无比聪明的大臣——两只豺狼迦罗吒迦和达摩那迦相互讲了 80 多个故事，来不断地论证人世间的许多事理。而阿拉伯的译本则将他们改写成两只狐狸，名为卡里来和笛木乃。通过这个译本，这部印度的所谓"统治论"（实际上更是一部情节生动的童话集），开始传遍了阿拉伯地区与欧洲乃至整个世界，产生了深远的影响。在后来的欧洲许多文学作品里，无论是意大利薄伽丘的《十日谈》、法国拉·封丹的寓言，还是英国乔叟的"坎特伯雷故事集"里面，都可以发现印度《五卷书》的影子。有的故事情节也出现在《一千零一夜》中。

但是这部印度的童话集在 20 世纪以前却没有翻译到中国来，因为它是完全属于世俗的智慧，没有任何宗教的意味。中国古代对印度的翻译，大都集中在佛教文典，对《五卷书》可以说视若无睹，但一些汉译佛典里也有借用《五卷书》里的故事，这些故事往往被当作佛教的故事而得以在中国传播。

直到1959年，季羡林先生通过梵文，全本翻译了《五卷书》，由人民文学出版社出版，而我手头的这本，是1981年的再版本，是我的父亲于当年购入，书中还夹着当年新华书店的发票。《卡里来和笛木乃》则由林兴华根据1934年开罗穆斯塔法·穆罕默德出版社的版本译出，也由人民文学出版社出版于1959年3月。小时候，这本1959年的初版本胜过了所有的童话集，而成为我的"秘密武器"，我反复地读，是为了将那些故事记在心里，好讲给隔壁的小朋友和学校里的同学们听。我成了他们的"故事大王"而备感荣耀。

应该说，《墨子》的成书年代相较《五卷书》，似乎要久远一些，但难说印度的故事是受了公输盘的传说的影响的，而只能说，人类关于飞翔的梦想都一样是由来已久的。正如同为战国时期的《列子·黄帝》中记载的那个御风而行的列子："子列子履虚乘风……不觉形之所倚，足之所履，随风东西，犹木叶干壳，竟不知风乘我邪，我乘风乎？"

而在中国古代的笔记小说中，也有一个关于"机器鸟"的故事，那就是宋朝人编纂的大型类书之一《太平广记》，专门收集了自汉代至宋初的野史小说，其中有一个出自《潇湘记》的故事"襄阳老叟"，讲的是襄阳一个鼓刀之徒唐并华从襄阳老叟那里获得一把神斧，造飞物即飞，造行物即行。后来他被富户王枚家聘请造一独柱亭，工毕，王枚尽出家人以观之，其中有一位是因丧夫而还家的女儿，容色殊丽。唐并华由此爱慕之，夜里偷偷去与她幽会，日久被王枚发现，要将他驱走，于是他造了一只木鹤，带着王家寡居的女儿飞去。这个故事似乎明显是受了《五卷书》的启发，因为整个故事情节大体上是一致的。20 世纪以前的中国虽然未曾完整译介过《五卷书》，但通过《卡里来和笛木乃》的传播，一些故事情节在中土大约也多少都有所听闻吧，因为在 20 世纪的考古发掘中，人们在吐鲁番盆地曾发现了中世纪回鹘文《五卷书》的残卷，可见这些故事在民间的传播应该早就影响到中国境内了。

不管怎样，关于会飞的木头鸟，向来是人们头脑中一个挥之不去的构想，人们渴望着骑上这样的木鸟翱翔，从来不仅仅是一种奢望。《五卷书》与《太平广记》的故事，总让我想起 15 世纪意大利文艺复兴时期的达·芬奇在他的笔记本中画出直升机、滑翔机与降落伞的设计图，我不知道他究竟有没有受到印度故事的启发，但他所根据的气流与机械的原理，却是基本正确的。直到 20 世纪，他所有的设想都得到了运用，人们才发现，原来他在图纸上所做的说明，并非全是异想天开，人们根据他的图纸将他的发明付诸实施，竟然都能够实现。在意大利芬奇镇的达·芬奇博物馆里，至今保留着他的笔记手稿，可以看到他设计的各种机械图，计有可旋转的起重机、飞行器、装甲车、作为攻城设备的云梯、齿轮传动装置等 50 多项，真是很神奇，让人不得不赞叹这位伟大画家的奇思妙想。这让我想起，与他几乎同时代的中国，也就是在明代嘉靖、万历年间出版的一本笔记小说《岐海琐谈》中，就曾记载了一个温州民间的工匠黄子复制作的木头机器人的故事，说他曾造出一个木头美女，会手托茶盘移步供客，"客人举瓯啜茗，即立以待"，直到客人将杯子放回托盘，它才转身，"仍内向而入"。他还造了一个小型的木头美人，可以在酒桌上依次传递酒杯，"周旋向背，不须人力"。黄子复还做了一只木头机器狗，"冒以真皮，口自开合，牙端攒聚小针"，一旦有人被这机器狗咬住，就很难挣脱，像真的狗一样。作者姜准还说，有一个叫王阳德的人重金买了一张古琴，却仅存坏板数片，经过黄子复的修复，"卒为完器，声音清越，冠绝一时"，并说这是他亲眼所见。但他没有说自己曾亲眼见过他的机器美人。如今我们已经很难想象黄子复关于机器人的设计制造，究竟有多少真实的成分，或许只是一个靠木楔与齿轮转动的装置，并没有那么神奇。

姜准字平仲，号艮峰，永嘉（今温州市区）人，其生卒年不详，据考，当生于明嘉靖年间，卒于万历末年，比意大利达·芬奇晚100余年。他平生著述颇丰，有《东嘉人物志》等20余种，皆失传，仅存《岐海琐谈》16卷。此书专记宋、元、明时期温州的地方掌故，涉及温州地区的建制胜迹、风土物产、名人逸事、神仙鬼怪等。因此有些内容比较真实可靠，而有些也只是道听途说，不免夸张虚构的成分。

此外，在《列子·汤问》中，也曾讲述了这么一个神奇工匠的神奇构造：周穆王时候，有个名叫偃师的人，为周穆王带来一个他制造的"人"，让他在宫殿上面杂耍逗乐，周穆王相信这是一个真实的人，可是就在表演快要结束的时候，它竟然拿眼神去挑逗周穆王身旁的妃子，周穆王怒不可遏，要立刻杀掉偃师，偃师赶紧上前，把那个杂耍的人拆开给他看，原来只是些木头、皮革拼凑而成的机器人而已。

在古代中国，这些有关机械的制造，向来被当作奇巧淫技，往往只是人们茶余饭后的谈资而不受重视。儒家学者们更关注的是人们的道德修为与治国齐家的智慧，这在古印度，大约也是相同的情况，他们同样地更关注治国方略的"统治论"与宗教上的修行。巧手工匠只是下等人。因此那些富有想象力的奇思妙想，也只能出现在文人笔下的神话故事或笔记小说中，仅仅是隐含人生哲理的某种隐喻。

第三辑

世间万象

牛论与时间

每每与朋辈在一起大放厥词时，便有友人嘲曰：又是一堆牛论。

但，牛论未必非真理。而培根、蒙田等雅人所言，又未必不也是牛论。朋辈嘲我所说的为牛论，皆因我之所言极是，论点又有分量、论据又有数量、论证又有力量，使欲驳者没有可驳之词，处处埋着禅机，歪理也歪得有理。于是人便无奈，只好冠之以"牛论"来草草结束这场口舌之争。于是趁这难得的胜利之机顺口吹他一顿牛，过足了牛瘾，也就省却了许多买烟解闷的钱，不亦乐乎。

一日与友人在路边神侃，说及存在与时间，那可是海德格尔研究了大半辈子的问题。我们凡夫俗子说的，则是另一回事，只为一时的冲动，便可指白昼为黑夜，举孟轲的"万物皆备于我"和英国大主教贝克莱的苹果来证明这堵墙是否存在，友人被说急了，脱口而出："莫非时间也是不存在的吗？"

时间是什么东西？为什么要存在呢？天下哪里有时间？那些时刻表上的数字不过是人给硬加上去的，以聊胜于无罢了。这牛论可就发得有些严重了，虽有人可证明日出日落，却难以证明时间的根本。友人便觉得与我争执的话就像牛粪，毫无作用。

正得意之时，我忽然顿悟时间之无情，每每发牛论之时，手表上的指针就走得飞快，这虚度的光阴就像泼出去的水，可收不回来。

从此发愿，再不牛论了。

话说无言的妙处

我常常想，马丁·布伯一定是个古怪的人，读他的书，会使人想起哈姆雷特。因为这位德国的牧师似乎总有一些异乎寻常的念头。在第二次世界大战结束之时，马丁·布伯的文章曾经怎样地风靡了欧洲。但我又常常想，其实又有几人真正读懂了马丁·布伯呢？他曾以"辩论"的拉丁文，原意是"分离"，来指明无言就是真正的传达。可是欧洲人往往不善于对缄默的意会，他们自古以来似乎总是那样地依赖着语言、文本，他们感兴趣的是外在宇宙的奥秘和物质文明的形成。

但中国人却很善于意会，所谓的心有灵犀，每当人们不理解那语无伦次的阐述时，便有人以一种优雅的姿态说："那是只能意会的。"然后他倾身问道："那么，现在你懂了吗？"谁知道呢？而那意会又常常是莫名其妙的，是在懂与不懂之间，并且各人有各人的意会。

而当西方进入现代化的时候，东方人却还在探讨着禅宗的手指头，这是一种伟大还是一种可悲呢？在现代化的战争中我们曾经彻底失败，但机械化的现代文明却使西方人唯命是从，而我们却在意会中悟得了心灵的自由，这自由有着真正的内容，从而使西方的胜利者非常羡慕。

曹雪芹与莎士比亚

　　这段时间又有很多所谓的研究者发出惊人之语，归结起来就是一句话：《红楼梦》的真正作者不是曹雪芹，而是另有其人。理由似乎只有一个，就是《红楼梦》中描写的贵族生活，是一生坎坷潦倒的曹雪芹所不了解的。至于那个"真正的作者"，他们又总有新的发现，或曰吴梅村，或曰明末太子。研究的结果是作者众多，人们依旧无法辨别究竟是谁，但有两点是要肯定的，一是曹雪芹确有其人，作者出于种种原因考虑，冒用了他的名；二是《红楼梦》前八十回的重要增删者，的确是曹雪芹。

　　这使我想起英国最伟大的剧作家莎士比亚，在他死后的400年间，人们同样对他提出了质疑，认为他的平民经历，不可能对宫廷和上流社会乃至其他国家的风土人情如此全面了解。因此不断有所谓的研究者提出"真正的莎士比亚"，其中包括哲学家培根、贵族诗人马洛、牛津伯爵德维尔，甚至还有人认为是一个名叫玛丽·悉尼的女人。但有两点是要肯定的，一是莎士比亚确有其人，作者出于种种原因考虑，冒用了他的名；二是他的确参与了37部剧本的演出或改编。

　　而英国严肃的文学研究界包括莎士比亚基金会对这些言论却不屑一顾，他们认为这"完全是胡说八道，他（莎士比亚）那个时代有足够的证据证明，莎士比亚是很被看重的一位作家，尤其是剧作家"。至于那些争论，"其本身就是荒谬的"。我想，那些被认为是"真正的《红楼梦》的作者"要么隐姓埋名苟且偷生，要么本人著作等身，社交活动频繁，他们若在各种各样的活动间歇却偷偷写出如此鸿篇巨制却又匆匆公之于世，这本身还不荒谬么？

无聊的"红学"

有一种"穿着书的外衣的东西"，就是蔚为大观的专业的"红学家"们汗牛充栋的论著。翻一翻他们的东西就知道，充斥在他们文字间的，大多是一些无聊的争论，比如新发现的曹雪芹碑是真是假？曹雪芹的祖籍在哪儿？曹雪芹在曹家究竟是第几辈？宝玉的原型是曹雪芹还是某个清朝皇帝？《红楼梦》的原本是程甲本、程乙本，还是"脂砚本"？大观园究竟在哪里，是苏州的拙政园或北京的什刹海还是袁枚的随园？有人甚至怀疑这部奇书的作者究竟是不是穷愁潦倒的曹雪芹，或许另有他人？在某些红学家的研究下，《红楼梦》甚至成了"一道菜""一双鞋""一方药"。

毫无疑问《红楼梦》是一部伟大的作品，它的魅力超越时代、超越阶级。它是一部真正意义上的小说，不是自传，不是历史，更不是考古学，而那些看似高深莫测的争论对于曹雪芹来说真是无聊之极，他若九泉有知，难说不会忽然从坟墓里坐起来发一声怒吼。他会说，大观园不在哪里，而是在我的梦里、我的心里！所谓的红学家们只是斤斤计较于《红楼梦》的外部环境，而对它的文本意义的关注却是少之又少。他们只为研究而研究，意在通过这样一本伟大的著作来制造出一部以它命名的书来，表明自己是有多么与众不同的见地和学问。

曹聚仁说得好，他认为前人把宝玉当作纳兰性德或顺治皇帝的影子，那是可笑的；但胡适之肯定把《红楼梦》当作曹雪芹的自叙传，也是太过穿凿，不足为据的。文艺家不论他们所写的是小说或戏曲，都有他们自己的影子，却不是他们的照相，其中有他们的灵魂，这是一幅画，而不是照片……一切戏剧和小说，我们得提空来看，看明白作者的"幻想"是什么才行。不是红学家的曹聚仁对《红楼梦》的评介，倒是入木三分的。

花木兰与阿 Q

据载，当年鲁迅的《阿 Q 正传》发表的时候，就有人对号入座，对鲁迅的刻薄讥讽表示愤懑。我不知道人们为什么总有这样的一种心理，即艺术家的作品仿佛永远是"现实主义"。多少年以后，又有研究家到处搜罗资料，以求证明阿 Q 的原型，而且总能找出几个周树人的同乡。不知现今被称为阿 Q 原型的人物是怎样的感觉？是受辱的感觉还是自豪的感觉呢？如果他们能够由于鲁迅的不朽而多少沾点光，相信他们也是高兴的。

现在有人对《乐府诗集》里的《花木兰》开始感兴趣了，沪上的报纸接连发表《花木兰姓什么》或《花木兰有无其人》之类的文章，是否还要找到花木兰后来嫁给了哪位才子状元？而让人们感兴趣的，大约是与找到阿 Q 原型一样的快乐。我不知道这种快乐是怎样的味道。

人们肯定相信《花木兰》是真有其事的，就像相信孟姜女哭倒长城，相信《孔雀东南飞》，相信嫦娥奔月一样。的确，如果这些都是真的，那该多好。不仅那个故事发生的地方可以建纪念馆、立铜像，还可发展该地区的旅游业。不知如此一来，又该在什么地方纪念嫦娥呢？

当研究家们为证明艺术作品里的所谓真实人物时，不知搜集了多少资料，废寝忘食，而证明的结果，恐怕花木兰不管姓甚名谁，读书的人照样只对《花木兰》这首诗感兴趣。不管阿Q的原型怎样沮丧不平或兴高采烈，大概谁也不敢把小说里的阿Q换上他的所谓原型的名字，并指出他到底是不是赵太爷的亲戚。

凡尔纳的想象及其他

凡尔纳的科幻小说已经不仅仅是为我们揭开了一幕神奇的世界，因为凡是在凡尔纳的书中所描绘的，而今很多皆在我们的生活中成为现实。这常常使我们陷入想象的困惑与迷惘之中，到底是现今的人们在根据凡尔纳的小说来改变着物质的世界，还是凡尔纳具有先知的觉悟而在我们之前就已经预知未来的世界？也许两者都有那么一些吧。

但不管怎样，我们不得不惊叹凡尔纳先生那丰富的想象力了。

想象，有时可以使我们摆脱迷惑，有时却使我们更加迷惑。或者说，想象就是人类的一种迷悟。佛家是很注重迷悟的，所谓迷时所做的事，悟了还是可以做的，不过其用意不同，虽形式一样，而内容恰相反，一为恶业，一为净业。想象的重要在于，它能使我们对世界的认识有了各种不同形式的领悟。比如有人问："空间到底有多大？时间有无起讫呢？"以佛的回答，此乃戏论，因而可以置之不理。因为我们所认识的世界，是用我们现在的认识方法去认知的，故正确的系数相当低。而倘若换一种方法去认识，比如想象一类，自然不待言而可明。佛的做法是明智的，但凡尔纳的做法一样是有意思的，都焕发出理性的光。

再比如有人问："宇宙到底是什么样子的一件东西呢？"佛定然要微笑，然不答，沉默就是最好的解释。而凡尔纳却要给我们以绘声绘色的超越时代的回答。我以为，能够想象的人，应完全可以展开想象的翅膀，摆脱平常的认识或思维方式，到宇宙之外翱翔一回，然后回答说，宇宙就像一个巨人，而我们只是寄生在它的身上的细菌。这样的解释未尝不可以，也许让你说准了，那么你便可以与伟大的凡尔纳先生比肩了。

有人以为，小说必须有亲自的深刻的生活体验的积累，可是凡尔纳却凭着一张地图而以他非凡华美的语言描写了那未来的世界，对他未曾经历的生活竟能够述说自如，这不容易，全凭想象使然。其成功的业绩往往胜过某些像写自传似的小说家。其实我们都在生活着，生活的根须无处不在，只是需要我们去认识它、发现它。

想象能使我们获得超越。中国人大约自宋学兴旺以来，颇注重于禁欲的思维习惯，却忽略了太极之初尚有更重要的所谓想象的东西。倘若上帝没有想象力的话，大约是不会想到创造人类伊甸的，而倘若人类没有了想象力，则上帝造人的传说就更无从谈起了。可以想象，没有想象的生活是多么无趣和寂寞。

凡尔纳坐在火炉边生发的想象是超人的，佛的不言答则像火炉里金色的光芒，亦很美丽。只有那些为无谓的问题争论不休的人，虽有雄辩之才，犹愚不可及也。

贝多芬和弥尔顿

我们已经远离那浪漫主义的世纪，也远离那典雅的古代世界，所有美丽的梦幻在铁的事实面前都成为不堪一击的碎片，就像被捏碎的花瓣。我们的未来在科学时代的观察仪中失却了朦胧的意味，当我们面对月亮时，我们首先想到的是宇航员的足迹，想到的是在很微小的重力下行走的脚印和无穷无尽的荒漠的景象，没有生命，没有上帝，更不见嫦娥的寒宫和玉兔的眼睛。

然而，当我们聆听着贝多芬那让人难忘的《月光奏鸣曲》时，岁月便像流泉似的叮咚作响，滴在那顽岩的背上，滴在我们的心坎上。那流水似的声音告诉我们，这一切都曾经存在。艺术仿佛一直在描绘着"曾经"的事。

听贝多芬的曲子，不能不联想起那命运的狂风骤雨，想起小磨坊的阁楼，贝多芬在雷雨交加之夜的奏鸣。钢琴竟可以远离他的耳膜，贝多芬以他失聪的耳朵倾听着大自然的语言，以不可思议的艺术家的灵魂演奏出那震撼人心的音乐，整个人类历史就因为他的聋而有了万古不灭的声音，那声音告诉我们最崇高的精神和最完美的爱。

在这样的夜晚，在怀念着贝多芬和他的音乐的夜晚，我朗读着弥尔顿的《失乐园》，此时此刻便觉浮出了烦嚣的人世，伊甸园的梦仍在困扰着浸浴在现代文明里的现代人。

那诗句如浩瀚的烟海，惊醒我们的灵魂，无论大自然的阳光和神的荣耀，都成为永远的故事，像一座辉煌无比的宫殿，在我们的目光之外营建新的乐园。先祖在哪里失去的，我们是否能在那里重新获得？

而这一切，也来自那个残疾的人，失明的弥尔顿！呵，他埋首在那一片黑暗的世界，就像贝多芬抚摸着寂静无比的钢琴，这两位巨人，他们是能够同病相怜的。这古今中外，又有几人，身在如此残酷的现实中，却还能告诉我们那在狂风骤雨中鸣响的命运之火和生命辉煌的乐园？

他们以自己伟大的灵魂感受万象的奥秘，他们缔造了那个世纪，他们仿佛不再属于人类的世界。他们无意中为自己建造了精神的庙宇，让我们世代膜拜。他们在失明的黑暗中写出光明的诗篇、在失聪的寂静中写下气吞山河的音符。他们在残酷的疾患里获得荣耀，他们都是能够扼住命运之咽喉的人，他们的代价可不仅仅是生命或青春。但我们却无法返回那个时代。他们已渐渐远离我们，就像奔向太空的火箭。

但我们依然能够通过阅读和聆听，接受他们给予我们的启迪，以我们全部的真诚沐浴他们的光辉。我们应让他们那精神的庙宇，永远牢固地耸立在人类的世界，并更显巍峨。

谈"人体"

我们往往对"自己"欠缺透彻的了解，我们可以把世界上的很多事看穿了，却对"自己"一知半解。所以古希腊哲学中有一句名言："认识自己。"这"自己"不仅包括自己的身体，还包括自己的心灵，自己的历史、文化、道德。只有了解自己的人，才有"相视而笑，莫逆于心"的愉悦。

其实在宋明理学取得强大的思想权力以前，中国对人体的美是心领神会并对这"自然的情趣"满怀赞赏，这只要去看一看记载着中国辉煌的艺术历程的敦煌壁画，就可以获得明证。

不幸的是，虚伪的理学斩断了中国人对世界最奥妙的人体及其美的认知。在现代中国最敢打破这一禁忌的是李叔同，这位后来成为佛教一代宗师的弘一法师于 1914 年在浙江第一师范任美术教员时用了人体模特儿，开了我国人体写生的先河。后来刘海粟在 1920 年又启用了女性模特儿而引起轩然大波。

自从 19 世纪摄影术发明以来，人体更成为艺术创作领域的永恒主题。摄影艺术的普及使人们更加真切地认识了人体之美，虽然它也经常使这种艺术与色情因为只有一步之遥、一念之差而处于尴尬境地。但何种艺术不曾受到色情的侵扰？包括文学、绘画、音乐、电影甚至书法？英国诗人济慈说："美即是真，真即是美。"真实的身体是这世上最美的事物。我们赞美的永远是那种负有崇高使命的高尚精神和客观立场。

认识自我吧。

仅仅因为她是女人么？

《上海宝贝》出版后有段时间关于女作家卫慧的一篇报道让我当时觉得有点别扭，报道称卫慧在成都为一本杂志拍封面照片时表现得很"艳俗""放荡""妖冶""毫无品位可言"等。甚至还有人称她们这类作家是"用身体来写作"。我不知道这些报道的动机是什么，仅仅因为卫慧写了一本半自传体的长篇小说《上海宝贝》，其中有许多情爱的体验和真实的描绘么？但这些实际上并不重要，有很多作家比如贾平凹、陈忠实甚至郁达夫都曾有过类似的动人描写，外国作家中就更多了，亨利·米勒、米兰·昆德拉、威廉·劳伦斯……哎呀，真是不胜枚举了，可人们似乎并不关注他们在现实生活中的表现，即使他们中有人真的生活很不检点，人们也总是怀着宽容的态度。可卫慧这位美丽的年轻女作家仅仅拍了一回照片，却引起了这么多的关注，并且有了那样一些让人联想翩翩的"判决"词汇，这就让人有点想不通了。

也许，仅仅因为她是一个女人，女人就不能描写真实的生活，她只能写一些很"贤淑"的文字，圣洁如贞女。不知道有这种"高尚认识"的人在阅读玛格丽特·杜拉斯的《情人》之类作品时又是怎样想的。我猜想，这种人只对小说中的性爱描写特别关注，他们的内心只对这种事感兴趣并且将它们联想到作家身上，尤其是漂亮、年轻的女作家，这是一种特别阴暗的"意淫"的心态，可他们偏偏表现得很雅淡，并想方设法证明作家本人的"放荡"或"无耻"，直到把"她"想成与妓女无别，这样，他们阴暗的心里就有了冠冕堂皇的理由。

"美即是真，真即是美"，这是英国著名诗人济慈那首有名的《咏希腊古瓷》诗中的最后一句。卫慧在《上海宝贝》的《后记》里说："这是一本可以说是半自传体的书，在字里行间我总想把自己隐藏得好一点，更好一点，可我发觉那很困难，我无法背叛我简单真实的生活哲学，无法掩饰那种从脚底心升起的战栗、疼痛和激情……"平心而论，《上海宝贝》是一本不错的小说，那么写这本小说的作家应该至少是个有才华的年轻女人。对这样的女作家怀一颗叵测的居心，是我们的悲哀与不幸。

世上有无长寿药

对长寿的渴望似乎是人类本能的反应，因为如果你要对动物进行长寿的鼓吹，它们一定会认为你是个十足的不可理喻的疯子，而作为智慧的人类，却热衷于此并到处寻找足够的理由，这究竟是我们区别于动物的骄傲还是悲哀呢？在中国，从秦皇汉武开始，历 2000 年而不衰，长寿是我们一个共同的社会话题。无论术士还是现代科学家，人们努力寻找上帝赋予自然的秘方，而且似乎也有了许多线索。

比如抗氧化剂，作为防止衰老的辅助品得到了积极的推广，人们有理由相信这种药剂可以避免自由基的某些有害作用；比如维生素 E，它消除自由基团的链式反应是在细胞膜内进行的，与抗氧化剂有类似的作用。其后还有很多长寿的秘方被科学家或伪科学家们公之于众，比如有人提出以注射胚胎绵羊和山羊的细胞，或利用生物激素来影响衰老的过程。近些时候还有关于基因的改造等。不论是严肃的讨论还是荒谬的假设，人类前进的步伐总是渴望迈出大自然既定的法则，带有一种类似犯罪心理学上的动机。数千年来的人类历史大事记中都记载着试图实现长寿的事件，也不管那些最终成为笑料的种种惨败。而那样一些奇谈怪论，仍然影响着一代又一代不知疲倦的追随者们。在欧美，甚至还有人提出通过睾丸的移植，不但可能恢复衰退的性功能，而且可以制止衰老，这又不由地让人想起中国有关"精、气、神"的养生论……那么女性又该怎样呢？莫非她们便只能固守在护肤霜的领域，妄图通过维生素 A 酸的活性成分抚平岁月的皱纹？目前还有叫得最响的科学方法是遗传基因工程，但基因的发现却叫我们终于相信了孔子的话语：生死有命。因为据说通过遗传基因，可以了解到每个人的寿限及他身上有可能发生的病变，也就是他将死于什么病或将死于何时，遗传基因都已为此做出了决定。

　　人类在经受了种种物质上的挫败之后，并没有表现出应有的沮丧，人类勇往直前的勇气是连上帝也要惊诧的，人们除了继续寻找能使自身长寿的秘方之外，更试图在精神的领域创造不朽。多少帝王将相都试图创立丰功伟绩以便载入史册，文人骚客挥毫泼墨，以求不朽的作品"藏之名山，传之久远"。可是那些丰功伟绩也常不能抵御时间的侵蚀而成为残垣断壁，帝王将相们便只有实行"世袭"的制度以使万世荣耀。但革命的风云一到，一切便就灰飞烟灭了，仓促中是连最后的回味也不曾有的。他们连时代的脚步也阻挡不了，更何况生命的衰微。对于文人骚客，则他们一辈子的呕心沥血，也不一定受到后世的尊重，常常是昙花一现，而真正能够"传之久远"的又有几何？那么对普通之大众，则只有"生一个儿子"的想法了，那是古老的农业传统。对于现代开放的社会，儿女一样，都是未来的希望，这是自然给予人类渴望长寿的唯一慰藉了。生命就这样在不断更新中延续。我想，假如真有长寿的秘方使人能够历千年而不亡，这将是一个什么样的世道呢？妖怪也！

事实上人类对于长寿的幻想乃基于人类丧失自信的卑劣感，因为脆弱的心灵不堪承受来自人类自身之外的任何一次打击，包括最终导致的死亡。

长寿药的发现终究是毫无希望的，取而代之以不朽业绩的，便是人类唯一方法。业绩之不朽固然值得敬佩，又有多少业绩是建立在大众的悲哀与不幸之上的呢？现代科学的研究又表明，便是太阳、地球，便是宇宙万物，也不能长寿，终有一日，要天崩地裂的，我们怎么办？这就是哲人们终日思索的"终极关怀"了。而对于我们，只要保持每天愉悦健康的心态，便是有福了。

衰老并不可怕，真正可怕的是企图在健康之外寻找药剂，在真理之外寻找真理，这无异于自欺。

冷漠从何而来？

如果是一只幼小的野兽受伤倒在大地之上，它的同类们会否伸出它们温暖的舌头，为它舔吭伤口，对其实施救助？不需要说"我相信"这三个字，因为，野兽们并不冷漠，它们对自己的同类的救助是真实存在的，因为那是他们的本能。即便不是它们的同类，它们有时候也能伸出温暖的爪子去实施救助，正如海豚曾经救助落水的人、母狼曾经用自己的乳汁喂养被人类遗弃的婴孩，这类故事都曾经真实地发生过。而只有道德沦丧、天良泯灭的人，才会认为天真的海豚与凶残的母狼是出于无知才有这类救助的行动。这样的人，我认为终归是很少很少的。

可是，天哪，佛山的小女孩悦悦，在前后 1 分钟的时间里被两辆货车碾过，奄奄一息、鲜血淋漓，却在 7 分钟的时间里遇见 18 个路人经过，竟无人伸出一只救助的手——司机逃逸，行人漠然。而最终是一位拾荒的老妇人将她救起，还居然有人说她是想出名。

救助受伤的同类，那是作为动物的本能，而本不应该从道义的高度来观照。难道我们，连动物的本能都做不到了？如果是这样，我们还有什么资格用道义的名义来进行评说？作为动物的本能，我们本可以不屑一顾，当人类进入文明社会，道义早已成为我们的生存准则，即便是受伤的敌人，当他放下武器，当他被俘虏，我们也要对他实施治疗，进行救助，并维护他作为人的尊严。古人说，兔死狐悲。而现今有些人，却对别人的生命如此漠然无视，这是为什么？

我相信，我们的国人并不真的冷漠。因为如果是一只受伤的流浪狗倒在了路上，我相信会有很多热心人伸出他们温暖的双手给予救助。可是，当一个孩子受伤，当一个老人摔倒，当一个女人落水，却无人救助，却只有旁观，甚至还有为救助而讨价还价的人。不是因为善良了 5000 年的中国人忽然变成了冷漠无情的恶徒，在无比黑暗的深渊犹自狂笑；不是因为贫穷了 100 年的中国人忽然抱着光芒四射的金砖不要命地狂奔——他们之所以冷漠，是因为他们害怕！他们内心的恐惧战胜了他们仅存的一点天理良心。他们能够救助一只受伤的流浪狗，是因为流浪狗不会争夺人的权利，这时的人便是内心强大的，他没有了恐惧。当一个人生活在毫无安全感的环境中，就像动物在恐惧中一样，除了极具攻击性，是连一丝的同情也没有的。让我们扪心自问，如果当时你在现场，你会怎么做？不是"从我做起"这么简单的决心就可以做到的。说实在话，没有几个人能做到义无反顾地去实施救助，你懂得自己为什么害怕，因为你自己根本不受任何保护。

救助别人，与救助一只受伤的猫狗一样，不是我们的义务，却是我们的权利与道义。

那个拾荒的老妇人，她虽然丧失了所有的权利，但同时，她也对社会没有任何需要承担的义务，她一无所有，她没有可失去的，她是落难的人，她反而成就了道义，见证了道义。她是值得人们尊敬的人。

有人说，这种冷漠是因为我们进入了"陌生人的社会"，与"熟人社会"概念相对的"陌生人社会"，是现代经济发展所产生的一种社会现象。可是，即便是火星人受了伤，难道陌生的你就不去救助吗？只有整个社会包括司法追求最大限度的公平公正，道德才能最大限度地得以彰显。

服丹、养生与修身

想长寿是人类沿袭了数千年的理想，而为了长寿所付出的代价，往往使后来的人感到荒唐和不可思议。比如许多帝王因想长寿而服丹，结果难免因中毒而过早地结束生命。正如现代社会风行补品，较之先人，真是有过之而无不及。倘若古代帝王不是服用假道士炼成的"灵丹妙药"，而是每天吃两支什么鳖精之类，大约还不至于中毒吧？然而不管是服丹还是进补，想活到"老不死"的境地，大约还是不可能的，在这一点上，上一代和下一代大概没什么两样。

其实他们不知道，那些商贾和过去的假道士莫不都是一些见有利可图而粗制滥造之徒，"妙药"名目繁多，功能"齐全"，结果照样劳民伤财，服用的人也不见得就因此而长寿了几天。

倘若为了长寿，到处寻觅灵丹妙药，这类吃了不行吃那类，浪费钱财，处心积虑，结果却心神不安，反有损于健康。《医学类编》上讲："神不守舍，则易于衰老"。

真正能够长寿，服丹何济于事哉？修德则更重要。《左传》有言："有德则乐，乐则能久"。一个处处与人为善的人，心中没有敌人，高枕无忧，无疾而终，岂不让人羡慕？

清代养生家石天基将养生概括为六个"常存"，其中常存善良心是最重要的。现代医学告诉我们，人体疾病分身体疾病、神经官能疾病和身心疾病三大类，而其中无论哪一类都和心理因素有关。故中国古老的气功能够强身健体，不过就是调整心理，它起源于宗教，强调的就是修身养性。由此可见，养生必先养德，此后才能达到养生之目的。否则，即使身体再强壮，而到处惹是生非，无理取闹，终将咎由自取，又何谈养生？何以养生？

我的积木

驻足于玩具店前，忽童心大发，很想买一些玩玩，以重温童年的旧梦。而当温柔的销货小姐报出昂贵的价格时，我的兴致就像被冷水一浇，星星之火顿时熄灭。想想，现在的孩子贵为"小皇帝"，父母不舍血本地投其所好，还真有点羡慕。

有一次在一位朋友家做客，其顽皮小儿坐在被他扔得满地的玩具当中还嫌不够而哭闹不已，令我颇有些尴尬。

回想自己童年，没有多少玩具，一部《三国演义》的连环画虽看不太懂，仍能把玩好一段时间。那时，父亲为我买了一盒积木，算是对我恩宠有加了。那一盒积木，伴我度过了整整一个童年。

那是一盒很精致的积木，色彩斑斓，我每天都能用它们造出许多美丽的房子，让其中最好的一间给心中的公主或仙女，让阳光最明亮的一间给父母，而让其中最靠近仙女窗口的那一间给自己。在搭积木时，心中便反复地出现安徒生或格林童话中的建筑物，想象着森林、月亮与河流。母亲每晚都会给我讲这些童话故事，于是每天早上我一个人待在家里独自玩积木，总有新鲜的内容。父亲常对我说，搭积木能使你变得聪明,我不知道变聪明之后会怎样,反正,我很开心。虽然我的童年相对今天的孩子来说很不宽裕,但至少我没有为玩具的事而与父母吵闹,平添家庭的苦恼。

如今的玩具之一比如变形金刚,虽变不出多少样子,内容贫乏,但品种繁多,这类玩腻了玩另一类,童年的日子对今天的孩子来说每天都是新鲜的。想想那些玩具商还真是生财有道,否则,如果每一位少年儿童都像我们那样一盒积木就能送走一个完整的童年时光,他们的口袋不就羞涩难耐了吗?任何事物都要顺应时代潮流,也许积木早已被新鲜的产物所淘汰。但不管时代怎样前进,任何内容贫乏的东西终不是一个正在前进的时代所要推广的。

我思念我的积木。

休闲的时尚

推开的窗户像松开的领子，让风裹着清新的空气填充着被物欲所掏空的一方天地，实在极舒畅而美丽。此刻倘若不卸下西装革履，让休闲的衣物放松整个身体和紧张的精神状态，那就有些"愚蠢"了。

经济世界如浪潮般汹涌，人类在这自我吐成的茧里不得不奋勇拼搏地生活，休闲便成为一种渴望。而人类的力量在于，共同的渴望就能演化成一种时尚，让追逐时髦的人又不得不在时尚的藩篱中紧张一回。女人们总关心自己的打扮是否符合时尚，而男士们也总对代表时尚的东西觊觎不已。

如今的时尚却是休闲，因而女人们穿起了牛仔装或让短裙在膝上一蹦一掀地走，宽松的衣服，松软的鞋，色彩可以任意地斑斓或素淡，只要能随便，就能潇潇洒洒地浪漫起来，满街满街的浪漫形象让过时的人感到眼花缭乱。

殊不知休闲的衣物所包裹着的，却大都是一颗永不知足的心，一颗颗抑郁不安、充满骚动的心，在机械车轮轰鸣、钢筋水泥丛生的城市，休闲装终究不是偶寄的闲情，而是随着时尚的潮流被迫四方飘零。休闲只是让人类的天性能够稍稍舒展。西装革履或长袖霓裳是否如同几个世纪前流行的洛可可式服装，而休闲装是否依旧不能改变人们在紧张的股票交易和货币流通中而深感沉重？

　　休闲装其实是一种更开放的精神显示，以显示工作和生活中饱满的精神状态。但休闲装终没能让我们休闲。

吸烟的女人

我想，吸烟的女人多半是在顾影自怜，或者是为获取别人的欣赏。在灯红酒绿中，一位袅袅娜娜的女人晃动着一身艳丽的旗袍，将一支细长的香烟夹于修长白皙的手指之间，让淡淡的一缕烟雾缭绕于鲜红的唇边，大约是很特别的。这是一种特别的叙述方式，忧郁、闲淡、虚幻。

在一个初夏的下午，我一个人走在上海的街上，街头熙熙攘攘的人群似乎都与我无关，因为我只是一个孤独的旅者。这一整个下午的时光对我来说是那样漫长而又沉闷，简直让我无处消磨。我走进了一间咖啡馆，坐下来，要了一杯咖啡。这时我看见对面的吧台上正坐着一位时髦而又漂亮的年轻女子。她似乎注意到我在远处看着她，而报以微笑的回眸。我发现她明亮的目光之间似乎还有着别样的迷惑与不安。然后，她点上一根烟，默默地低头读她的书。我忽然觉得游移在我与她之间的是另一种气氛，一种喧闹中的宁静，一种依附于蓬勃青春间的莫名的颓废。可能是香烟的缘故，我总觉得她的青春正在颓废的烟里燃成了灰烬，在她游戏人生的态度中有一种贵族的遗韵；但她又似乎在那颓废的烟雾里，焕发出一种新的生命力。

有人说，当一个女人坐在一个孤独的角落让一根香烟消磨着假日的时光时，最能判断她此时此刻的情绪。我想，女人在快乐的时光里大抵是很少吸烟的。但不管怎样，吸烟的女人总是让人难以猜度难以捉摸。

有一天，我看见一个老太婆独自坐在屋檐一角晒太阳，手指夹着一根纸烟，心里就有一阵莫名的伤感。不知在她刚学会吸烟时是不是一位高贵的小姐？抑或是红楼里不知名的伤心人？那时候她一定曾让好多人心神颠倒过吧？

这使我想起一位著名的芭蕾舞演员。她已经退出了舞台。那天我看见她独自躲在幕后的一角，手指间燃烧的纸烟升起缕缕白烟，朦胧着一张憔悴的脸。舞台上正在上演《天鹅湖》，她看着那些充满青春魅力的年轻演员们优美的舞姿，竟忘了自己身边还站着我这样一位陌生的客人。兴许她正陷入烟雾一样缥缈的回忆吧？

望着窗外春天里的垂柳，又想：对于女人来说，吸烟只是一种生活的姿态，而生活，更比什么都重要。

女人吸烟，就像女人穿比基尼一样，没有什么可以指责的。而无论女人吸烟或是涂口红，却都有损于健康，这是事实。人们往往为了某种姿态而付出代价，就像武士为了尊严而不惜自刎；而女人，或许一切都只是为了美丽。

镜中的女人

曾经面对绿锈斑斑的古铜镜而想入非非，总觉得那久远年代的美人对镜梳妆的景况犹在眼前，于是不由自主地深深陶醉在自我的想象之中。我相信，镜中的女人，总是最美的。

镜对于女人来说，永远是那么重要。面对镜子的女人，其实并不仅仅是面对外在的自己。女人面对镜子的感觉，正如男人面对心爱的女人，心潮之所以激动，往往出于一种美好的向往。当女人面对镜子时，她能看到过去、现在、未来，她能看到一切人世的悲欢离合，春天的浪漫、夏天的情趣、秋天的相思、冬天的召唤……萧萧的木叶和潇潇的雨。这使我记起明代朱京藩的小说《小青娘风流院传奇》里的主人公冯小青，当她在斜斜的秋阳下、萧瑟的孤山畔对镜临池自照，面对镜中瘦比黄花的自己，不由凄凄然咏成绝句一首："新妆竟与画图争，知是昭阳第几名。瘦影自临春水照，卿须怜我我怜卿。"一个孤单寂寞的女人面对自己孤单寂寞的身影，竟发出"我可怜你你也应可怜我"这样忘情的咏叹，怎不揪人心痛。幽怨是属于女人的，就像镜子属于女人一样。但女人可以选择很多方式，比如王昭君之选择出塞、刘兰芝之选择死亡，而将幽怨留给人世。而镜子却是要与她们同生死共患难的。

当神话中的仙女入水而浴时，水就是最完美的镜子，七夕相逢时，大约那水中沐浴的情景是他们最难以忘怀的话题。

镜子，是女人生活的一种修饰，女人只有在镜子里，才表现出一个真实的自己。当她伤心时，她会面对镜子而泣；当她快乐时，她会面对镜子而笑；当她思念时，她会面对镜子而想；当她被弃时，她就会摔镜而去。摔破的镜子，最让人心碎了。

水中的女人像镜，镜中的女人似水。

自说自话

自说自话常被认为是梦呓般的唠叨，就好比那些没有理由的牢骚。但自说自话却有一个别人没有的优点，那就是它从不冲着谁来，于是也就不必对什么负责。

我喜欢自说自话，那是小时就养成的坏习惯。因为无论是在大人的世界，还是在小伙伴们中间，孤独让我无法摆脱。我爱思考，当然比小伙伴们想得多且深。但在大人们的眼里，我不过是一个毛小孩。因此我不得不自说自话。

这其实也是一种不幸，一种多余的小人物的不幸。记得在罗伯特·德尼罗主演的影片《出租汽车司机》中就有过这样一个小人物，仅仅为了博得一个女子的芳心而甘冒刺杀"大人物"的风险，想借以扬名世界。但结果这可怜的人只有回归平静的寂寞生活，常常自说自话。

有信奉禅宗的人声言万物皆空，更有甚者认为连空也是空的。这让一般人难以理解，但我想这样的想法未尝不可。自说自话，与别人有何相干呢？信也罢，不信也罢，随他去吧。

但有一种人却是最讨人嫌的，那就是强迫别人接受他那荒唐的自说自话的人。他常以一些玄乎其玄的语言和行为，要求人们相信这是真实的，并声称信则有不信则无，只要相信便可带来好运。分明是个小人物，却自以为不得了。这种愚弄又常能引诱许多不假思索的人们。他们之所以不假思索地相信，皆因太强烈的俗世欲望。

所以你自说自话，最好不要妨碍别人的自由。这个时候，自说自话便又成了一种幸福了。

聊天之网

聊天是常常会聊出很多名堂来的，最有名的例子就是《聊斋志异》了。但实际上，那是有着别样的意义的。《聊斋志异》是蒲松龄先生的"孤愤之作"，却不是随便聊聊的。而聊天的本意就是"闲谈"而已，放松了心情，天南海北，中外古今，莫不是闲谈的话题。若有某种主题思想能在闲聊中得以体现，那一定是一班非凡之士了。或聊天之后竟可以充分实施，使闲聊中异想天开的话题付诸实现，办成实业，促成大事，则是大幸。每每能够这样闲聊的都是一群志同道合的多年朋友。

还有比如魏晋的清谈之士，胸怀高远，是典型的沙龙主义，既能误国，也能兴邦。如今可以这样聊天的地方很多，形式也很多样，有酒吧、茶楼、饭店等，情调各有不同，无论谈心或是交流业务，无论是朋友或是客户，反正都是通过这样的闲聊，使正事也变得轻松愉悦。于是聊天也就成了人们每天生活中不可或缺的一件事。这样多好，快节奏的生活中有慢两拍的活动准则，这是现代人的幸事。

于是聊天就像一张网一样，在现代都市里张开，仿佛"聊网恢恢"。但它又与过去乡间里巷的飞短流长不一样，虽也会传播蜚语，却体现了文明的游戏规则。

但还有另一种聊法的，那就是互联网。各网站都有各种类型的聊天室，只要鼠标一点，各色人等都在里面无缘无故地聚首，它的出现是给20世纪的沙龙一个天大的嘲弄。这是真正的"聊网"了。有趣的是互相聊天的可人儿竟互不相识，取了各种好玩的名字，如黑色狂人、玫瑰公主、人约黄昏、想你的人等，这些算是好听的，还有很放肆的，不入流的，荒诞不经的，却特色个性非常鲜明。这里的人们可以尽情倾诉或者胡话连篇，敞开心怀或者瞒天过海。这是一种现代人的宣泄，反正谁也不认识谁，聊完了也就完了，甚至两个人第二次再聊的时候，还得从头开始，因为聊过的人太多了，连记忆也不存在。

于是，那种种倾诉、种种挑逗，也就很不着边际，不用负责，放松而又无聊，这是真的聊天了，在一个虚拟的世界，说着虚幻的话语。这使我想起蒲松龄先生，他若还在，是不是会把"聊斋"搬到网上呢？但终究还是要庆幸这种假设只能是假设，不曾发生，否则他伟大的愤世之作也只有如烟消云散，不留痕迹了。

据说也有认了真的，从网上认识，继而相知，甚至成了情侣和夫妻，这也说明现代人的生活都是戴了假面具的，并且交流的空间很局促，当面与人交往经常言不由衷或戒备森严。而在网上聊天，时空交错，浪漫而又梦幻，可以直话直说，符合了这个时代的特征，这究竟是我们的悲哀还是幸运呢？造化弄人，这也是一个证明。

　　只是上了网后才发觉，许多与你聊天的人性情分明，也不是每个人相互都能聊得起来，于是机灵的人就用好几个名字与一个人说话，目的在于套出其言语，继而探知对方的内心，虽有欺骗的动机，只要你不是太认真，却也好玩，可知人的真实性，还是无法轻易磨灭的。

从《柳如是别传》的售罄说起

由三联书店最新出版的《柳如是别传》，初印一万册（部），不到一月即售罄，出版社又立马加印一万册。闻此消息，我想起 1980 年上海古籍出版的旧版《柳》书，也曾出过上万册。尽管有人讥讽那些蜂拥而至的购求者，未必都能读懂陈寅恪的这部皇皇巨著，可是那又怎样呢？拥有这样一部书至少也可以说是一种对学术的尊严，是对陈寅恪人格力量的一种敬仰，是对文化的崇拜，这是值得庆幸的。

陈寅恪在《柳如是别传》的《缘起》中说："寅恪的衰废余年，钩索沉隐，延历岁时，久未能就……可以见暮齿著书之难有如此者，斯乃效再生缘之例，非仿花月痕之体也。"先生在暮年且几乎双目失明的状况下，何以竟为 300 年前一位风尘女子列传？"夫三户亡秦之志，九章哀郢之辞，即发目当日之士大夫，犹应珍惜引申，以表彰我民族独立之精神，自由之思想"。这正是这部巨著的宗旨，也是陈寅恪先生一生的追求。

陈寅恪是我们国家和民族的骄傲，他历尽磨难的身世与意志正是中国知识分子的典型体现。他的书才印一二万册，竟有人说太多了，说他的书原就曲高和寡，并不是随便什么人都能读的。可是我想，他的书若能畅销，那真是我等之大幸。

放逐自我

　　现在我相信，所有有抱负的人真是幸福的，他们一定受伟大的"在上者"的眷顾，比如卢梭或者鲁迅，无论荣辱，生命的意义总是能够在他们身上发挥得淋漓尽致。他们以全部的身心追寻真理，因此不会陷入空虚的苦闷与恐惧中。也许在凡人看来，他们放弃或拒绝物质的利诱、肉体的欢娱，付出的代价实在无法想象，而荣耀似乎足以弥补由此带来的痛苦与不幸。即便是不成功，但只要他一天不放弃青春的抱负，上天的眷顾就不会舍他而去。相信吧，充实的时光要比醇酒妇人更能够给予他莫大的满足。

　　这时我常常静下心来，审视自我。这个冬天似乎从一开始就变得异乎寻常，但凡像我一样的俗人，他们将怎样消磨自己的时光？生活是物质而实在的。倘若他又是一个富于情感的人，而且本性善良，便常常还要责问良心以求安宁了。

　　那么，究竟怎样才算是一个有创意的人的生活呢？时尚就在我们身边，你有两种选择，要么高尚地生活，就像所有的经典里告诉我们的那样；要么俗人的生活，追求物质，又不背叛良心。

可是我都不要，倘若你想知道我的追求，现在让我告诉你吧，我将这样放逐自我：

我渴望孤独地躲避在城市的某一个角落，一杯水，一块面包，与我热爱的书一起，阅读将是快乐的。比如古代的诗歌，古典的，浪漫的，隐喻的，象征的，唯美的。不要那些晦涩的，自我标榜为现代的、进步的。

倘若我能以这样的方式度过我短暂的一生，那将是有福的，我只求在人类圣洁的精神领域中畅游、思索。

一只南飞的大雁，落在我的窗前，我看到了它的那双充满了哀伤的眼神，正注视着远方。

老派男人心中的裤子与流行音乐

有一段时间，我曾经是一个十足的乐迷。

那时流行音乐已经流行了比较长一段时间了，那时大约是 20 世纪 80 年代末。

记得最初的流行音乐大约是从香港流行过来的。那时的香港对我们来说，很有些域外的味道。那时香港的生活与我们的生活迥异，在我们的想象中，那是一个物华天宝般的世界。

那时我的一位邻家姑娘嫁到了香港，回来说，那里流行穿长裤子，裤脚盖住脚背，几乎拖到地上，只露出皮鞋的鞋尖。她就是穿了这样的裤子回来的，臀部包得很紧，翘臀的线条裁剪得十分贴身，看起来很性感。那时已经不流行喇叭裤了，但我们不知道没有了喇叭裤之后的外面的世界又流行着怎样的裤子。邻家姑娘让我们可算长了见识，所以记忆深刻。

这种性感的裤子与流行音乐一起穿过我的小巷，保存在我少年的心中一个十分向往的秘密角落。

但我不喜欢粤语歌曲。我们上中学的时候，同学们尤其是女生，爱听邓丽君的歌。我们的一位的政治老师将其斥责为靡靡之音，看他满腔的悲愤之情与凛然的正气，仿佛国将不国的样子，我们都有些害怕。邓丽君唱的那调子我也不喜欢，这不喜欢大约有些就是受了我的政治老师的影响。多年后我的这位政治老师成了我的麻将友，常常迟到，因为他总是拿两块钱乘公交车来，而不舍得乘出租车。这就有点让人想不通。他一晚上输 5000 块，也不见手抖。他很晚了照样坐公交回家，依旧一脸严肃。现在我不问他邓丽君的歌了，估计他那时一边斥责我们，一边也是偷偷地听。大人都是这样。

我那时喜欢听国外的流行音乐，英语的，法语的。我都听不懂。但我喜欢他们的调子。

我听外国的调子，也不都是照单全收。迪斯科的调子我就不要。那时温州开始有迪斯科舞厅，我的朋友们都学会跳迪斯科舞，主要是觉得时髦，就像聚众斗殴一样。我们一边跳着迪斯科，一边去打群架（温州人叫它"闹场"），觉得很英雄。但我不喜欢迪斯科。

我听外国的调子，主要选择蓝调一类，爵士。我那时信奉男人要有绅士风度，我讲究那个风度，尤其对女人要礼貌，即便是在"闹场"，也要做到有风度。所以听音乐也是，要爵士。这很重要。

那时，外国的原版音乐碟片不好买，音响店里的原版碟要么很过时，要么很贵，买不下手。我有一个朋友也是乐迷，品位与我是同一个档次的。他告诉我谢池巷口有人在那里卖走私带。我就去了，发现原来真有许多好碟片，都是最流行的，都是最新出的。其实就是走私货，被海关锯了一道口子，算是废品。但是便宜，而且还能照样听。

我在那里买了不少碟片，买的时候好像正在参与犯罪一样，心情紧张。这样的心情是很好的，很刺激，很有意味，我喜欢这样的心情。就像去参与"闹场"。其实"闹场"对我来说就像过节，热闹，欢腾，好玩得不要命。这种过节一样的心情主要表现在去的路上。一旦闹开了，就快逃命吧，都作鸟兽散。这逃命的路上，也是欢腾，热闹。我喜欢。

我就这样在那里紧张地买到了不少好听的带子。那里的市场似乎还没有形成就已经消失了。自从那里没有了市场，我也就很少买碟片了。说实话，那些碟片我听了很多遍，封面上也写得清楚，但我懒得理，所以至今也不知道谁唱的，唱的是什么歌。好听就行了，管它呢。

现在有很多流行的音乐，一拨一拨地来。但我已经基本上不听。我都不知道他们谁是谁。要听，就掏出从前买的缺了口的碟片。还听，感觉挺好的。因为现在我已经过了青春期了，我现在是老派男人了。所以我听我的。比如老头科恩，沙哑的声音，沉稳而又空灵，仿佛历尽沧桑，对人世满怀依恋，却又淡定翕然，仿佛在缓缓地向人世告别，随风而逝。

我还有话要说。我不知道别人为什么喜欢流行音乐。我的体会是，流行音乐是自然的发声。也就是说，它是自由的。自由，就是流行音乐的生命。

海上多歧路

　　裙角飞扬。蔚蓝的海上，庞大的游轮渐渐远去。驶离码头的汽笛响过，随着便是钢琴声的跳荡，如同跳荡的浪花，在眼前，在耳畔，在浪尖，在手心上……

　　对着这样的镜头，我总要想起朱赛佩·托纳托雷导演的电影——《海上钢琴师》，细腻的表现手法，忧伤的画面。当不愿离开轮船的"1900"，与报废的轮船一同被炸毁的时候，我的心与电影的心一同悲伤着，无奈中的对命运的沉思，随着钢琴声，飘去很远。

　　那一个故事大约是特殊的。主人公有个奇怪的名字："1900"。他是个从婴儿时就被遗弃在轮船上的孤儿，那一年正是新世纪的来临，1900年。他成长为一个天才的钢琴演奏家，他有大海一般蓝色的双眼，能看透事物的表象，不管看到什么，他都能即兴弹奏出动人的音乐。但他又是被封闭在船上的，因为他既没有身份，也不愿上岸。

　　"1900"一生都在海上，未曾离开过轮船，甚至最终选择与船共亡。他只会用音乐，表达他的忧伤而深邃的爱情。为那个陌生的少女，他悠扬的钢琴声终于融入了他的灵魂而有了永恒的生命。为这一份爱情，我为他一同迷茫。

渺茫的大海，正如渺茫的爱情，无边无际的遨游中，有风暴，有恐惧，亦满怀柔情，承耀着永恒的夕阳与星光。我想到的是，那一句诗一样的警句：海上多歧路。

庞大的蒙娜丽莎号游轮，在南中国的海上自由驰骋。

她数着晶亮的星星，她找不到她的方向。渺茫的星空，有她的梦幻。而在远方，在海上，亦有他的思念与回忆。甲板上，风扬起她的长发，撩起她的衣裳。星光照亮她葡萄般的乳房，刚刚尝过醉人的葡萄酒的红唇上，印着他的渴望。1900 的钢琴声，穿过印度洋，绕过漫长的海岸，穿梭在他们的心上。100 年后的 2000 年，又将会怎样？音乐将与星光一起，化入少女的柔情，荣耀着慈祥的上帝？心的向往，化成了肉体的欲望，褪去华美的衣裳，赤裸的胴体弥漫着幽香。

在海上，爱的歧路将伴随着人的一生，无论短促，或者漫长。游轮还是那艘游轮，钢琴还是那架钢琴，100 年后，换了人间，爱情还是曾经的爱情。而曾经的沧海，却无论是纯洁的渴望，还是肉欲的膨胀，没有人知道，那爱的歧路，能走多远。

这一切，与我无关，但我看见了那幅画——就在我眼前——这让我想起，还会有很多故事，将不断地演绎着人间的冷暖。海上多歧路，让人迷惘，也叫人无限地向往。

土耳其咖啡与
印度香末和宋代点茶

　　我在温州新城的 bobo 咖啡馆里认识了土耳其的商人穆达特·艾尔伯（Mujdat Elbir）先生，他灰褐色的眼睛与花白的胡子总是让我联想起撒马尔罕的突厥可汗在他华美的帐篷里接待东土大唐使者的情景，舞女们飞舞的裙角有着艳丽的光芒，而我从前曾认识的伽蜜拉正是那个领舞的西域姑娘。艾尔伯先生对中国有着兄弟般的情感，他说，很久以前，土耳其人就与中国人生活在一起，他说，土耳其与中国有着同样悠久的历史与灿烂的文明。我猜想，他说的，大约就是突厥王朝的时代吧？

　　有一段时间他回国去了，当他回到温州的时候，他带来了土耳其咖啡与精美的杯子。我知道，如果说咖啡的悠久历史，那么土耳其咖啡还真是其源头了。15 世纪的威尼斯商人在伊斯坦布尔品尝到了这一神奇的饮料，并将咖啡豆带回了意大利，从此欧洲才开始了饮用咖啡的历史，并成为他们生活中不可或缺的东西。咖啡正是通过意大利而风靡世界的，而在土耳其，咖啡还一直保留着古老的制作方式。

在四壁上挂满了油画的 bobo 咖啡馆里，艾尔伯为我煮了一杯他带来的土耳其咖啡。这咖啡类似意大利浓缩，但显然有更浓郁的西亚风味。它是连渣一起倒进小小的土耳其杯里，等它慢慢沉淀，轻轻啜一口，果然香甜柔和。艾尔伯一直盯着我喝，他的目光带着孩子般的期待。说实话我并没有觉得这咖啡一定胜过意大利浓缩，但我深深为艾尔伯的友谊所感动，也为那伊斯坦布尔的风情所陶醉，由此而发出的赞叹，对我来说亦是真诚的。而艾尔伯在我真诚的赞叹中，更是发出了欣慰的微笑。他等待着，直到我喝完它，他高兴地告诉我，土耳其咖啡不仅仅可以细细品尝，还可以占卜命运。他说，在土耳其，有专门的占卜师，可以从你喝过的咖啡渣里，看出你的未来。于是他将我剩着渣的杯子翻倒在托盘上，过一会儿，再转回来，看咖啡渣在杯壁上留下的印痕。呵呵，果然有着各种神秘的景象，似乎可以看到一个人，扎着头巾端坐在帐篷边上遥望天空，还有翩翩的舞女、绵延的山峰、茂密的树林……艾尔伯说，他不会解释这些图像与我的命运有什么联系，但在他的祖国，很多人知道。这颇有些遗憾，但我们可以就着这些图像进行自己的解释，反正，所有的图像也只是我们的附会，而我也相信，所有关于这些图像的预言，亦是穿凿附会而已。不管怎样，这成了我们每次品尝土耳其咖啡最快乐的游戏，而每一次我们为对方的图像的解释，都满怀了美好的愿望。而每一次的解释，都令我想起另一个国度的风情——印度。我想，这种占卜的仪式，大约在各个古老的民族中，都曾经风靡。在土耳其是咖啡，在印度，则是香末。这是我在关于唐玄奘西行取经的传记《大慈恩寺三藏法师传》中读到的。

据说当玄奘经过印度那揭罗曷国的醯罗城时，他见到了佛顶骨。当地人相信，神圣的佛顶骨除了顶礼膜拜，还可以通过一种仪式从而预知吉凶祸福，名曰"取印"。书上是这么说的："欲知罪福相者，磨香末为泥，以帛练裹，隐于骨上，随其所得以定吉凶。"意思就是，若想占卜吉凶，就将磨成泥的香末用丝绸包裹，放到佛顶骨上，然后香末上就会留下痕迹，显出影像，据此而推知祸福。当玄奘经过的时候，也照着这样做了，结果他得到了菩提树印。菩提是梵文中至高无上的智慧的意思，这对于历尽艰险到印度求取佛经的唐玄奘来说，是相当吉祥的，据说看守佛顶骨的当地僧徒看到这个印也赞叹说，很少有人取得这样的印，于是向他"弹指散花"，以示喜悦与致敬。

这种占卜的仪式，在古代中国，也曾经盛行，但用的是茶，一种已经失传的茶道。宋代诗人陆游有一首诗，就记载了这一茶道："小楼一夜听春雨，深巷明朝卖杏花。矮纸斜行闲作草，晴窗细乳戏分茶。""分茶"又名斗茶或点茶，所谓的分茶而"戏"，大约就是那种茶道的具体操作方式吧？要说明的是，那"细乳"绝非乳酪或奶油，但制作的方式倒有几分像现今的卡布基诺咖啡。从前的国人，喝茶具有十分的讲究，要将茶碾磨成粉，并要趁热碾，这样，茶沫便呈白色，如同雪白的乳品，煮的时候，水面就会升起沫饽，茶圣陆羽就曾经形容那沫饽就像耀眼的白雪。而所谓"戏分茶"，就是在黑色的茶碗中放置白色的茶沫，一手用沸水冲泡，另一手用小竹笼搅拌，以沫饽的品质论高下，据说经过搅拌，茶汤上的白沫越迟离开碗沿而露出汤色就越属上乘，或是在汤面上幻化出各种花鸟人兽，并以此预知祸福命运。据说宋代天台山罗汉堂的500罗汉塑像前的茶盏里，有一天忽然出现了八叶莲花纹，一度轰动京城，被誉为天朝的祥兆。这便是"罗汉供茶"的故事，在民间流传至今。

古代曾经辉煌的文明以及古人诗意的生活，留给我的只有梦幻般的向往了。所幸还有土耳其咖啡，在艾尔伯的微笑与诉说中，向我展现了遥远的万里之外的伊斯坦布尔的风情。

秦桧为什么必须下跪

　　秦桧为什么必须下跪，这本来不是问题，因为历史早已盖棺定论。

　　但是现在出现了不同的声音，有人让秦桧"站"了起来，也有人让秦桧威严地"坐着"。正如近日有媒体报道，秦桧在家乡南京江宁有了博物馆，其中还有一尊坐着的雕像。而据说早在 2005 年，还有所谓的艺术家在上海一家艺术馆展出秦桧站像，引来观众哗然（《南京晨报》2005 年10 月 24 日）。

　　我并不反对人们发出不同的声音，因为任何一个历史事件、历史人物，都应该允许人们表达不同意见，都应该允许人们从各种不同的角度进行反思。

　　于是，当有人认为，秦桧可以站着或坐着的时候，也引起了我的注意与反思。我在想的是，现今的人们为什么会有这样的想法出现。

　　让秦桧下跪，在古人看来，不是秦桧的耻辱，而是国人的耻辱；让秦桧在岳飞的墓前下跪，是为了让国人记住这一耻辱。以"莫须有"的罪名杀害英雄岳飞将军的"罪行"，是必须要得到清算的。人们在下跪的秦桧铁像面前，可以反省，可以警醒，并且永远记住曾经发生的一切。

有人认为，杀岳飞的，远非秦桧所能，若非皇帝赵构的授意，赐他尚方宝剑，秦桧如何能够以如此荒谬的罪名将一个统率千军万马的将领轻易陷害杀戮？这是对的。但是，我换一个角度，若没有秦桧，皇帝一人又如何杀得了岳飞？可见他们是一个鼻孔出气。

岳飞之被杀，可以说他是因为不懂政治，你直捣黄龙，若真的迎来被俘的宋徽宗父子，你让如今坐在大宋宝座上的赵构坐到哪里去？若宋徽宗父子回来，恐怕站在刑场之上的，就是他秦桧了。

但是，你不能因为一个政治的阴谋，而构陷荒谬的罪名，置一个磊落清白的人、一个为国奋战的英雄于死地。岳飞父子为大宋江山而战，精忠报国，至死不渝；岳家军出生入死，屡战屡胜，那是何等英雄的气概；他们的业绩与精神，是足以彪炳史册的。而秦桧们却以肮脏的政治交易，为一己私利而置大宋江山于不顾，使生灵涂炭，国土沦亡。

由此让我想到，如今为什么会出现这样的翻案思想。那些建造"秦桧博物馆"者，首先是出于利益的考量，希望以此赚取钱财，所谓的发展当地旅游资源云云，只能让人齿寒。这些事实让人不得不联想到如今那些携款外逃的贪官污吏，以及不负责任的尸位素餐者流。其次，在我看来，也是最重要的，是今天一些人挣扎在信念动摇的现状下，出现价值观泯灭、道德沦丧、是非不分的集中表现。历史需要清算，没有清算就没有宽恕，没有清算就会沉渣泛起。

否认历史的清算，必定是心存猥琐的侥幸，粉饰邪恶者总是为了更方便行恶。就像汪精卫之流，虽过去不远，却往往有些人要迫不及待地企图为之翻案一样。

让秦桧站起来，难道要让忠良跪下来吗？

桃子的胜利

——兼论尊严与面子

中国自古不乏为尊严、为荣誉、为情谊、为正义、为家国而慷慨赴死的武士精神，这种精神是受到以孔孟为代表的儒家的赞赏的，所谓"杀身以成仁"。它的盛行，当自春秋以迄汉初。梁启超在他的《中国之武士道》一书中，即收入了这一时期以来的各类英雄豪杰，包括晏子"二桃杀三士"典故中的公孙接、田开疆、古冶子三武士。梁启超编著这样一部书，旨在唤醒沉默了千年的武士精神，以求国人焕发出振奋的力量。

国人对尚武精神的渴望与呼唤，大约发端于鸦片战争之后的清朝末年，尤其在甲午海战中，中国惨败于日本之后，山河破碎，民族危亡。于是一些有识之士，目睹洋务运动的失败，转而求助于中华民族历史上曾经彪炳于世的武德，期望以此来唤起民族自豪感，唤起民族奋起之心。其中即以梁启超《中国之武士道》一书最为代表。梁氏以孔子为开篇（将孔子纳入中国武士之列，乃是期望以儒家精神为统领，将中国武士的道德追求置于一切之首），从"春秋以迄汉初"的史料中收集了所有具有杀身成仁、以国家社稷为重的武士，来宣扬那些他自认为"我先民之武德，足为子孙模范"的人物事迹，来表明作者的立场，即如他在自序中所言："要而论之，则国家重于生命，朋友重于生命，职守重于生命，然诺重于生命，恩仇重于生命，名誉重于生命，道义重于生命，是即我先民脑识中最高尚纯粹之理想，而当时社会上普通之习性也。"他希望以此来重振中华民族之坚强性格，抛弃"好死不如赖活"的民间信念，以挽救家国沉沦之危险命运。该书初版于光绪三十年（1904年）十一月廿二日，作为高等小学及中学教科书，由上海广智书局正式出版发行。纵观全书，梁氏似乎并未对中华民族尚武之精神的如何丧失提出自己的分析意见，实为遗憾。而引起我的关注的，是书中亦收录了公孙接、田开疆、古冶子，即我们耳熟能详的"二桃杀三士"的故事。

我常常想起晏子"二桃杀三士"的故事。我从小听闻这个故事，三个武士的死一直困扰着我的心灵。

这个故事出自《晏子春秋·内篇谏下·第二十四》：齐国有三位武士公孙接、田开疆、古冶子，因为功勋而备受尊敬，三人结为兄弟，自号为"齐邦三杰"。有一天，晏子从他们身旁经过时，小步快走以示敬意，但这三个人却不起来，因傲慢而失礼，从而得罪了晏子。晏子极为生气，便去觐见景公，说："我听说，贤能的君王蓄养的勇士，对内可以禁止暴乱，对外可以威慑敌人，上面赞扬他们的功劳，下面佩服他们的勇气，所以使他们有尊贵的地位，优厚的俸禄。而现在君王所蓄养的勇士，对上没有君臣之礼，对下也不讲长幼之序，对内不能禁止暴乱，对外不能威慑敌人，这些是祸国殃民之人，不如赶快除掉他们。"景公说："这三个人力气大，与他们搏斗，恐怕拼不过他们，刺杀也恐怕不能击中他们。"晏子于是便乘机请景公派人赏赐他们两个桃子，对他们说道："你们三个人为什么不按功劳大小去分吃这两个桃子呢？"公孙接仰天长叹说："晏子是足智多谋的人啊！他让景公叫我们按功劳大小分配桃子。我们不接受桃子，就是无勇；可接受桃子，却又人多桃少，这就只有按功劳大小来分吃桃子。我第一次搏杀野猪，第二次又搏杀猛虎。像我这样功劳，可以吃桃子，而不用和别人共吃一个。"于是他拿了一个桃子。田开疆说："我设伏兵接连两次击退敌军。像我这样的功劳，也可以吃一个桃子，用不着与别人共吃一个。"于是，他也拿了一个桃子。古冶子说："我曾经跟随国君横渡黄河，大鳖咬住车左边的马，拖到了河的中间，那时，我不能在水面游，只有潜到水里，顶住逆流，潜行百步，又顺着水流，潜行了九里，才抓住那大鳖，将它杀死了。我左手握着马的尾巴，右手提着大鳖的头，像仙鹤一样跃出水面。渡口上的人都极为惊讶地说：'河神出来了。'像我这样的功劳，也可以自己单独吃一个桃子，而不能与别人共吃一个！你们两个人为什么不把桃子还给我？"说罢，便拔剑站了起来。公孙接、田开疆说："我们勇敢赶不上您，功劳也不及您，拿桃子也不谦让，这就是贪婪啊；这样还不死，那便是无勇！"于是，他们二人都交出了桃子，刎颈自杀了。古冶子看到这种情形，说道："他们两个都死了，唯独我自己活着，这是不仁；用话语去羞辱别人，吹捧自己，这是不义；悔恨自己的言行，却又不敢去死，这是无勇。"他感到羞惭，放下桃子，刎颈自杀了。景公的使者回复说："他们三个人都死了。"景公于是按照勇士的葬礼埋葬了他们。

这件事在《晏子春秋》中写得很详细具体。从这个事例来看，他们不仅有勇，而且谦逊，视荣誉如生命。他们并不是不知道晏子的用心，正如以上引文中公孙接对晏子的长叹。料事如神的晏子只用两个桃子就轻易除掉了三人。晏子所击中的，正是这三位武士最柔软的部位：谦逊、知耻而重于义。荣耀与知耻到了晏子的手中，便成了万劫不复的陷阱。

这是桃子的胜利，优雅、智慧而邪乎。

在后世的一些有识之士看来，这三位伟大的武士的死，曾经是值得赞美与同情的，相传诸葛亮就曾作《梁甫吟》，诗云：

步出齐东门，遥望荡阴里。

里中有三坟，累累正相似。

问是谁家墓，田疆古冶子。

力能排南山，文能绝地纪。

一朝被谗言，二桃杀三士。

谁能为此谋，相国齐晏子。

唐朝诗人李白也在其《梁甫吟》中写道："智者可卷愚者豪，世人见我轻鸿毛。力拔南山三壮士，齐相杀之费二桃。"李白引用此典，意在讽刺当时权相李林甫陷害韦坚、李邕、裴敦复等大臣。《梁甫吟》是古代山东一带流传的民谣，其内容就是记述春秋时代齐国宰相晏婴以权谋帮助齐景公铲除三大功臣的故事。可见在当时，这一事件还是在民间留下莫大震惊与争议的。

但是，2000多年来，关于《晏子春秋》的这个故事，往往强调的是晏子的智慧，他的智谋正与三个伟大的武士的"鲁莽愚钝"形成鲜明的对比。尤其在当今之世，在世人的眼中，三位武士长期以来反而成了"有勇无谋"的典型而被嘲笑。在我小的时候，听闻这个故事的时候，也是被这样教育的。人们往往赞美晏子，而嘲笑三个武士"轻如鸿毛"般的死。

在今人看来，这三位伟大的勇士的死，简直不可思议，简直是无比的愚昧与鲁莽——荣誉真的那么重要么？甚至怀疑，世上真会有这样愚蠢至极的人存在么？

但，自从我听闻这个故事的时候，我小小的心灵还是受到了莫大的震撼，我的心一直不曾平静过，为我的祖先曾有的那一份刚烈、豪情、彪悍与傲慢。

我不知道这种为尊严与荣耀而死的气概，是什么时候从我们的血液中流失的，纵观中国两千年的历史，似乎从汉王朝起始，经魏晋之乱后，就再没有出现过了，尤其到了末日皇朝的清代。人们大多继承了晏子式的阴谋，这阴谋每每被冠以智慧的王冠而大行其道，仿佛中国成了一个危险的国度，乃至连正义的事业，也必须依赖卑鄙的阴谋的帮助。

为尊严的死，是值得人们赞美的，就如那三位勇士。这样的故事，在中国古代，特别是先秦时代，是到处都有的。这样的故事，在先秦的各种史籍中，都有记载，比如患难之人为尊严而断然拒绝黔敖之"嗟，来食"；比如荆轲之刺秦；比如"士可杀不可辱"之古训等。那时的人们，似乎都很轻蔑死亡，看重的，都是个人的荣耀与尊严、家国的荣耀与尊严。但是，为尊严的死，是伟大的。

中国的武士精神，自从被晏子轻易谋杀以后，到唐朝时，尚还依稀附着于侠士的身上，但那已经沦丧为一种偷偷摸摸的行为，再其后，便是连这一点可怜的意气也没有，只能存在于没落文人的笔下，成为在黑夜中飞来飞去的魔幻般的人物，行侠仗义只是一种苟且的精神的寄托。

我常常无端地怀念被晏子谋杀的三位武士的精神。因为，我想，假如中国多有这样的豪杰，这个伟大的民族岂还有被欺侮的历史？

屈原和项羽：
被曲解与被损害的人

——兼论中国人的精神气质

在中国历史上，有很多这样被刻意曲解的人和事。中国人的精神气质，也在这千百年的曲解与损害中，渐渐消磨成一块鹅卵石。

事实上，春秋时的杞人和宋人，乃是夏朝和商朝的遗民，他们保持着自己祖先的文化习俗，膜拜神灵，敬畏天地，并且保留着夏商贵族的处世规则——在古代，贵族乃代表着他们所认为的人世最高法则，并非现代教科书上所谓贵族皆为不识人间疾苦的寄生虫，他们往往是智者与英雄的后裔。

作为商朝的后裔，宋人对传统价值观的坚守，在春秋各诸侯间恐怕是最固执的，就像鲁国对周礼的重视。宋襄公在泓水之战中的仁义，千百年来被世人所嘲讽，认为他的仁义是愚蠢的表现。宋襄公曾有"让国之美"，在他还是太子时，在国君病危之际，要将国君之继承权让渡给庶兄目夷，这并非篡权者的把戏（《左传》：宋桓公疾，太子兹父固请曰："目夷长且仁，君其立之。"公命子鱼。子鱼辞曰："能以国让，仁孰大焉？臣弗及也。"遂走而退。子鱼，目夷字也）。

在泓水之战中，面对渡河的楚军，宋襄公却等他们上岸并布好阵之后，才发动攻击，最后惨败。战后宋襄公却总结教训道："一个有仁德之心的君子，作战时不攻击已经受伤的敌人，同时也不攻打头发已经斑白的老年人。尤其是古人每当作战时，并不靠关塞险阻取胜，寡人的宋国虽然就要灭亡了，仍然不忍心去攻打没有布好阵的敌人。"可见宋襄公不是不明白作战的道理，但他选择了一种更有道义的方式，如果他战胜了，他的道义就更有价值了，但即便失败了，他还是要坚守自己的价值观。事实上，这种价值观并不是虚幻的、迂腐的、过时的，或者说是虚伪的、不切实际的、粉饰现状的。因此，司马迁也赞叹之，曰："襄公之时，修行仁义，欲为盟主。其大夫正考父美之，故追道契、汤、高宗，殷所以兴，作商颂。襄公既败于泓，而君子或以为多，伤中国阙礼义，褒之也，宋襄之有礼让也。"而对于流氓无产者来说，这种仁义当然是毫无价值的，令人不屑的。

宋襄公的失败，让我想起另一位失败者：项羽。作为楚人的后裔，他重演了曾败于其先祖的宋人的"愚蠢的仁义"。但项羽的死，至少感动了 2000 年来的中国人。

在中国人的心目中，向来都以成败论英雄，只有项羽是一个例外——他虽败犹荣。他完全是以一个盖世英雄的形象雄踞在历史的地平线上。有人将中国人对他的怀念归功于司马迁的描述，归功于司马迁作为汉王朝的史官，而将汉王朝的敌人描述得如此富有英雄的气概。这是不错的，正是因为有了司马迁的一颗勇敢的心，一颗坚持正义、坚持史实的心，一颗对人类尊严怀着巨大敬畏的心，才有了我们今天的"青史"，才有了我们今天的骄傲。司马迁也正因为他对人类尊严的敬畏，在他为了个人尊严、历史尊严而历尽磨难之后，才成就了他的作为英雄的事业。可以说，司马迁也是一位了不起的秉笔的英雄，他的气概，与持剑的项羽的气概，一起构筑了中国人的精神气质。

失败的项羽之所以能够成为英雄，盖因他的最后一战。这是一场完全为了尊严的战斗，他的"无脸见江东父老"的决绝。他有机会逃亡，却选择了战死沙场；他宁可战斗到最后只剩下自己一个人，却还以一人之力，独战百万大军。不独是这种悲壮的情怀与惨烈的气势造就了项羽的千古英豪，更在于他以这种方式的战死，维护了他作为一个独立的人的傲慢的尊严。

司马迁在他的《史记》中记录了项羽的刚愎自用，也记录了项羽天真率性的气质特征，以及他的直率坦诚，以此对比刘邦的狡诈与无赖。可以这样说，刘邦与项羽的战斗，是一个以平民的智慧战胜了贵族的傲慢的历史故事。在大多数人看来，刘邦自然是一代英雄，因为他成功地创立了强大的汉王朝，而项羽却被抛进了历史最黑暗的角落。但他的死，却让2000年来的中国人久久不能释怀。

中国人不能忘怀于项羽，而更多的时候，中国人又觉得，毕竟，项羽是失败的人，他的尊严，相比刘邦的巨大成功，更是可以不屑一顾了。人们宁愿服膺于刘邦的那种平民式的实用主义，这算不算是一种悲哀呢？

我同时又想到，为尊严而死的，还有一个被曲解的人，那就是屈原。中国人对屈原的曲解，可谓较项羽更甚。项羽在中国人的知识精英阶层，尚可将之视为一介武夫，除了蛮力与战斗，便一无是处，除了"霸王别姬"那一幕，尚存一点点柔情与霸气。他的最终的失败虽也换来一丝同情，但似乎更多的是对他毫无谋略智慧的鄙视。

而屈子的死，则有了更多层面的深长意味，在不同的历史时期，也有着不同的理解与诠释。而在我看来，大多是一厢情愿的误会与诽谤。远期的姑且不论，而近代以来，我所知道的，大凡有两种论调：一种认为他属于"爱国者"，他的死，乃在于殉国；另一种，则认为他的死，乃归于愚顽，无视大帝国的最终必将归于统一，无视楚国君主的昏庸无能，愚忠于他的主子，是奴隶式的忠诚，是甘愿为专制主义的奴才。以上两种论调，以郭沫若与鲁迅为代表，以及他们的追随者。我相信鲁迅之所以将屈原视为奴才，有他在特殊历史时期的引申的意义，并不一定针对屈原本人，这种出发点与郭沫若并无两样。但他们的追随者就不一样了，就将这种观点真的放进了历史研究的范畴去了。

在我看来，所有这些论调，都是对屈原的侮辱与损害，首先，因为他既不是一个"爱国者"，也不是一个"奴才"。

谁都知道，楚国与其他所谓的"六国"一样，仅仅属于"领主"，继承的是周朝的爵位与封地。虽说战国时代周朝早已名存实亡，但毕竟还有"名存"这一事实。他们的封地，名义上仍归属于周朝。当时的国，并没有如今的国家的概念，因此，何来"爱国者"的称谓？其次，屈原作为楚国的大臣，并不仅仅是一名官僚，他是楚国的贵族，他与楚国的君主有着共同的祖先，有着相同的血缘。因此他根本就不是君王的奴才，而是领主的同盟。至少可以认为，他与楚王的不和，乃在于利益同盟内部的争执，是同一个集团内部的纷争。他当然看到了楚王的昏聩与无能，他所惋惜的是，作为伟大祖先的后代，作为一个强悍部落的首领阶级，他看到了他的整个部落的最终灭亡的命运。对于他来说，被秦国吞并是不可接受的，因为那是一个贵族对另一个贵族的攻伐、侵略与霸占，是一个贵族势力对另一个贵族势力的欺侮与辱没，无视周室的权威，根本没有正义可言。其实，就整个战国时期来看，所有的攻城略地，都不在正义的层面上，都不具有合法的性质，虽然他们常常扛着正义的旗帜，以周室的名义出征。

众所周知的是，当时的楚国与其他六国一样，是周王朝所分封的诸侯，他们至少在名义与形式上，都必须共同尊顺周王朝的权威。它与古希腊城邦的不同之处在于，地中海的那个古国是城邦的联盟，而战国时代的中国各诸侯国乃是周王朝的分封。屈原所忠于的，不是这个楚国，事实上，他也并不忠于已经失去威权的周王朝。他的自沉汨罗江，乃是出于对他的祖先传承下来的血统、封地以及他自身尊严丧失的痛苦、无奈与绝望。作为楚国的贵族，他看到了楚国即将的灭亡，以及他的宏大的抱负不能实现的悲哀。可以这样说，他的死，完全是为了他作为一个高贵者的灵魂的尊严。

人，有尊严地活着或死去，并不是一件容易的事情，但，对尊严的追求，是我们所必须的。但愿项羽与屈原的精神，不再受曲解与损害了。

为文如为人，须有敬畏之心

屈子傲立汨罗江畔低吟："路漫漫其修远兮，吾将上下而求索。"他正是这样一位上下求索的诗人，他的诗篇从此成为千古绝唱。

李白醉卧长安街头高唱："天生我材必有用，千金散尽还复来。"太白先生就是这样一位浪漫豪迈的诗人，他的激情总是激励着我们更加自信，认识自我的价值。

古人云：言为心声，文如其人。

这也是我向来所服膺的座右铭。就文章而言，我个人认为，真诚是第一要素。写作是一种表达，表达的是自己的思想与感情。这种表达，不是自我标榜，不是顾影自怜，不是古希腊神话中的美少年纳西索斯（Narcissus），把自己变成苍白的水仙，灵魂出窍，欲死欲仙。

我相信，任何惊世骇俗的表达，一旦离开真诚，就是一种可耻的虚妄之言。正如古希腊哲人所言：认识自己。真诚不仅仅是反映真实的自我，还要诚实地对待你的读者。诚实是一种品德。如果一个诗人，一个作家，怀着虚妄的念头进行创作，即便能够欺骗一时，却不能永远得逞。因为，如果是这样，未来，他的作品一定经不起时间的推敲与剖析。

正如明代奸臣严嵩，著有诗文集数十种，亦是撰写青词的高手，据说书法也是相当了得，可是，他究竟是一个权倾一时、祸国殃民的坏人，如今还有谁愿意去欣赏他那些虚伪的词彩华章呢？

金代元好问在《论诗绝句》写道："心画心声总失真，文章宁复见为人。高情千古闲居赋，争信安仁拜路尘。"他困惑的是，艺术家笔下的文雅似乎不能证明其为人的脱俗。这意味着作品的格调趣味与作者人品有可能是背离的。他在诗中举了潘安的例子，这位历史上著名的美男子，也曾经才华横溢，在文学上与陆机并称"潘江陆海"，但他性轻躁，趋于世利，与石崇等谄事权臣贾谧，每候其出，辄望尘而拜。对于这样一个轻薄势利的小人，不仅让他最终遭到被夷三族的厄运，时间也终究要唾弃他的文章。所有的才情，一旦沾染了虚妄的污迹，便不能逃脱时间的汰洗。

是的，一切的文章，都是一种沉淀，是作者内心的沉淀，也需要时间的沉淀。时间是最好的读者，也是文章的传颂者。而时间，什么是时间？从前的圣·奥古斯丁说过这样一句名言："何谓时间？若是无人问我，我好像是知道的，若是有人问我，我则变得愚而无所知了。"这就是说，时间是需要我们对之表示敬畏的。所以，为文如为人，必须保持一颗审慎与敬畏的心。

书房"众生相"

一

我相信在每一间书房里，都会隐藏着主人的内心秘密。人们可以通过观察主人的阅读与收藏兴趣而窥知他灵魂的事。但倘若他把自己的内心藏得深，你便无处窥视他的心灵。比如大学者钱钟书先生，据说就不藏书，他的书房里只有一支笔与一张空白的纸，在等待着主人的书写。钱先生如果真没有藏书，那是令人钦佩与迷惑的，因为他把书藏在自己的脑海里；同时他也是明智的，因为他可以利用图书馆，而又不为书所累。他写书，是为了让别人收藏的。但很多普通人，却真的一本书不藏，到他们家做客，你会看到奢华的装潢、舒适的沙发，却看不到一本书。这样的人，或许你会以为他像世外高人一样把自己的内心藏得很深，深不可测，而究其实，却原来是一片空白，那是空无一物的灵魂，或者就是一览无遗的无知与庸俗。

我认识一位经销图书的老板，他的公司在业内具有响当当的知名度，但没有人知道他本人其实不认识多少字。他亲口告诉我，他在图书交易会上挑书，基本上只看封面与插图，甚或宣传广告上的图片。对内容他可以说毫无所知，但只求好卖。他的书房里倒也摆着两个大书柜，里面却是零落的几本图画书，连一本营销之类的书都没有，出乎我的意料，也不知他的生意经是哪来的？

我认识的另一位同样具有传奇色彩的图书公司老板，倒是有心要藏书的，有一天他把我请到他的书房，不无炫耀地把自己的一排大书柜展示给我。我发现他的书柜里收藏的都是大部头的豪华本，装潢夸张，金碧辉煌，四书五经的文言后面连白话注释都没有，我知道他根本不会翻阅它们，估计在他的书店里也是难卖的货色。倒是在它们的边上，躲着几本装潢毫不逊色的卡内基自传与毛泽东传记一类的书，可以窥知主人在豪华的虚荣后面，还隐藏着升官与发财的欲望。他是我麻将桌上的牌友。他每一张牌打出去之前都要反复思量，把别人盯得死去活来是他最快活的事，赢的时候一分钱都要算计，输的时候只听到他的抱怨，牌友私底下给他一个绰号：铁公鸡。

这两位都是图书经销商，看见他们，我总要为我热爱的书们感到悲哀，而越发地向往伦敦查令街5号的风雅与情味。

我的一位从事商业摄影的朋友买了一套新房，四室一厅的居所装修考究，大厅宽敞明亮，卧室阳光充足，我心中还在羡慕他肯定有一个大书房，他却把我引到一个原先储藏杂物的小房间，说这就是他的书房，而里面的书柜上，除了几本相册，什么书也没有。大书桌上一台大电脑倒是触目惊心，里面塞满了游戏软件。我说这是你的游戏厅，不是书房。我的另一位从事外贸的朋友，颇赚了些钱。她做生意很有魄力，而生活中的她也是很有情趣的样子，喜欢收藏年画与绣花巾。她的丈夫是职业经理人，他们住在上等的住宅区，家里亭台楼榭，假山鱼池，书房连着卧室，昂贵的大桌上也是一台大电脑，身后的书柜里塞着许多账本与订单，仅有的几本心理学的书，原是她丈夫以为可以拿来窥探别人内心的工具书，大约没有发挥多少实际的用途而积满了灰尘。

我也认识好多在机关单位有个一官半职的人，他们的办公室里倒是多有大书柜，里面躺着《工作指南》《规章制度汇编》《深入学习政治读本》等的资料书与政治读本。再就是老庄哲学、风水相理一类的书籍，而这类书的主人大约都是接近退休或仕途停滞不前的人。

在我所居住的城市温州，上述状况大约是普遍的现象。我上面提到的人，大约也代表了这个城市里的所谓白领或中产阶层，如果不算精英分子，至少也是事业有成。我不能指望他们有一间塞满书籍的大书房——那对他们来说不是一种奢望，而是一种荒唐与可笑的念头，其阅读状态尚且如此，那么其他群体，比如作为打工者的进城农民，就更可想而知了。他们要么嫌弃书本，信奉读书无用，要么嫌书价太贵。

每当我观赏欧美电影，常常看到电影里每一个角色的家里都会有一间书房，至少也都有一个书柜，里头摆满了美丽的书。可见家有藏书绝不会是导演为了显示自己的社会文明与国家面子而刻意添加的虚假形象；更可见阅读在西方发达社会之普及，让我常常羡慕不已。

二

以前常有到我家来的朋友，面对我数千册的藏书，往往不无嘲讽地问："这么多书你都读过吗？"言下之意是，如果你都读过，那当然是让人佩服的大学问家了，问题是，你分明就不是。事实上，你显然不可能读过那么多书，却花了那么多钱财收藏它们，它们又不是可以增值的股票或古董，而是转手就贬值的破书，等于是花钱白白为别人养了那些老婆，如果不是一个白痴，亦是一个狂人。

我常常无语。

与我有同样感受的，大约还有我的朋友方韶毅君，因为他之爱好藏书，相比我来更加痴迷，于是就常有相识者与我说起方韶毅的藏书，即眼露鄙夷之色，颇认为那纯粹是一种浪费宝贵金钱与精力的癖好，这癖好一无是处，甚至不如女人之爱好收藏华服丽鞋。每当此时，我总要为他辩护几句，那辩护的话语里，大约也是颇有"兔死狐悲"般的感同身受吧。痴迷于藏书不仅不能与收藏华服的女人相比，便是那些钟情于收藏古董名画的人也不能相提并论。收藏华服的女人仅仅有一颗爱美的心，甚或还有一点虚荣与纳西索斯般的自恋；收藏古董名画的人更不见得是对艺术与历史的敬畏或欢喜，更多的人我相信往往是出于对财富的贪婪期待，况且他们的收藏里，往往也充斥着假古董假名画。但藏书不是。因为藏书不仅是一种雅好，更是一种对知识与情操的尊重与爱戴，收藏者必须保持宽容与澹泊的心智（否则就会出现"独尊儒术罢黜百家"或"宗教

审判"），收藏者必须保持从容与热情的心态，要有忍耐
寂寞与孤独的决心，而急功近利者不可能做到。而对于所
收藏的书，也不一定更不可能每一本都做到通读一遍，所
谓"生也有涯而知也无涯"，但对每一本书与它的作者都
有了解便足够了。有些书是要精读的，有些书是用来欣赏的，
有些是作为知识结构的外围，有些则是核心资料，有的是
作为一生的思想之基石，有的只是过眼的烟云彩虹。

我的朋友方韶毅君的藏书之丰富，真的让人"羡慕嫉
妒恨"。他是我20多年的朋友，我们相识之初，都是因了
对文学的爱好，常常一起逛书店。我比方君年长两岁，先
他涉足社会，出道有些早，又爱藏书，方君便也"沾染"
上了我的"不良习气"。后来一段时间，我由于儿子出生，
家居陋室，便渐渐"退出江湖"，也不再与方君一起逛书店。
十年之后，方君乔迁，我前往恭贺，一进他的新居，迎面
便是偌大一间客厅兼书房，倚墙一排大书柜顶天立地，美
丽的书籍琳琅满目，仿佛盛装的少女，正齐齐迎候着客人
的光临。我不知方君藏书早已不可同日而语，其数量之众，
质量之高，已然卓尔不群，其中更有一些涉及乡邦的珍贵
文献善本、信札手迹，让我惊叹不已。

方君爱书、敬书，他收藏的书都保持着良好的品相，
书柜纤尘不染。对书的内容，方君与我有共同的爱好。我
们收藏的书，大约都是从散文、小品文开始，尤其是书话、
诗话一类，渐渐旁及人物传记、文化史一类。而方君从他
的收藏中慢慢拓展了视野，尤其关注乡邦文献，对大时代

背景下的乡邦先贤以及他们的人生沉浮多有领悟，终于写成《民国文化隐者录》（金城出版社 2010 年 11 月第一版）。

我不主张收藏中国现当代小说作品，尤其是中国当代长篇小说。因为这些作品不仅数量庞大，版本众多，且多数作品未经历史洗礼，良莠不齐。方君似乎认同我的主张，他的书柜里少见此类书籍。而我倒是在私下里收藏了一些西方经典小说作品以及部分五四时期有些被淡忘的小说家的短篇小说集，如穆时英、施蛰存等人的作品。我爱好诗歌，因此我收集了许多诗歌作品集。在翻译的外国诗歌中，我收集了惠特曼的三种不同译本，两种《浮士德》译本，波德莱尔诗歌的三种译本，以及里尔克、王尔德、叶芝、艾略特、阿赫玛托娃、帕斯捷尔纳克等诗歌作品的译本。国内的现代诗人中，我喜欢冯至、朱湘、穆旦等，他们的作品也多有收藏。此外我也收藏一些哲学著作，后来随着年岁痴长，又开始关注一些历史著作，尤其是中外交流与比较文化，比如古希腊罗马与秦汉时期的文化交流、唐代的外来文明等，以及我能够收集到的所有中文本《马可·波罗游记》《利玛窦中国札记》等。同时我也喜欢了解各类宗教在中国的传播以及其本身的发生发展历程。由此，我的藏书大致可分为：诗歌、哲学、历史、宗教。

如今我有一间大书房，敞开式的玻璃门对着外面的大花园。春天的时候，窗外鲜花绽放，而屋内亦是满屋的春色。我的美丽的书籍挤满了我靠墙的大书柜，也是花枝招展。每天我站在她们中间，轻轻摩挲，感到无比幸福。

三

我对藏书的爱好，来自父亲的熏陶。

在我小的时候，我们一家生活在仅有的十几平方米的陋室中，但床头的两个小书柜，却使我深感荣耀，觉得比别人家有东西。父亲的书柜总是上着锁，里面码放着整齐的书籍，玻璃镶嵌的柜门里透着一点点神秘。

父亲极爱书。记得那时候，他在开柜取书之前，总要先洗手。他看过的书都崭新如初。他总是教导我说，书不仅是供你阅读、赐予你知识与人生的哲理，书本身的装帧，其封面、插页，都是艺术的表达，所以一定不能损坏。读书要用书签，而不能折卷书页，封面一定不能污损。书读完要放回原处，并且要码放整齐。他的书甚至都不让母亲整理，都是由他自己归类放好，每一本书脊都平整地立着，犹如少女洁白的牙齿。当我长大一点开始能够读书，父亲的书柜便不再上锁而向我开放。全家只有我能动书柜里的书，即便把书翻乱了，父亲也从不责备。渐渐地，我也继承了父亲爱书的习惯。

父亲瞿光辉先生是寓言作家，因此他收藏了众多寓言作品，包括所有国内出版的伊索寓言译本。他在20世纪80年代曾应香港一家出版社之请，在香港翻译出版过一本小小的伊索寓言。此外，还有拉封丹的寓言、克雷洛夫的寓言，以及国内寓言作家金江、黄瑞云、刘征等的寓言集。因为寓言与童话的缘故，他与翻译家叶君健先生建立了友谊。他收藏有叶君健先生翻译的整套安徒生童话，以及叶君健先生的所有已经出版的作品，包括他的散文集、长篇小说、回忆录等。

父亲也是一位诗人、翻译家。他收藏的书，现代诗人的诗集占了相当大一部分，且都是民国时期的初版本，包括王统照、王独清、朱湘、郭沫若、徐志摩等人的作品。他也收藏西方的诗歌译本与英语原著，有些是他的老师在英国留学时带回来转赠他的，有些是他年轻的时候从旧书店购置的。他从这些书中，翻译了许多西方的诗歌，并与自己的诗歌作品合集出版了《最初的微笑》。

父亲对印度文化情有独钟，他不仅翻译泰戈尔的作品，还收藏了很多有关印度文学与历史文化的书籍，以及他能够收集到的泰戈尔作品所有的中文译本。

在父亲的书房中有一个狭高的白色书柜，父亲将泰戈尔的中英文书、有关印度的书、伊索寓言的中译本，以及他已经出版的自己的书《伊索寓言》《狐狸的智慧》《老驴推磨》《最初的微笑》《美丽的旧书》等，都一起整齐地放在这个书柜里。父亲还将自己年轻时创作的诗歌手抄并装订成书，自己设计并绘制封面，比正式印刷出版的书还要精美，他的钢笔书法可是相当秀雅的。这个特殊的爱好，父亲至今依旧兴致不减，只是用上了现代工具——电脑打字。他将自己翻译的泰戈尔《园丁集》、自己创作的寓言集英文译本、诗集等，一一打印并装订成册，依旧是自己设计的封面。与手抄本不同的是，现在他可以制作几十本，分赠自己的好友或学生。

四

父亲对书的爱护，在他的朋友圈里是出了名的。"文化大革命"中，受到冲击的一些年长的师友诸如著名的九叶派诗人唐湜先生、寓言作家金江先生，都将自己作品的手抄本以及他们整箱整箱的珍贵藏书藏在我家。父亲为人谦恭淡泊，与世无争，身居闹市而陋室无名。但为他们藏书与手抄本，亦是甘冒风险的义举。年少时我一直以为父亲只是一个怯懦迂腐的书生，及至年长懂事，方深深理解父亲原也是义气铮然的知识分子。十年浩劫后，云淡风轻，父亲将他们的藏书与手抄本原璧奉还，两位先生深为感动。

著名的九叶派诗人唐湜先生与著名寓言作家金江先生是我所熟知的，以前我经常去两位先生家拜访。晚年的唐湜先生住在温州花柳塘，屋前是一条曾经十里荷花的小河，两岸曾经杨柳依依，一派江南盛唐景象，如今却是一条臭水沟。唐老先生总是将我迎进他的书房兼卧室，他坐在书桌前，桌上杂乱地堆满了新书旧书，身后靠墙照旧是一排开放式的书架，上面的藏书随意码放，可见埋首创作优美诗篇的主人根本没有时间打理。唐湜先生的藏书在我的印象里基本上是诗歌与文艺理论，以及我国早期出版的西方翻译小说等文学作品。还有相当一部分都是朋友的赠书，如陈敬容、郑敏、屠岸等人的诗集与译文集等。唐先生聊到高兴时，就会打开书桌的抽屉，拿出沈从文、钱钟书、汪曾祺等先生的手书条幅给我欣赏，看完也是随手塞回抽屉。唐先生是率真的诗人，也是性情中人。

寓言作家金江先生书房的风景则迥然不同。怀着一颗童心的金江先生在生活上亦是追求情趣，他的书房打理得非常明亮整洁，他的几个大书柜都是装有双开的玻璃门，里面的藏书码放整齐，亦是纤尘不染的样子。书柜里还摆放着一些他喜爱的小石头，金鱼缸里水草漂荡，红色的小金鱼仿佛童话世界里的小精灵。

金江先生年轻时也曾沉醉于诗歌的浪漫中，并出版有一册薄薄的诗集。因此，他的藏书中有一部分是年轻时收集的民国时期出版的诗集。而他主要的藏书，当然是世界各国的童话、寓言，以及相关的理论著作等。

有人说，书房里隐藏着主人全部的内心秘密，书房也是一个人的精神信念所在。温州瑞安有著名的藏书阁"玉海楼"，那是清末孙衣言、孙诒让父子苦心经营的书房，藏书万卷，也造就了一代大儒孙诒让的学问与风骨。少年萨特曾偷偷溜进他外祖父的书房，面对整排整排竖立的图书，小小心灵因此而对生命有了敬畏，正如他说："我是从书堆里开始我的人生，就像我将在书堆里结束我的人生一样。"博尔赫斯曾有三句关于书的名言。一句是："我一生都在书籍中旅行。"一句是："天堂的样子，应该就是图书馆的样子。"还有一句是："在图书馆里，或者说，在这个世界上，每一个人都在寻找属于自己的那本书。"

书房的"众生相"，是这艘文明的大船里充满神秘故事的一个小角落，亦是一道迷人的风景线，让人陶醉，让人沉思。

先人的智慧

说教文学简论

第一章 绪论

一、溯源：最初的形式与道义的职责

（一）

世界在幸灾乐祸地说，由于现世生活的折磨，你们的智慧在不断蒙受着欲望的欺骗与凌辱。一切高贵与纯洁的都要隐匿，而一切堕落和被愚弄的都要显现！你们没法使自己在现世中求得解脱，亦得不到上天的垂怜与爱抚，而只有在不断的挣扎和痛苦中求得生存。因为你们轻易放弃了先人的训诫和召唤，忽视了悲剧的警告和创伤，为了暂时的利益而轻信了罪恶的诱惑，从而不自觉地丧失了道义的准则，等到我们惊醒时，四肢将都已在猛兽的口中，来不及挽救了。

我们所期待的，不是最终依赖于那些丰富的经验，不是去追溯那毅力的本源，不在于去发现和继承那些曾经做出过的许诺，来求得今天的实现。我们所期待的，是在生命永恒的整体中求得内在的复苏，赋予智慧以天真的梦境。

于是，在我们还未征得将来的预言时，不妨让我们来进行这样一种想象：即在千万年前，当我们的祖先还生活在原始时代，他们的头脑还是那么无知和野蛮，世界所呈现的风景还是一片惊心动魄的荒凉时，人类在大自然的怀抱中吮吸着阳光，挣扎着要求摆脱大自然残酷的束缚时，那些曾经作为部落里最强悍的英雄的德高望重的长者于是便来教导他们如何永远和谐地生活，教导他们怎样去认知短暂的生存以及命运。他们代表着智慧和传统的力量，为人类在斗争中所获得的经验做出最合理的总结。在不知觉中，正是他们为我们人类的未来建立起道德、伦理、思想以及信仰。

（二）

有人曾经断然地宣告，文学最初始的形式是诗歌，认为它是一切文学的开端和始祖，就像亚当和夏娃在蛇的甜言蜜语的蛊惑下偷食了上帝的禁果，从此被惩罚而必须繁衍后代，使个体的生命失去了永生的权利，被世代繁殖的痛苦来得以延续一样，他们认为其他的文学式样也同样是继承了诗歌的传统。

正因为人类沉浸于这种荒谬谵妄之中，在似乎富于逻辑思维的方式中填补着不断重复的颇具戏剧性的印象，终于陷入了世代袭传的不可推翻的威严的泥沼之中。

可是我要说，在诗歌这种艺术形式诞生以前，说教文学——人类最优美的灵魂和智慧的闪光早已在人们中间开始了他滔滔不绝的传说。如果说原始人在繁重的劳动中发出的"杭育、杭育"的号声是诗歌最初始的欢乐的象征，那么在他们还不曾觉悟到发出这些节奏以求得劳作的和谐以前，那长者的每一个警告的目光、每一个无声的指责，便无愧为说教文学最光荣的先声了。然而，所有这些推断都只是后人的猜测，一种美好心愿的猜测罢了。

如果让我们以平等的角度来做出一个比较准确的结论的话，那么，应该说未来的所有文学有两个源头，那就是诗歌与说教文学。任何一种文学式样必须具有诗歌的庄严而美丽的意境和说教文学的冷静而深刻的理性。人类的文学与艺术乃是它们的结合所繁衍出来的结果。一个作家，他必须具备着诗人的气质与性格，以及说教者的智慧与责任感。也就是我们通常所说的文艺作品的思想性与艺术性、它的感染力与启示作用。

（三）

文学所提出的标准和自然力的巧妙安排，总是相处于非常错综复杂的关系当中，它们往往是矛盾的，不可言传的。人们的行为常常是既合乎理性的，又近乎痴狂的，受到思想与情感的鼓舞，又在欲求的生命力的升华中得到多方面的结合。

所以，当我作为一个以宣扬说教文学为义不容辞的事业的人，在年少的时候居然曾极厌恶祖辈们唠唠叨叨的说教，以日积月累养就的富于逆反的性格向着他们咆哮，就不会显得那么奇怪了。随着天真的梦境被现实一层一层地剥去，随着生活的潮流一次又一次地冲击着年轻的心灵，我终于无法摆脱长者们严厉的预言和温和的目光，它们终于刺痛了我的心。

我们应该看到，所有的有文化和没文化阶层的人们，他们的童年是如何渡过岁月的长河而到达成熟的彼岸呢？从他们在摇篮里开始，长者便开始引导他们用清如山泉的眼睛来观察周围的人生。

出于一种善意的目的，一种道义的职责，一种爱的慷慨和宽容，出于一种因拥有智慧而爱表现的心理情绪，慈祥的长者们总喜欢把周围的世界披上一层神秘的面纱，拿想象的美丽的古老传说怡悦那抱在他们怀里的孩童，赋予他们以阳光与露水的灵性。他们编造着神话，继承着神话，不断地在神话中倾注着自身的愿望。他们的言语像风吹过鲜花所发出的馨香，混合着母亲的乳汁，向孩童输入毅力和灵感，并且不断地，反复地因循着。

那些人类中的长者们，因为迫于苍天的威力，慑于罪恶的恐惧，于是便在他们自己所编造的神话中开始膜拜宇宙中那冥冥的幽灵、不可抗拒的规律，用以自身为素材所创立的神话来警告和引导世人，制定戒律，从此有了说教文学。在这些神话中，他们总是迫切地要求认识世间万象的真理，并以此来满足宗教的需要。马克思在《路易斯·亨·摩尔根〈古代社会〉一书摘要》中说：

（在野蛮时期的低级阶段）想象力，这个十分强烈地促进人类发展的伟大天赋，这时候已经开始创造出了还不是用文字来记载的神话、传奇和传说的文学，并且给予了人类以强大的影响。

而在这"想象力"中，又包含了先民多少创世开荒的辛酸和愁苦。正是这份劳动，培养了他们多么富于勇气的性格，以及与一切进行争斗的决心，为他们燃起了普罗米修斯的圣火。他们把哲理和经验寄寓生动的形象，用美丽动人的故事和优雅高贵的修辞填补了昼夜轮回的单调。

我们可以从容地看到，说教文学正是以其顽强的生命力创造并影响着后世的文学艺术，是后来形成的庞大的宗教与哲学体系的滥觞，是丰富多彩的文学艺术取之不尽的最早的创造源泉。在《伊利亚特》中，阿喀琉斯说："狮子与人之间没有信得过的盟约，狼和羊也没有共同的愿望。"这种格言式的训诫正是来源于最初的说教文学，说明说教文学在史诗的形成时期即已存在并对史诗产生了影响。而在古代中国的《诗经》中则有很多作品可以说是充满了说教文学的形式与内容。在中国古老的文学理论中影响最大的有"诗言志""文以载道"等，对中国的文学乃至艺术具有强大的约束力，而这也正说明了说教文学的作用。

二、范畴：被放逐的命运

（一）

有一件事对我们而言将是显而易见的，那就是不要奢望我们曾经真正地拥有过说教文学的恩惠，自命为说教艺术的真实的创造者和继承者。那些积极地在众生之中传播着智者的福音和训诫的长者们，虽然以神圣的创源者而赋予世界以永恒的意义，然而他们却经常处于被放逐的命运，因为众人难以领会他们善意的指责和呼吁，无法接受他们的忠告，以怨报德地加害于他们，因为他们企图改变众人的生活，因为他们的言语触到了众人心灵深处欲求的苦痛。

由于我们对自身存在的深远意义的理解往往并不如一座古老的雕像所表现出来的那样深刻与真切，人们的精神在甜酒的陶醉中飘离游荡乃至在梦一般的境界中沉落，因此，我们对于说教文学的知识浅陋得仿佛井底之蛙。我们常常以为自己是这个世界上仅有的智灵之物，却又往往对真正的智慧进行徒劳的误解和诠释。我们既是创造者，同时又是观赏者，但我们却从未曾将这两种形态相融合，我们亦从未曾将自己与他们相融合，从而产生一种伟大的精神，以表现出未经粉饰的自然。

现在，当你身处在中国先秦诸子纵横捭阖、风波迭起的争辩中，你不能不被那智慧的光芒所震撼；当你翻开《五卷书》，你将无法不说它是人类一切学问的开端；当你手里捧着《伊索寓言》，你无法不承认它为人类智慧的源泉；当你漫步在《圣经》的丛林中，不管你是一个属于什么思想的信徒，你将不能不惊叹它是一部无与伦比的杰作；当你走进佛经雄伟的宝殿中，你也一定能从中领悟到这尘世与人生的真谛；当你置身于乔叟、薄伽丘和蒙田的争论中，你也定能觉察到命运的变幻，人与外物的契合交感。

尽管从这些人类浩如烟海的著作中我们绝难做到一一列举，但可以肯定的是，在我们还未有所发觉的时候，说教文学便已开始了它具有终极关怀意义的行动，所有的古代神话、寓言、传说、宗教、格言、警句、谚语，包括企图以文学形式表达哲理的哲学著作、古代传奇小说，都在证明着说教文学是富有何其旺盛的生命力，展示着何其多彩的人生卷册啊！在幼发拉底河流域，在爱琴海岸，在耶路撒冷，在恒河圣水的光波里，在黄河的怒涛中，乃是说教文学而开创了他们的文明与教义，建立起他们的代表古老文明前进的标志的雄伟圣殿。

（二）

说教文学之所以能拥有如此巨大的成就，富有如此的魅力，是因为它是那样强烈地富于时代责任感，正视和反映真实的现实，指引着人们的现世生活，以极饱满的激情，诉诸优美典雅的文字，依托遥远的典故，展开天真绚丽的想象，以极其朴素自然的风度，描绘着活泼而耐人寻味的形象，常常在故事中蕴藉着哲理与教训。它把抽象的逻辑思维与具体的形象思维有机地结合，以鲜明突出的形象和犀利简洁的言辞同时作用于人的理智和情感，给予人们以某种启示，引导人们的人生道路，突破时间和空间的限制，脍炙人口，历久而弥新。

呵，那是智慧的珍珠，至诚的同情，温柔的怜悯，幸福的源泉，和因了幸福而蒙受的哀婉与悲痛。

它们所穷究的万物及有限存在的生命，一旦脱离了自身的躯体，便将趋于分离而破碎不堪。它们所组成的整体亦同样。它们就像初民一般生活在投光与反光之中，相互庇护着自身的生活，而贯穿于创造与领悟的始终。这种相互间的联系是和睦而有序的，它们相互瓦解消融，从而创造了艺术的奇迹。

否则，那便是那些虔诚的信徒们单纯而干燥的简单的教义的宣传，便是那些自私贪婪的政客向人们生硬而机械地空谈的理论。就像一个匠人，有一天他遗忘了技巧，丧失了热情，只为生存而焦虑的时候，从此将再没有顾客愿意光顾他的曾经热火朝天的作坊了。

真正的说教文学家们，他们总是在作品中表现出非同寻常的洞察力，和先知先觉的真实感验。它作为智慧之灵魂的再现，是最能够反映整个民族而并非个人的精神素质。它那旷邈幽深的意境和自然默契的传统，譬如潜隐于画幅中的静寂和沉落遗忘于宇宙中的杳渺。啊，那是汹涌浪潮的怒吼和激奋的雄心！万象的虚空与真实，未来生生不已的创造力的泉源与根本，跃然于圆满的法则，而让我们从透视中幻现出用手可捉摸的真景。

三、古老的启示

艺术绝非简单的自我表现，否则那将是平庸的、笨拙的、空洞的。倘若有谁决心热衷于这样的事业，那么他必定会在不自觉中妄自尊大起来。对于说教文学家们来说，这是一个忌讳。天才总是在那纷杂的世界中保持着自我的纯净，将他的自我贡献于他所生活的时代，然后以他非凡的洞察力来展现可能发生的一切。他必须并且永远关怀着众生的前途和命运，以崇高的品性、超凡的毅力、敏锐的理智、博大的胸怀、精深的学识、热烈的责任心和积极的参与感，来推动着社会的发展与前进，给人类的心灵以火一般的语言，为其情感施予洗礼。这才是真正的说教者、一个真正意义上的说教文学家，他肩负着拯救万物于蒙昧的重任。

也许诗人们说得对，受难不是我们人类的义务。人类拥有爱的祝福，能够在爱的默祷中承领和奉献温柔、怜悯、幸福、欢乐、思慕的光辉与晨露。人类不再是漂泊在宇宙空间的孤身只影、寂寞胆怯的生灵。人类脱离了黑夜，而为拥有爱的神圣光芒而骄傲。

西风你吹起于何时？

细雨萦回绵绵不断。

基督啊我的爱

在我怀里，与我同眠。

Western wind when will thou blow？

The small raindown can rain.

Christ that my love were in my arms

And I in my bed again.

（15 世纪英国佚名诗篇）

　　这是一首优美的诗。正是爱的力量促使我们摆脱原始，摆脱恐怖；正是爱的原因，才产生了旨在表达爱的诗篇和出于爱的目的的说教文学。然而人类是否真的已经走出蒙昧，永远摆脱了自然力给我们的生存所构成的威胁了呢？

　　磨难似乎是不可避免的。

　　磨难来自冲突，来自斗争。而没有冲突就不会有人类社会——人与人的冲突，自然与人的冲突，以及人自身内在矛盾的冲突！只要有冲突就必然带来损伤与痛苦。在我们布满了各种冲突的现实中，谁又能超越于他的经验和阅历之外，使他的目光甚至越过神的背后去发现和揭露神的虚妄、命运的轮转呢？即使在你的梦幻中，你亦不能超越你的成就，也不致坠落于你的失败。因为说教文学家并不是一位严肃的科学家，但说教文学家却有他独特的魅力。那些满怀疑问的人们会发觉与其相信对他们来说是那样遥远的神，倒不如去向那些善于理解他们心情的先知者来解除人世的谜团，制定他们的法律，规范他们的道德，使他们的思想得以启蒙，给他们以理想的愉悦。有时候说教文学者是圣徒，是偷取天火的普罗米修斯，有时候他更是那曾教唆我们的先祖取食禁果的蛇。但意义似乎都一样。

　　瞧啊，当阳光照耀着摩西带领以色列人走出埃及，照耀着孔子奔波于六国那风尘仆仆的车马，照耀着亚伯拉罕祭祀上帝的殿堂那金碧辉煌的塔顶时，我们怎不会顿发景仰与敬畏！

第二章 先秦的启示

一、概述：悲悯的时代

曾经有一位思想家说过这样一句极富于透彻见解的话，他说道："一切神圣的事物都应该拥有他们各自在宇宙中的位置。"因为它们由于占据着分配给它们的位置而将有助于维护自然力的秩序和生存价值。

假若世界的存在是那样的孤单，我们就理应用坚强的信念来填补世界因孤寂而引起的空虚，这是我们的职责，也是我们唯一神圣的使命。曾经有多少人为之而付出了代价。像印度的婆罗门祭司一样，在中国，巫、史、卜，他们这些自称为对人类的生存和命运负有直接责任的人们，他们曾经多么长久地统治着整个中原文化，建立他们尚不完善的思想体系，以便向那些刚从原始形态中转化过来的惊恐万状、贫困胆怯的人们宣扬苍天的威力，劝诫人们应遵守神所制定的律法。他们成了说教文学者的先驱，为后代的先知先觉者们交付了沉重的使命。

于是便有傲岸的庄周唱起了他的"鹏程万里"之激越的歌。他正是那烽烟迷绕的旧战国时代朦胧的启示者。他以自身内在的敏感,体验到时间上的变幻和真实的相继性。

且还有雄辩的孟轲,慧捷的韩非,他们无不为奠定说教文学而做出了巨大的贡献。尤其是那位出身贵族,为统治阶级鞠躬尽瘁的韩非子,他如此有系统有组织地运用了说教文学的技巧来宣扬自己的政治主张,表现是突出的。

韩非子,因为他所要宣扬的对象是当时各国的统治阶级,又因为他生长于那表面优雅、高贵,实则病态、堕落的豪华的宫廷之中,当然无法理解下层劳动者的哀怨与愁苦。然而凭着他执意要在无情的苦难世界中争取一份安宁的信心,凭着一个注定的天才说教者的命运,他仍然能够凭借着历史知识,拿卑琐丑陋的形象来反映和抨击上层阶级钩心斗角、尔虞我诈的状况,以此来警告他们这样只会给他们自己和别人带来怎样的灾难。

最终他自己也遭到了残酷的毁灭,让他亲自领受了人性的奸诈与恶毒的一面。

几乎同时,在黄河长江汹涌的浪花中不知涌现出了多少这样的说教者。当时的中国,那些深怀济世雄志的智者为人类的命运而疲于奔命,来往穿梭,向众生宣扬他们的忠告。而中国的先人们爱拿"纵横家"来称谓他们,似乎贬低了他们的生命意义。

他们的说教文学作品集中表现在各种各样的记载、杂说和史书等著作中,像《吕氏春秋》《战国策》,无不反映出那个时代的需要。

历史是会重复的。在《荀子》一书中,曾有《富国》一篇,其中讲述了"处女遇盗"的故事，以说明向强暴的敌国委曲求全是没有出路的道理。也许荀况在这里是想告诉某位国君如何使本国富强的经验教训，告诉人们如何处世的道理，而我们亦可以由此联想起以后的历史，譬如宋、清时代。这是历史车轮的重蹈覆辙，亦可见说教者的睿智和预见。

从此，说教文学已初具规模，开始了它辉煌灿烂的历史旅程。

两汉时，在中原大地上出现了两本以寓言为主体的劝诫性颇强的专集《说苑》《新序》。虽然其中的几百个故事大都可以从前人的著作中找到原型，然而经过刘向的精心加工整理，侧重于总结过去历代王朝兴亡的历史教训，为统治阶级设计那能够长治久安之道，宣扬道德规范以适应时代的需要，借鉴往事以戒来者，颇相似于古印度的《五卷书》，它们同当时的政治背景与社会思潮有着千丝万缕的联系。刘向在这两本书中保留了很多古老的故事传说，叙事简约，说理通畅，使每则故事都富有教育意义，对后代的传奇小说创作产生了重大的影响。然而，它们却不再是庄周和韩非子式的悲天悯人的呼吁了。

二、庄周的烙印

在那个烽火连天、权者飞黄腾达、民不聊生的时代，盗鸡者被处以重刑，而盗国者却居于芸芸众生之上，到处是弱肉强食，人民生活在强暴与仇恨的深渊。在这一切不合理的现象面前，忧郁的庄周只有身披麻衣，拿飘逸和潇洒的风度、满不在乎和玩世不恭的神态来掩盖他那内心深处的深切悲哀，而达到了绝圣弃智的境界。因为他深感在那纷杂的社会中，知识往往成为权者从事罪恶勾当的工具和手段，人们常常因此而从事于无效却有害的工作。

庄子在他的著作中，以其玄奥的思想、极宽容的胸怀与绮丽的想象以及蔑视一切的孤傲，告诉我们，那客观世界的万物都是由其各自的特性所决定，人们有必要尊重事物本身的发展规律。宣扬自身的道德修养，从而达到人类社会的最终纯净——这是高于一切的任务。他对人生的顿悟乃如长江的源头，影响着上千年中国文化的发展。他不是虚无主义者，他不追求在世人生的尊荣，而以他的固执同大自然实现接近的目的，并以此来获取他的人生价值和意义，他的人格尊严。

正如孔子一样，他一生的努力，就是为了生命的辉煌。

在这个世界上，我们终不能苟且活着，不管在生活的道路上有多少磨难，然而，作为人，就必须有我们生存在这个世界上的一切尊严、权利、自由和义务，不论是作为集体或个体的生命，人类有必要来维护所有这些！

在那个纷争的时代，也许只有庄周才能够真正揭示它的一切内容，解释它的所有含义，也只有他才能真实地显示自然的威力，激起痛苦的愤怒。他以自身的悲剧来唤醒那些沉浸在卑琐、丑恶和尔虞我诈中早已失去了自我与个性的不自觉的人们。

当我们翻开中国的文化史册，那里有儒家带有政治威严的宣传，更有庄子旷达悲悯的说教——那瑰丽丰富的想象、出人意表的夸张、细腻传神的描写，以及充满笔端溢于言表的激情，显示了世罕其比的风采，浪漫、超脱、藐视权贵。他永远在关注着人的精神生命的扩展以达到极度的境界。他真切地了解万物的真相、物量的无穷、生死得失的客观与无常。他能够超脱一切相对的束缚，在逍遥的状态中体味和谐的柔美。他将自我和个人变形为蝴蝶，以此来比喻人性的烂漫天真和无拘无束。

也许，庄周是最擅长于把哲理性的思考化为生动的艺术形象的长者了。中国说教文学的自觉创作乃从他的杰作中源起，获得了彻底的解放。所以称他为中国第一位伟大的说教文学家，代表了自由平民阶层的先知，或许是再恰当不过了。

庄周说："鱼相造乎水，人相造乎道。相造乎水者，穿池而养给；相造乎道者，无事而生定。故曰，鱼相忘乎江湖，人相忘乎道术。"（《大宗师》）庄周在论述其道时，终究不忘告诉人们，最高的认识可以带来最大的快乐，如果忘却烦恼而"化"入无差别的境界，摆脱现实之羁绊，就会获得最大的精神享受。"道"既是世界的起源，又是万物的依据，既有本体论意义，又有宇宙论意义。其无所不在，贯穿于一切事物之中。如《养生主》中之"庖丁解牛"等寓言名篇就试图说明这些。"道"就是最高认识。他深知人与自然的关系是矛盾对立的，因而主张顺应自然之大化，与大自然合一，反对干预自然，而与天为一。修养淳朴的自然本性所产生的精神魅力是巨大的、神奇的。在《德充符》中，他描写了一群残疾人，而在他浪漫的叙述中深埋着他关于世界的独特的审美观和价值观。

屈原绝望于君主而自投汨罗江，陶潜厌恶名利而陶醉于田园，他们与庄周同样鄙视这浑浑浊世。但庄周似乎更能够洞察人世的一切，摆脱了尘世的羁绊，追求着精神的自由。作为说教文学家，庄周自然与他们有不同之处，但殊途而同归。叶适说："嗟夫！庄周者，不得志于当世而放意于狂言，湛浊一世而思以寄之，是以至此，其怨愤之切，所以异于屈原者鲜矣。"（《水心别集·卷六》）他们那"举世皆浊我独清，众人皆醉我独醒"的精神状态，正是说教文学家们的精神状态。

庄周大约生活在战国中期，尽管古代的历史学家从来就忽视他的生卒年代，好像他真的从一开始就超脱了平凡的生生死死。据马叙伦先生假定，庄周应生于宋剔成元年（公元前 369），卒于宋王偃四十三年（公元前 286）。那是中国古代社会大变革、大动荡、大发展的时代，各路诸侯称王称霸，战争旷日持久，空前残酷，传统的道德观念黑白颠倒。庄周如同一位披荆斩棘的先知，发出了愤怒的怒吼："自我观之，仁义之端，是非之涂，樊然淆乱，吾恶能知其辩！"（《齐物论》）"其行独，轻用其国，而不见其过；轻用民死，死者以国量乎泽若蕉，民其无如矣。"（《人间世》）他深刻地洞察现实的黑暗，又何曾漠视过人世的苦难？在黑暗的现实面前，只有精神的自由才具有真正的现实意义。从这一点来说，庄周用以说教的哲学便是解放的哲学。他的说教文学著作是以浪漫主义的艺术形式表达出来的，他的影响可以说也是深远的，其创立的传统一直延续到嵇康、阮籍、陶渊明、李白、曹雪芹等许多伟大的文学大师和思想泰斗。正如叶适所说，"自周（庄周）之书出，世之悦而好者有四焉：好文者资其辞，求道者意其妙，泊俗者遣其累，奸邪者济其欲"。如果说庄周对后世有什么消极之影响，似乎责任却不在其身。不可否认的是庄周非凡的说教魅力。闻一多也说，自魏晋以降，"中国人的文化上永远留着庄子的烙印。"（《闻一多全集》第二卷《古典新义》）相比之下，"屈原虽有一些大胆怀疑的精神，但在现实生活中，屈原并没有摆脱传统观念的束缚，他的思想不如庄子解放。在哲学方面，屈原的思想更不如庄子丰富……在文学方面，屈原和庄子一个是浪漫主义诗人，一个是浪漫主义作家，都在中国文学史上产生了巨大影响。总体来看，庄子在中国文化史上的地位可能比屈原更为重要。"（刘笑敢《庄子哲学及其演变》）我们现在将庄周列在中国伟大的说教文学家之第一位，似乎并不过分。

三、韩非的荣辱

"汤以伐桀，以恐天下言己为贪也，因乃让天下于务光。而恐务光之受之也，乃使人说务光曰：'汤杀君而欲传恶声于子，故让天下于子。'务光因自投于河。"（《韩非子·第七卷·说林上第二十二》）说林，即传说的林薮。《说林》所记录的每一个故事，不仅富于寓意，反映了韩非的思想，还具有史料价值。它从久远的历史中洞见现实的真相，但又不同于史家之实录和小说家之虚构。它也不仅富于文学色彩，为后世笔记小说的源头，还具有深邃的思想价值，却又不同于哲学家枯燥而乏味的阐述。《韩非子》与庄周的言论一样，是真正的说教文学作品，体现了说教文学所有的特征。曾经有人问我，说教文学在漫长的人类文明史上，究竟有没有存在过？回答是肯定的，那就是许多"诸子"的作品。它们经常被划入中国古代哲学史中，又经常被划入中国古代文学史，甚至还被划入历史著作之列。这似乎都没有错。而我们认为，这些作品的真正归属，应该是说教文学。

在中国古代说教者中，杰出的韩非似乎并不亚于庄周，其言论纵横捭阖、机智传神而生动活泼。他与庄周界线分明在于一个代表贵族，一个代表平民。然而他们的目的似乎有相似的地方，那就是揭示真理，表明人世真相。庄周在世界的边缘诉说苦难，以无穷的智慧保全渺小的生命。韩非却在世界的中央陈诉悲哀。他的故事直呈君主，直到将自己献上死亡的祭坛。不论是他们的说教，还是他们的人生轨迹，都同样具有神圣的悲剧意义。

韩非约生于周赧王三十五年（公元前 280），卒于秦王政十四年（公元前 233），韩国王子。他与李斯同在荀子门下求学，据说因为口吃而讷于言，却长于著述，"观往者得失之变"，著有《孤愤》《五蠹》《内外储》《说林》《说难》等十余万言。《韩非子》一书是先秦诸子中卷帙最为浩繁者之一，内容十分丰富。韩国已日益衰败，这位杰出的说教者以为可以向君主奉献他的睿智，以振兴他的邦国，但他的上书变法却未被采纳。

智者的寂寞与孤愤好像自古皆然。

但他的著作传至秦国，竟备受秦王的青睐。韩非使秦，然而包括他昔日的同窗李斯等人却不能容忍他的到来，被逸入狱，终不得不喝下那杯毒酒。人世对一位智者的死亡似乎并没有表示多少悲悯。他主张变革，宣扬君主集权，任法术而崇尚功利，作品风格独特，思想犀利，叙述从容，分析冷静，结构宏伟，文字冷峻而脍炙人口，类如印度的《五卷书》。生存或者灭亡，似乎不仅仅是哈姆莱特的疑问。生死荣辱也是困扰每一位智者的问题。

四、神秘的列子

在所有古代的说教者中，御风而行的列子好像是最潇洒的一位了。这位神秘的人物几乎与老庄一样而成为宗教的创始者。他莫测的行踪、不详的身世、深邃的思想，使世人的猜度无所适从。人们一说起他，便有荒郊野渡的联想和凄风苦雨中一位行者的形象。没有人知道他从何处来，又将去往何方。人们只知道他是列御寇，又称列圄寇或列圄，发音一样而只是写法不同。他是战国时代的郑国人，而他的著作却是直到西晋太康二年（281）才编辑成书的，这数百年间，列子似乎不曾存在过一样，或者只是稍纵即逝。他的哲学体系来自老子，他是道家思想的代表。他主张无为，守护着空静的世界，修身养性而特立独行。他认为事物的变化只在"疾徐之间"而反复无常，自然界深奥莫测不可穷尽，人类习性的形成受自然的影响是深远的，而任何事物之间都可以转化，"变化之极，疾徐之间，可尽模哉？"（《列子·周穆王第三》）此外，列子书中故事还对古代社会不幸的现实展开了作为一位具有先知意义的伟大说教者独具特色的深刻揭批，讽刺的锋芒毕现。在如豆的青灯下，当刘向、刘歆父子整理这八卷《列子》书时，窗外的轻风可曾给他们带来新的勇气来面对混沌的太初世界？斑斑竹影可曾给他们以自然的预示？《列子》每卷都有许多想象奇特而绮丽的故事，将作者的人生哲学融汇于寓言和神话当中，知微而见著。这是古代中国诸子作品区别于古希腊罗马的哲学著作的重要特征之一，从严格意义上讲，中国古代诸子的作品并不仅仅是单纯意义上的哲学著作，这使我们的历史工作者常常感到困惑或者为难，于是有时把它们归于哲学领域，而有时又把它们归于文学当中。实际上，将它们归于哲学或文学领域都不错，因为作者是一群说教者，他们的作品是说教文学中最初、最好、最具哲学意义与现实意义的。从历史的角度观察，文学在当时社会所具有的作用是巨大的，它所承担的不仅仅是给予人们以精神上的愉悦、陶冶情操、寄寓幻想，而是指引道路、指点迷津，是告诉人们太初的混沌、万物的产生、宇宙的秘密、存在的性质、处事的观念、思想的修养等等丰富的内容。所以这些作品不仅有很深的哲理性，还有很高的文学价值。它们是典型的说教文学，是中国文学的重要源头。难怪在中国漫长的数千年历史中，文学一直以来具有非凡的社会功能，以致政府部门选拔人才均以文学作为一种标准，这可以说是诸子的说教文学作品所发挥的最积极和最有现实意义的一面。

唐天宝元年（742），朝廷诏号《列子》为《冲虚真经》，北宋景德四年（1007）加封为"至德"号《冲虚至德真经》，列为道教的重要经典之一。

五、兼爱的墨翟

兼爱，是墨子。非攻，是墨子。尚贤，是墨子。尚同，是墨子。墨子是不可思议的，他的"博爱"思想、"平等"思想、"法治"思想，代表了 2000 年前手工业者的内心渴望。没有人告诉他，要直到 2000 年后，他的要求才会通过一场血腥的革命而得到实现，且这一切首先发生在距他的故土非常遥远的西方，那时文明的进步也几乎是他所无法想象的，对于他，近乎一个美丽的神话，就像他对于我们来说也是一个神话一样。

我们往往将历史生硬地划分成好几个阶段，事实上，人类社会的发展存在着无数潜流，在时间的河床里一同奔流。思想是它们赖以存在的源头，它随时都会发生，并随时有可能爆发出巨大的力量。

只是，墨子提供给我们的思想，并没有在那个时候凝聚足够的能力改变当时的社会现实。有人说，《墨子》这本书并非墨子所著，也不是一个人在一时所写出来的，它是一本思想杂著，反映了墨子及其弟子们，包括前期墨家与后期墨家的综合学说。这并不是需要我们在这里论证的话题，不管怎样，墨子是一位了不起的先知，是有关"墨学"的这一群伟大的先知和说教者的先驱与代表。

墨子，名翟，大约生于东周贞定王元年（公元前468），卒于东周安王二十四年（公元前378），据说他原为宋国人，但他长期生活在鲁国。在这另一个大说教者孔子的故乡，他学习儒家学说，但他最终并不服膺。他自称"上无君上之事，下无耕农之难"，可见他是一个十分自由而富裕的市民。他精于工匠技巧，似乎是一个匠人出身，抑或是一个小手工业主。因此他的思想是先进而有着城市文明的远见的，他不能容忍代表农耕文明的儒家学说的那种狭隘，而更接近古希腊城邦文化的哲学，他觉得儒家的"礼"是过于烦琐的，儒家倡导的厚葬浪费财物，使人们走向贫困，而贫困是多么可怕的罪恶啊。这就难怪在以后的农耕社会，其思想只会一再受到抑制。

在当时，"墨学"曾经赢得众多的拥护者，对当时的思想界产生了巨大的影响，而与"儒家"并称为"显学"。

墨子爱众人，他认为"官无常贵，民无终贱"，从而反对贵族的世袭制和儒家提出的所谓君臣父子、亲亲尊尊，对当权者的"繁饰礼乐"和奢侈享乐生活提出了抗议。他试图用上说下教的方法，"使饥者得食，寒者得衣，劳者得息，乱则得治"，要"兼相爱，交相利"，这是"博爱"与"平等"最早的"宣言"。他还说："天下从事者，不可以无法仪；无法仪而其事能成者，无有也。虽至士之为将相者，皆有法，虽至百工从事者，亦皆有法。百工为方以矩，以圆为规，直以绳，正以县。无巧工、不巧工，皆以此五者为法。巧者能中之，不巧者虽不能中，放依以从事，犹逾己。故百工从事，皆有法所度。今大者治天下，其次治大国，而无法所度此不若百工辩也。"（《墨子·卷一·法仪第四》）

治理天下或一个国家者，却没有法则，这是连明辨事理的工匠都不如呢。

这就是墨子关于"法治"的宣言，他的法度，就是兼爱兼利之原则。

墨家学派后来竟组成了有着严格纪律的组织严密的学术性政治团体，其领袖称为"巨子"，据说其成员均能赴汤蹈火，以自苦为极。假若不是西汉时代的统治者崇儒抑墨，使墨学渐趋衰微，如果墨学得以发扬并成为国人的主要思想来源，那么中国的现实与历史大约就会有巨大的改变。只是，历史不能假设。

《墨子》一书是以对话的形式，充分表达了他们的思想，质朴、率真。其艺术上也许并不如庄子的《逍遥游》，但作为说教文学，它却有着不一样的重要意义。

六、结语：黑土地的追忆

也许，那是一个黑暗的时代，也许，那更是一个理想的时代。在公元前 11 世纪以前，人们的处境究竟怎样，那是我们无法想象的，也只有考古学家才有资格发表他们的意见。但我们可以确信的是，从那时开始，思想的演变终于从神话转到了理性，说教文学开始建立它完整的系统，构造其新的社会空间，而实质上，正是"神话"和"理性"构成了说教文学的发展进程。当我们大书特书春秋战国时代诸子百家以复数的形式展现了说教文学在人类历史上最辉煌的一幕后，我们应该将目光投向更远的过去，穿过森林和平原，而去找到那个曾使我们觉醒的源头。那便是产生于公元前 11 世纪的《周易》，我们不但可以通过这本中国目前发现的最古老的书籍之一，而得以窥视西周王国的概貌，那个能呼风唤雨、司掌丰产的巫师兼国王和他一边歌唱一边舞蹈的人民。《周易》是用卦爻辞的方式来记录他们的生活，所有那些远古的东西。而事实上，那些箴言、劝诫或诅咒，却恰恰是中国一切说教文学较早的表现形式。

他们的语言是简略的，但那种叙述与他们的观察是同样深切的，虽然缺乏细节性的描绘，但这并不重要的。也许在他们的口头叙述中，有过很多生动的、艺术化的细节故事，而在那个用甲骨文记录的年代，用他们神圣的文字去记录丰富的细节肯定是多余的，他们不需要也不在乎，他们需要的是智慧，是一种无形的、无法捕捉的力量所传播的全部内容。他们借助神话和占卜来传播他们对世界的理解，然后进行采集、誊写、分类、汇编。他们觉得需要留给后代的，是那些最终获得的经验，是那些一句就能够涵盖的福音。

然而，"王道既微，诸侯力政，时君世主，好恶殊方。是以九家之术，蜂出并作，各引一端，崇其所善，以此驰说，取合诸侯。"（《汉书·艺文志》）说教文学于是有了空前发展繁荣的机遇，那些人类的智者、社会的精英、时代的先知先觉者，他们不再觉得用易时代的警示足以引起人们的重视。狼烟烽火之间，道德沦丧，生活动荡，诸子为了唤回他们心目中的"黄金时代"，为了重整社会的秩序，或者为了现世的荣誉和利益，他们的"说教"有了更为丰富的内容和手段，"说教文学"真正作为一种艺术形式，在中国历史上出现了前所未有的一个高峰。这一段历史无论是在中国古代史上还是在世界史上，都是一个特殊的时期，它不同于希腊城邦，那是以贵族和平民为主形成的具有独立王国性质的社会形式，还未有一个统一的王国及其国王君临于城都的法律之上。于是我们发现，同时代的古希腊形成的神话与哲学在地中海蓝色的波涛间开始为西方的理性创造了广阔的空间，文学与哲学开始分流，说教文学作为一种独立的文学艺术形式不再具有存在的意义，它已融汇在其他文学艺术形式中而意兴阑珊。只有伊索寓言，成了古希腊说教文学中仅存的硕果，而古代中国的诸子却不得不借助民间故事、历史传说、神话寓言，来曲折地阐述他们形而上的理性思索，宣传他们的政治哲学，以增强论辩的形象性效果或避其缨锋，"取合"那些视土地与权力为至高无上的封建贵族，来实现他们的完美理想，哲学与文学没有得以分流，理性与神话依旧合而为一，说教的文学与文学的说教于是空前繁荣，艺术表现形式呈现了多姿多彩。不管是先前的老子、孔子、孟子，还是庄子、荀子、韩非子、列子，以及后来的《吕氏春秋》《战国策》《尹文子》《晏子春秋》《管子》《商君子书》《淮南子》《说苑》《新序》等，他们不仅给后人提供了无比丰富的哲学内容，也给后人留下了多么有意义的脍炙人口的故事，比如"刻舟求剑""一鸣惊人""画蛇添足""狐假虎威"等，与古希腊的伊索寓言遥相呼应。而他们的哲学问题，与起源于迈锡尼王国的古希腊哲学，也形成了鲜明的对比，一个热爱黑色的土地，一个热爱蓝色的海洋，一个注重情感的意义，一个崇拜理性的力量。当秦始皇以黑色作为国家的标志时，虽然他的基业没有得以在家族中传以万世，却仍然使中国在他的黑色旗帜下 2000 多年不曾摆脱他那鹰鸷般的目光注视。这多么意味深长。

但古代中国诸子的说教文学与古希腊的哲学同样对后世中国的一切小说、戏剧、散文、诗歌，从题材、形象、表现手法等各方面都产生深远的影响，形成了区别于西方的中国文学思潮。如果没有中国古代说教文学的充分准备，中国文学史将是怎样一个局面呢？

第三章 伊索的启示

为什么物质结构和运动恰恰具有如此合理而有序的整体规律呢？康德回答说："难道这不是无可否认地证明了它们有一个共同的原始起源，必然有一个至高无上的智慧按照协调一致的目标来设计万物的本性吗？"是的，否则，倘若人们不认识到这至关重要的一点，那么人们就将不会对宇宙的神奇和力量肃然起敬了。

在希腊，在那爱琴海蓝色的波涛所倒映着的美丽的岸边，在雅典娜城中，在斯巴达王国，人们无法想象一个丑陋而仁慈、严厉而不乏宽怀的贫穷的奴隶竟会拥有了那至高的智慧，从而左右了当时希腊的全体公民，乃至整个人类的思想和感情，使人们不知不觉地被塞进了那公元前的他所巧设的轨道之中，运行于人生的茫茫宇宙。

那便是伊索———个令人类甘愿俯首顺从于这个名字的人，他因天赐的智慧而拾回了曾经被出卖的自由和尊严，以最平凡的形象高居在众生之上，仿佛天国的主宰，司幸福与仁爱的神，一个对邪念特别刻薄的人。没有人不愿意服从他的引领，不聆听他的启示。

如果要问，在地中海那狭小的希腊半岛上，在那个曾经是地球上最杰出的具有最优美的心灵的民族中，谁最伟大呢？我们将从历史的殿堂中看到，苏格拉底，这位被公认为最有骨气、最有智慧的希腊人，他曾经背诵下整部《伊索寓言》。在那个遥远的仿佛梦境般的闪耀着大理石一样洁白光泽的时代，在风光旖旎的海滨城镇中，如果哪位学者不曾研究过《伊索寓言》，那将被认为是一种何等巨大的耻辱。在阿里斯托芬的喜剧《鸟》中，庇斯忒泰洛斯就曾这样挖苦过可怜的歌队长："这是因为你无知，孤陋寡闻，没钻研讨伊索。"

是的，因为那位善良机智、无比可爱的奴隶的小故事不是更能打动人心吗？人们不是从他那儿尝到了更丰盛的愉悦而沐浴在他持久的光耀之中吗？

当时的希腊，《伊索寓言》是所有学校里必修的科目，从小学一直到塞满教授的大学堂。低年级的学生从中学习来自民间的智慧，高年级的学生则从中进行修辞的训练。难道从这里不可以看出他的魅力吗？整个希腊都沉浸于伊索娓娓动听的说教里，长年累月地受着他的故事和睿智的熏陶，难怪希腊会有如此辉煌的文明。

根据许多研究者的推断，伊索大约生活在公元前 6 世纪前期。从希腊历史学家希罗多德的《历史》中可以知道，伊索曾是当时萨摩斯岛上的贵族雅德蒙家的奴隶。不幸的命运是没有什么可以信赖的东西的，在不幸的命运中，也许，一个人会从此丧失了父母在胚胎中所赋予他的理智，在麻木的毫无意义的暧昧的世界边缘像一个离群的孤单的幽灵一般游荡徘徊，无法对自己做出正确的选择。然而一旦在他真实的信念中，让才智的天穹鉴临于他的颅顶之上，则因果的疾风将俯伏于他的脚下，命运将因畏惧而改变它最初的决定。

伊索以他超人的才能，冷静而富于幽默的性格而受到了主人的赏识，获得自由。作为自由的平民，伊索游历了当时的希腊各地，接受了说教者的天职，以独立的寓言形式和独立的人格，为人们树立起对自由的渴望和向往，提醒人们应向邪恶的势力公开抗议，教导弱者用聪明的头脑来反对和战胜强者的地位与无端欺凌。并且他还无畏地嘲笑了庙宇里的神像，告诫人们莫要相信神的虚妄，而应充分地认识人自身的力量。《伊索寓言》为我们描绘了一幅色彩鲜明的古希腊图景，使我们认识了当时思想和道德的概貌。他嘲笑了神的地位，使自己倒成了人们崇拜的对象。

然而，作为一个曾经是奴隶的说教者，伊索清楚地明白自由的弥足珍贵和生命的深远意义。他绝不会像希伯来的先知耶利米对自己的同胞们说"你们因自己和罪恶触怒了万能的上帝，因此你们将被巴比伦人俘囚达 7 年之久"那样让人胆战心惊的话语。他从不自冠以先知，他学会了巧妙地隐蔽自己的感情，借助虚构的却更使人刻骨铭心的故事以避免责难。而他对这人世所提出的责难却更加淋漓尽致。

在他游历各地时，他得到了吕底亚国王克洛索斯的器重，并曾协助国王处理过一些繁难的政务。最后作为国王

335 / RENJIAN ZALU

的特使被派往德斐尔，却在那里被指控为其言论有亵渎神灵的罪行而遭到残害。不管他学会多么巧妙而圆滑的言行，却仍无法逃脱说教者悲剧的命运。

虽然德斐尔人最后觉悟到了自己的错误而对伊索的死支付了一笔偿金，然而这又怎能挽回希腊的损失？据说德斐尔人在伊索的灾难降临时曾凑足了金币来为他赎罪，但为时已晚。啊，伊索的血！这句有名的希腊谚语正是从那时开始流传，意思说人们在无辜的状态下，虽辩护的证据确凿而仍受到不公正的严厉惩罚。伊索的血使人们看到了良知、正义，表达了人们的悲愤与无奈。那些在太阳底下闪闪发光的金子又岂能与伊索的智慧相提并论呢？觉悟吧，世人。可是太晚了。你们杀害了一个可以给你们带来幸福和欢笑的使者，却愚蠢地去拥抱你们的神灵。你们不断地在世上反复演习着悲剧，不断地在你们的神灵面前犯罪，仿佛总担心悲剧与罪恶会在世上消失一样，然而你们也一样逃脱不了惩罚。难道你们甘愿犯罪而在悲剧中扮演同样是无辜的受害者吗？多么可怜！是什么样的狂热占据了你们的心智呀？那狂热所带来的无情和愚昧，就像白蚁吞噬着你们的灵魂一样。觉得可怕吧，只有在懂得这一切到底是谁的灾难以后，你们方有可能得到拯救。

今天我们听到读到的《伊索寓言》当然不是伊索一个人创作的东西，其中凝聚了古希腊人民的智慧、才能的结晶，而且还有后继者——公元 1 世纪初的菲德鲁斯用拉丁韵文写成的寓言诗卷，也被冠以了"伊索寓言"的题目。是的，人们多么不愿意在这位伟大的长者面前妄自尊大，因为那样，他们的心灵必将会引起由于受着他的无私的教诲和恩泽而产生难以摆脱沉重的负债之焦虑。但却也在不经意中证实了，先人并不是不可企及的。因为伊索并非是一个潜存着神性的前驱者，他完全是一个入世的，怀着某种焦虑和责任而向人们诉说人类灵魂回归的源泉，醉心于崇高而实在的事业的人。他之所以被看成是希腊智慧的象征，寓言的始祖和最善于克制激情的说教者，一个擅长于像对待儿童一般对待自己的民族的长者，乃是因为他具备了多么无可指责的性格。他为希腊的文明创造了一个更加高贵的结局，以他注定的乖舛和不幸在那颓败的世界上建立起一个完美无缺的形象从而赋予希腊以一种喜剧的色彩与意义。他的寓言似乎涵盖了一整个古希腊的说教文学的精华，其上下约有几百年的时间里创作的作品都归于伊索的名下，不仅对当时的社会生活发生了极其重要的影响，更对后世的文学乃至艺术包括戏剧、小说、诗歌、绘画、雕塑，产生了广泛而深远的影响，并始终具有不可抗拒的魅力。因为它们是"人类普遍经验的结晶，是人类智慧的精华"，是人类从野蛮状态到现代文明赖以发展的精神基石。

第四章 吠陀的启示

一、吠陀：经验的本源

东方是我们经验的本源。在东方到处弥漫着神奇的幻想，人们愿意在这些快乐的意向中忘却恶意的摧残。当人们不得不接受不可跨越的界限的不幸时，当人们不得不因真实的存在而担负起历史的苦难时，人们才会对神圣的至爱之光表现出殷切的期待而在大自然的威力面前向苍天投去祈福的目光，凝眸瞻视。而生活于东方的人群则更会以一双孤苦无告的泪眼对苦难和不幸始终投以温情的注目。他们生命的意义乃在于默祷和奉献，凭自身的直觉感受人生和真理。他们愿意宽恕一切，容忍一切。

印度，这个充满神秘传奇色彩的古老国度，它与中东阿拉伯世界，与两河流域的文明有着千丝万缕的联系，在地图上，当我们把目光停留在波斯湾到印度洋北部这一带时，我们不能否认那是世界上最动荡不安的地方。人类文明发祥于此，人类的大迁徙也从这里开始。

所以，那里的思想、宗教便变得相当庞杂，人们为了真理而进行着无休止的争论。所有优秀的说教文学家们在这里得以充分地发挥自己的才能和学识。

生活在那里的，乃是一个相信耐心和毅力，并以此为重要美德和考验陌生人的主要手段的反对暴力的民族。他们怀着通过自我修性以达到超凡能力，从而同大自然和谐统一的信心，为我们人类创下了繁复而独特的文明。

要追溯印度的历史与文明的源头是艰难的，因为他们似乎从不在乎先前的足迹。而真正有记载的是雅利安人占领印度之后的吠陀时期。这个时期对印度文明的发展来说也是极其重要的。因为吠陀典籍是印度庞大繁复的宗教体系以及后来的文学艺术最重要的源泉。"吠陀"的含义意指"求知"，它的四部古籍形成了印度特定的一个时代和一种文明的称谓。这四部古籍是：《梨俱吠陀》《沙摩吠陀》《耶柔吠陀》和《阿闼婆吠陀》。"吠陀"的记载是极其丰富的，那些成书于公元前 1500 年至公元前 600 年间的"吠陀"作品被称作神圣的知识或神的启示，而由四类不同的文学作品组成，即曼特罗（谚语、诗歌和信条，为吠陀典籍中最古老的一部分）、《梵书》（关于祈祷和祭祀礼仪的散文，包括神话、传奇和故事）、《阿兰若书》（即《森林书》，是一种在森林中传授的教言，讨论各种仪式的喻义和古老典籍中所含的神秘意义，供森林中的隐士静诵传授使用）、《奥义书》（共 108 部，意为"秘密的和深奥的教理"，是那些可以传授给儿子或坐在老师身旁的可以信赖的弟子的教理，其主要内容是关于宇宙、神、灵魂关系的哲学思考）。这些含有深刻的哲学性质的沉思冥想充满了印度古老的智慧，传达了神秘的印度先民在这块富饶多彩的大地上所获得的经验。虽然它们并不简明扼要，但其繁复庞杂的背后正显示了他们深思冥想中的痛苦，以及丰富的内容和宽容包揽的胸怀。这些神秘的含义虽然至今仍困扰着"求知"的人们，就像印度次大陆上蒸腾的热气，但我们不能否认它们正是印度乃至整个世界说教文学的先声。

《梨俱吠陀》以及后期的吠陀文献被古老的印度人民认为是神圣而无穷的神祇。这里我们不能不关注印度的两大史诗《摩诃婆罗多》和《罗摩衍那》。《摩诃婆罗多》中的《薄伽梵歌》被认为是印度教全部宗教哲学的精华，是一篇哲学、伦理学大全。在《摩诃婆罗多》这部庞大的史诗中，有着大量的宗教哲学、政治、伦理等内容，是印度古代的大百科全书，具有重要的参考价值。这正证实了我们在前面的论断，那就是文学的两个伟大的源头：诗歌与说教文学，它们的结合所诞生和繁衍的是这样一个丰富而美丽的未来。这种现象反映在印度乃至东方的文化发展中尤其突出，并影响着其后的西方文明。

二、《五卷书》的光芒

从公元前 6 世纪前后所产生的说教文学代表作《五卷书》里，我们可以看到他们审美知觉的选择，义无反顾的追求，他们的意识形态和生活阅历。

当我们走进《五卷书》的精神领域时，就像印度人漫步在喜马拉雅山脚下，一种渺冥灵气的幻影仿佛月光君临于山谷中的清泉和松林，直照彻我们蒙昧的心灵。

印度人的直觉是有着惊人的精确度的，他们的幻想力是十分丰富的，因此他们对人生的洞察和命运的体验尤为深刻而且表现得非常精密和栩栩如生。还在初民阶段，他们就早已将这些体验编成故事而在民间流传，更有许多宗教学派来利用它们以宣传自己的教义。因此，同一个故事常可在佛教和耆那教的经典中找到。它们总是取材于《五卷书》而进行说教，在这些神话故事中赋以因果的教训，其中最为突出的是《百喻经》这部书，哲理意义精深奥远，而语言文字通俗易懂，接近群众，虽大多来自《五卷书》的故事，但简洁明了，远比《五卷书》的冗长烦琐的修辞轻快。这些说教文学作品对人们的教育作用实在是太具有深远的影响意义了。

《五卷书》中的故事虽然大多来自于民间，然而当它们被编成书的时候，却成了《统治论》的一种，其目的变成了帮助和教导统治者以使他们更加牢固地掌握政权，并传授给王子们，使他们能够继承衣钵。

此书的开篇说曾经有一个国王，他有三个笨得要命的儿子。为了使儿子们变得聪明，他向大臣们询问方法。其中一个大臣推荐一个名叫毗湿奴舍哩曼的婆罗门。于是这个严厉而学问渊博的婆罗门将王子们带回家，写了五卷书，《朋友的决裂》《朋友的获得》《乌鸦和猫头鹰从事于和平与战争等等》《已经得到的东西的丧失》和《不思而行》

来让他们学习，在 6 个月内就把他们教得聪明和精于统治。"从此以后，这一部名叫《五卷书》的统治论就在地球上用来教育青年"。不用我们说，它已经指出了这部书的性质和作用。

我们今天能够看到的最好版本的《五卷书》，是 1199 年一个耆那教的僧侣布哩那婆多罗受大臣苏摩之命根据已有的一些本子编纂而成的。而它的整个编纂过程几乎贯穿了从公元 1 世纪到 12 世纪的漫长岁月，它的故事当然肯定在更早的时期就已经得到广泛的流传并具有一定的影响。那些人类最深刻的经验教训不知引导和鼓励了多少印度人在那个小国林立、生活朝不保夕的时代中勇敢地面对现实，顽强地生存下去，非但繁衍了民族，而且保持了它的纯洁性。

人们从这本书中可以清楚地感觉到，创编这些故事的人民，这些富于智慧的长者在对青年进行教育的时候，他们对待人生的态度是积极的，是肯定的。他们以宽广的胸襟实事求是，没有耽于天堂的幻想之中。他们是入俗的，并不把人生视如苦海，而是认真严肃地对待人世间的七情六欲、喜怒哀乐，努力寻找和创造更加轻松愉快、更加圆满的生活。他们宽恕了一切的罪恶，原谅了所有的错误，他们并以此为沉痛的教训告诫人们所应该避免的没有必要的伤害。他们更多的是注重于处世做人的道理，嘲弄愚蠢，提倡理智，讽刺贪婪，赞美适可而止。在这部书中我们可以看到，它并不赞美避世隐居的怪人，却深深地理解："重要的是参与"这一格言的意义，书中写道：

进忠言的人需要忠言并不亚于接受忠言的人，劝人为善者并不比好为善者更幸福，教人为善的先生也并不比好善的学生更有品德。

当人们的桌案边摆上一本《五卷书》，并且每日里都去诵读它，那将是一种莫大的幸福，因为这其中的智慧储备是无穷的，它的价值不亚于世界银行的金库里美丽的钞票和金条，它的意义更远比金子深重。是的，让我们由衷地感到内心的怡悦吧，我们应该感激印度人给我们留下了这样一份价值倾城的遗产。在那纯洁的富于悟性的精神世界中做最自由的翱翔吧，你将领悟人生的真谛，并为此而骄傲。

事实上，有关说教文学的作品在印度大地上是层出不穷的，它们散布在大量的历史、史诗、宗教文献中，成为印度人民巨大的精神财富，并缔造了印度五彩斑斓的文明。我们还可以从浩如烟海的印度教、佛教等典籍中找到它们，发现并理解它们。由于披上了宗教的外衣，它们当然已经难以复原到最初始的状态，但它们宽容、慈悲的面貌，是无法被磨灭的，尤其在佛教中，影响更大，流传更广，那些舍身、救助、放生的故事，爱生命、爱人世，以及对个人修养的承诺，一个个故事就像一串串闪光的珍珠一般耀眼夺目。佛陀本人并没有留下任何文字，直到他去世后，他的弟子们才将他的言论结集形成佛教的经典。在那些早期的经典中，第一次结集的，像《长阿含经》等，都是佛陀的教诲，用的是散文体或诗体，几乎都有着浓厚的文学的色彩。从我们的角度来看，它们无疑都是说教文学的作品。

第五章 中世纪的曙光

一、挣扎中的嬉笑

随着希伯来民族的瓦解，犹太人在世界各地到处流浪，他们的智慧便再也不能在说教文学中展示出有如《圣经》一样夺目的光彩了；随着希腊一次又一次地殆没于异族的铁蹄，文明在战争中遭到了压迫与摧残；基督教成了罗马帝国玩弄权术和进行侵略的工具以后，人民生活在称斤较两、利欲熏心的环境之中，使说教文学受到无可恢复的沉重打击而终于衰竭了；随着中国秦汉王朝的封建专制政权的建立和巩固，统治者为了他们自私的利益而采取了极其残忍的手段统一思想，推行文字狱，野蛮地独尊儒术以迫害一切自由，"百家争鸣"从此永远地遁隐而去；随着印度逐渐停滞了他们的发展，沉浸于王室的相互倾轧与对权力的极度欲求，终于落后于列国，使国民失去了战斗力，使富饶的大地面临四分五裂和国土沦丧的威胁之下，说教文学也只有在无可奈何中不堪回首往事。

在这时，传统开始停滞了它的流转，人们生活在古老的教诲之中，变得死气沉沉。智慧的长者们由于对现实的恐怖和对先人智慧的由衷敬畏，顽固地厮守着祖先的传统。也许是先人的遗产太丰富了，以致使他们不思新的创造，不敢承领创造的恩惠和机遇。

也许中世纪对异端的残害太突出了，在我们今天的人类社会中仍然可以体会到它可怕的影子。可是又怎能因此证明，说教文学已经到了山穷水尽的地步了呢？那的确是个相当艰难的时代，一个有着顽强生命力的在痛苦的挣扎中的时代，一个在沉闷与压迫中酝酿着反抗与叛逆的时代。人们在重新估量着生命的意义和人生的价值，寻找发现伊索的寓言，或在《五卷书》中积极地寻找着真理的再现，期待从它们当中撷取信仰与精神的依托。说教文学有着野草的生命力和种子一般的征服力。如果因为在我们中间，——是的，我们中间——曾存在着某些拙劣的说教，因而就偏颇地否定了这一传统意义上的古老艺术的作用，那么可以说我们的目光该是已到了何等可笑的短浅的程度了。

我们的一切活动，都是以进步和改善为目的的，我们的一切痛苦与欢乐，都产生于这不断的探索和追求之中。哎，倘若一个人没有了追求的勇气，失去了探索的坚定决心，他的人生该会多么不幸！

所以大说教者总要站在时代的最前线，喊出生活的权利，召唤风云，使大地苏醒。他们永远不会惧怕迫害，不受什么物质的引诱。他们所贡献的是生活的真知灼见，是信心，是希望，是先知的大胆的宣告，是光明的道路的向导。他们与一切罪恶的势力以及保守的旧传统、倒退的思想行为将做永远势不两立的悲壮斗争。他们蔑视一切脆弱的事物。

在每一个文明的发展的最初阶段都会出现伟大的人物，他们或被称为"先知"，或被誉为"神的使者"。在最黑暗的时代，又总有叛逆者为民族的悲凉际遇而挣扎奋斗在险恶的边缘，努力在苦乐的混淆中寻求彻底的解救。于是，在那不勒斯，就曾经有一位名叫乔万尼·薄伽丘的杰出的商人，在佛罗伦萨写下了《十日谈》这样一部杰作，表现出文艺复兴初期的民主倾向，并表现了对当时的教会和贵族阶级的反对。这部作品就像但丁的《神曲》一样，构成了说教文学作品中又一个华美的篇章，足以代表着说教文学的复苏与新生。它们表达了人文主义的理想而对欧洲的文学发展产生了巨大的影响。季羡林先生曾在印度《五卷书》的译本序言里说，《五卷书》不仅影响了东亚、西亚等地区的文学，还对古希腊、罗马以及后来的欧洲文学产生了深远的影响，他在这序言中提到了薄伽丘的《十日谈》、斯特拉帕罗拉的《滑稽之夜》、乔叟的《坎特伯雷故事集》、拉封丹的《寓言》甚至格林兄弟的童话以及亚洲、非洲和欧洲许多国家口头流行的民间文学作品。的确，在薄伽丘的《十日谈》中有很多故事与《五卷书》和《卡里来和笛木乃》相关联，薄伽丘借用了说教文学的形式为意大利乃至整个欧洲的文艺复兴运动带来了绚丽的曙光。

文艺复兴运动发生于中世纪最后的阶段，是在经过一段长时间的压抑之后终于爆发的一场意识形态上的骤烈的革命。在这样的历史背景下，许多极具叛逆性格与探索精神的人们便在这历史的风风雨雨中展示出迷人的风采来。像达·芬奇，这位富于柔情的艺术家，在绘画史上有着莎士比亚式的崇高地位的画家，却创作了一大批隽永的寓言故事，从而展示了他另一方面的艺术才华。其中凝聚着他多么丰富的人生经验和对宇宙自然的无限求索，以及他对命运的窥视。他用画一般的语言给予人们以无穷的启迪，使他优美的灵魂将永远与我们同在。

而德国的马丁·路德则于1520年写成了《致德意志民族的基督教贵族书》一文，极力地反对教皇对世俗王权的干涉，鼓吹新的思想以反对原来的教义。恩格斯在《〈自然辩证法〉导言》中说："路德不但扫清了教会这个奥吉亚斯的牛圈，创造了现代德国散文，并且撰作了成为16世纪《马赛曲》的充满胜利信心的赞美诗的词和曲。"

几乎同时，托马斯·闵采尔则用充足的论证，充沛的热情和火热锋利的语言而成了一代革命的说教者，以壮烈的牺牲成全了他欲唤醒众生的愿望。

他们俩为德国思想的启蒙和解放做出了巨大的努力，付出了青春和生命的代价。从此，又一代说教文学家在欧洲大陆崛起。这里值得一提的还有拉伯雷的《巨人传》、蒙田的《随想录》以及乔纳森·斯威夫特的《格列佛游记》等。

二、游戏中的焦虑

诙谐、游戏和艺术，它们都标志着活动的自由和生命力的畅通。这是康德所给予我们的启示。而中国人是最善于在诙谐和游戏中赋予艺术以顽强的生命力和博大的思想因素的。因为中国人不能说出像罗马人或希腊人一样对出征的英雄说"让他死吧"这样的话来，因为中国人永远追求完美与和平的生活，他们不在乎悲剧对道德的净化力量和它所揭示的人生相矛盾的斗争场面。尽管司马迁在《史记》中以诗人的语言与说教者的参与感而写出了千古绝唱似的历史英雄与悲剧人物，但他的后来者们并没有继承他的精神传统。他们宁可以圆满的结局来对人们进行因果报应的说教，从而达到他们劝导人们从善弃恶的目的。

另外，古老中国的政体的各部分安排是那样的能见出大小比例和秩序而形成融贯的整体，显示了无与伦比的和谐的力量。在那里，伦理的宗教意识是那样地深入于每一个人的生存环境之中，说教者已不再需要担负起民族兴亡的真实直接的职责，他们只对王朝的兴亡更替而贡献自己的才智。准确地说，在东亚大陆，已不复再有当年游说七国，干涉政权与战争的雄风，或提出独立的思想体系以完成统一之大业的伟绩，或以"白马非马"的绝妙论证以困惑众人的目的。在那王权至高无上的封建体制的压力下，也不再有他们指手画脚说三道四的余地。他们不可能当面指责政权的罪行和错误，留给他们的只有怎样努力去维护政权的所有利益，或者就干脆忍耐、宽容一切的不合理现象以及它所造就的痛苦和不幸，在期待中消磨岁月。

于是，诙谐与游戏便成了有志者因无可奈何而生发的生活态度，成了说教者劝世诫人的唯一手段。在整个欧洲还处于文明发展的困难与徘徊时期，整个东亚也同样处于沉重的夜幕之下。人们只有在梦中寻求安慰和解脱。魏晋南北朝时《笑林》的出现，它鲜明的诙谐和游戏的风格，为后世的讽刺寓言和诙谐散文开了先河，这是一部相当精美的寓言故事集，具有一定的生活基础。随着它的出现，中国文坛上开始有了《启毅录》（隋代）、《艾子杂说》（宋代）、《艾子后语》（明代）、《雪涛谐史》（明代）、《笑府》（明代）、《笑得好》（清代）。它们大都以夸张的细节来突出事物的本质，以辛辣的嘲讽炙痛了世俗的丑恶与鄙陋现象。另一部具有突出意义的《刘子》则是刘昼所写的说理杂著，富于生动的艺术形象。它们都为说教文学注入了新鲜的血液，在庄重和严肃的传统中注入了游戏的成分，使说教文学在诙谐中变得更加深沉起来，使人们在笑话中受到更大的震惊，在对世人的愚弄中赋予了作品以更刻骨铭心的悲剧特征。正如清代石成金在《笑得好》这部书的开篇上说的："人以笑话为笑，我以笑话醒人，虽然游戏三昧，可称度世金针。"

　　盛唐时柳宗元写了大量的寓言作品，使这一说教文学最独立的形式得以发展和完善，使他仿佛成了这一时代的职业说教者。晚唐时出现了皮日休等说教文学作家，他的寓言《悲挚兽》等作品，情绪激烈，以虔诚的悲愤之情而感动世人。同时期的还有一本《无能子》，思想相当新颖别致，而且大胆有力。作者是一位隐者，这可是说教文学史上少见的现象。

说教者理应是入俗的，理应是参与人世烦琐的纷争的，可他偏是一个超脱凡俗的隐者，这其中所隐含的悲剧意义是多么显明深刻。这部书的精华在于对传统政治制度与社会礼俗的激烈批判，甚至谴责了圣人和帝王。

然而当中国历史进入元、明、清三王朝时代，说教文学从激愤和悲哀到了绝望的程度。成吉思汗的铁蹄、朱元璋的爪牙和努尔哈赤的辫子，将人们的思想和行为彻底地禁锢于象牙塔中，再没有了往日的快乐。

但说教者总能够以自身的非凡胆识而确立自己的地位。于是，《郁离子》一书便开始悄悄地在人们手中流传。这书便是刘基完成于浙江文成群山中的著作，它的生命力如那里的崇水丛林一般宏丽、茂盛。全书系统地反映了作者的哲学、政治、经济、文化和伦理观点。书中的某些寓言所阐述的主张，又往往被他在当时或后来付诸实际的行动，在世间得以倡导。他虽只成为朱元璋皇帝的一代谋臣而没有像穆罕默德似的亲自率军南征北伐，但他仍不愧是一代说教文学的宗师，一个具有强大能动力的说教者。他的作品感觉精细，善于捕捉微妙的自然关系，分辨细微的差别，力求明晓，懂得节制，生动而富于形象，把他的卓越的认识限制在一个容易为感官和想象力所能捕捉的形式之内，表现了这位退隐的元朝官吏和辅佐朱元璋开创大明王朝的一代谋士不凡的政治才华、艺术天赋和社会洞察力。除了《郁离子》一书，他还著有《卖柑者言》等寓言体杂文及寓言长诗《二鬼》。

哦，对这位我的温州同乡，我是抱着何其敬畏的心怀去瞻仰他呀！想当年他离开元朝污鄙的官场，隐居在那幽静的青山绿水间作他哲理的沉思，等待谁来利用他的机谋以推翻忽必烈汗所建立的庞大帝国，那激奋的雄心与伤心的哀婉可以想见。

此后，还有一位伟大的说教者，那就是方孝孺。他被朱棣灭杀十族，惨绝人寰，完成了他作为说教者臻于极致的人生历程。他的说教文学作品《指喻》力透纸背，在讲完故事以后发表长篇评论以点明寓意，深刻地预言了一场极重大的社会危机。

由于清代西方列强相继野蛮入侵，甚至焚毁了举世无双的圆明园，使古老的中国大地就像印度一样终于面临着一场关系整个民族存亡的危机，终于出现了唐甄的《潜书》和黄宗羲的《明夷待访录》那样具有较系统的民主启蒙思想的光辉杰作。

然而这时的人们在西方科学技术的冲击下，则更注重于实用知识，并且这种现象一直保留到今天。说教文学再一次面临困难的选择，似乎它已不能对社会发挥决定性的作用，失去了原先的功用价值。

　　快醒来吧！太阳已将闪耀的群星

　　从黑夜的田野上赶走，

　　夜幕也已随着他们逃出天庭；

　　金光的长箭射中了苏丹的塔楼。

　　　　　　——波斯诗人奥玛·哈亚姆《鲁拜集》第一首

第六章 最后的寓言

一、尼采，或者卡夫卡

人与世间万象是否能汇融交感？它们之间又有怎样必然的联系存在着呢？这是一个相对来说比较古老的问题。远在几千年前，庄周放弃了从认知的立场去追问求索，却以美感的角度去进行观赏，并在观赏之中发出博大的同情，投入自我的情意，在凝神的瞬间达到物我两忘、浑然一体的境界。在脱群的孤傲天性中，尼采曾经超越了空间与时间的界限，在冥冥的沉思中不经意地继承了庄周的那种因人性被束缚而沉沦所表现出的反抗，对人的精神自由的追求和对市场价值将人庸俗化的抗议与扬弃，在希腊悲剧精神的重建以及反基督教文化的焦点上建立起他独特的哲学体系。他的《查拉图斯特拉》一书愤世嫉俗，逸世超群，表现出一代说教者的飘然风采，他那犹如先知一样的崇高形象使人们再次燃起热情的火焰。

仅仅这一部书，就足以使尼采登上说教文学的至高点。这不仅在于它思想的深刻，还在于它感情的激荡，语言的壮美。

在这个世界上，作为人，首先应该真诚地对待面前的事实，坦率地接受它所给予的一切，哪怕是荒诞的存在，虚无的世界和残酷的意志力。尼采的疑问在于为什么仁慈的上帝竟然用他的理性创造出如此苦难的世界，制造出充满血泪的人间历史？为何上帝要用十字架和不断的惩罚来作为救赎的方式与明证？

也许在这个世界上，人类本来就是被遗弃的孤儿，只有被迫接受大自然的法则和宣判，甚至面对虚妄的假象，而没有任何自由的选择，当人们在头脑清醒的时候，便会发现，原来我们生存的根基，乃立于浮萍之上。

于是，深为此而痛苦不安的卡夫卡喊道："不要绝望，甚至不要因为'你并不绝望'这个事实而绝望。当一切似乎山穷水尽、天欲绝人之时，一股新的力量就又从你的内在油然涌现，帮助你，而那便意味着你仍然是活着的。"他留给我们的说教文学作品并不多，只有 200 多则格言和数十则寓言，比诸其他作品可谓微不足道矣，但却足以与它们相颉颃而毫不逊色。在他的作品中，这一部分可以说也是相当重要的，尤其是要去研究这个有趣的人物的话。他忧郁的性格注定了他的命运的悲剧，而他的不幸的悲剧命运又使人觉得他仿佛是一个有神灵附身的人，让人油然生发出一股莫名的敬畏。他的这些格言有如锐利而沉重的斧子一般击破我们心中的冰海，使我们亲身地去体验一场极大的不幸，唤回已忘却很久的感觉与一种碎心的"乡愁"，锲而不舍地劝说人们去往那应走的道路，尽管人们会多么不理解他的苦心而粗暴地拒绝了他善意的焦虑，嘲笑他的神经质以及他生命多余的悲观。

在他对现世的绝望与悲愁的描绘中令人对虚幻与鄙陋的世俗感到困惑和不安，在屏息中警醒，以体悟他对诚挚、真实与永恒的追求。他在这些作品中预示了一个和平的年代，预示了希望将从那无底的虚无之深渊中浮冒而出的时代。他极力地宣扬着人世的挚爱，因为否则恐惧便会爬上我们的心坎。

欧洲的说教文学发展到了这里，便似乎已到了终极，它不断地被分解又不断地被吸引与渗透着。就像一棵树，衰老了，枯朽了，渐渐地，在阳光与雨露中被腐化而变成黑色的泥土。他们的叛逆已发展到了极致，从而坚决地否认了可怜的上帝。

它曾经有过多么光芒四射的时代，曾经福泽过多少世代的人们。

二、莱辛及其他

在说教文学常常处于腥血与泪雨的历史中，莱辛曾经展开过他多么迷人的寓言的翅膀。他在《论寓言》一文中指出，把一句普通的道德格言通过一件特殊的事件，形象地表达出来，使读者深刻地感受到这条道德格言的意义，这就是寓言。凭着这一句话，就使他肩负起说教者的重担。他的寓言总是能够相当准确而简练地表达出一种道德的训条，一种先知先觉的智慧，一种深蕴在自然规律中的人生哲理，以启发人们反对封建传统思想和宗教束缚，具有深刻的社会内容和政治意义，战斗气息和时代感十分强烈。托马斯·曼就曾经说道："他锥刺了愚蠢，仇视欺诈，鞭挞了奴性和精神上的懒惰，并极其敬重地维护了思想上的自由。"

法国的拉封丹，俄国的克雷洛夫，他们都在传统的基础上产生并发展了属于他们那个时代的新东西。拉封丹以他优美的文辞创作了一大批寓言诗，从而在欧洲文学史上占有了相当重要的一席之地。而更值得我们青睐的是克雷洛夫，他的寓言的实在意义和他的人格才真正地超越了前人。他的作品无论是从内容上还是从形式上都有其独特的艺术魅力，它们的现实性和战斗性是不言而喻的。他的寓言题材广泛，妙趣横生，语言精练，寓意深刻，生动地反映了现实，以血淋淋的事实教训了现实，"反映了俄罗斯冷静的智慧，带着它的聪颖和敏锐，带着温和而有讥讽意味的嘲笑，对事物的自然正确的观点，以及简练、鲜明而又华丽地表现这种观点的才能"（别林斯基语）。

这些理性的耀眼夺目的光华为我们文明的进步在宁静的尊严里发出多么热情的反光。当耶路撒冷城中走出一个披着长袍的长者向众生诵读他的《先知》，当阳光从叙利亚圣殿的窗口射在他朴素的白色长袍上而发出耀眼的光辉，当圣殿的四壁回荡着他高亢的声音向人们宣读他的《沙与沫》式的闪光的思想时，谁能说它们只不过是散文诗而不是最抒情优美的寓言呢？他那字里行间无不散发着那属于东方的浓厚的哲理沉思和箴言教训。啊，纪伯伦，他有着耶利米似的魅力，有着耶稣似的优美的灵魂，他代表着新时代的阿拉伯。

是的，他们把我们带进了寓言——这一说教文学的典范——的迷人的森林中，任我们的遐思自在地翱翔于它美丽的蓝空。谁能轻易抹去他们在说教文学的功绩，轻易否定他们给说教文学带来新的生机的功绩呢？

三、中国现代的丰碑

冯雪峰——这位坚定的革命者和顽强斗士，以他的寓言而在中国现代文学史上树起了一座丰碑，他的作品乃是清明的理智的产物。他以不灭的斗志和革命的乐观主义，向他的祖国和人民发出了这样的呼唤："踏着明确稳固的历史道路，做你切实雄伟的人民事业。"（《飞鸟、浮云和高山》）他这样警告人们："暴君和侵略者所赐给的光荣，对于人民无论何时都是灾害！"（《兔儿们》）啊，这乃是一个热情的革命者的说教，一个能够无畏地告诉我们应该用自己的双手来决定自己的命运以及人类自己的命运的革命者的说教。他的名字就足以让人联想起一个多么伟岸的形象。他是一个多么值得我们称颂的榜样，而为说教文学带来锦绣的前程。

"生命的搏斗，显得何其严肃。"这是莫洛先生在他的《大爱者的祝福》"黎纳蒙"篇中写下的句子，他闪光的修辞，悦耳的韵律仿佛秋天的落霞潭，仿佛冬天温暖的阳光。他那温柔贤淑的叶丽雅，那爱陷于深思之中的忧郁的黎纳蒙；他那对"生命树"的苦思冥想，那字里行间的深沉的寓意、分明的爱憎以及对于生命蓬勃之力量的深刻体会，对大爱的热情向往和对美与正义的执着，无不显示了他作为说教者的不可抗拒的内在魅力。他那力求恬静和愉快的风格，使他的作品显得极其朴素同时又极其华丽，并呈现出心灵的健康与完美。他使中国的说教文学如同刚刚长出花角的小鹿，在平旷的原野上驰骋，使人读后不由地发出"这是一个德高望重的老人的最富有情感色彩的迷人的教诲"的赞叹来。

严文井曾在他的《关于寓言的寓言》一文中写道："寓言本来是来自普通人的言谈，几乎任何人一生中都能讲一些聪明话，有的就是寓言；有心的诗人和哲学家听见了，就用文字把它们记了下来。"这句话非但一针见血地点明了说教文学的本质特点，同时也精确地指出了它的起源问题。

严文井的这篇文章是为金江的《寓言百篇》所写的序言。中华人民共和国成立以来，把寓言这一传统形式作为儿童文学的重要组成部分，成为专为儿童们创作的说教文学，正是金江先生所大力倡导的风气。他真正地使这一文学形式发挥了最为具体而广泛的作用。他的《寓言百篇》文字浅显，尤易传诵，在成人和儿童们当中产生了一定的影响。这乃是一份极其高贵的精神礼品，当我们接受它时，我们也应学会用整个心灵来表示我们内心的感激，并将这一份感情也同样无私地奉献给世上所有的人们。

因为他的寓言是那样的富有哲理，又饱含着诗意。作为一个对祖国人民倾注了满腔热情的说教者，他必须同时具备诗人和哲学家的气质与风度，以坦诚的心怀面对人类所生存的大地山河。

金江还曾主编有《寓言》这一说教文学史上少有的专门刊物，他的努力和成绩使我们不得不为他的毅力而深感钦佩。他站在 20 世纪末的长河中，用竹竿撑着他渡江的轻舟，仿佛古朴的初民，宛若率真的儿童，以单纯的自我面对着整个世界。

在众多的寓言作家中，具有相当特色和较高艺术成就的并不多见，而黄瑞云却是一个别具一格的说教文学家。他的寓言作品直接道出了人世的艰辛，他的智慧和心灵都闪耀着不寻常的光亮。他把一切的激动，一切的疑惑和一切的不安都冶炼成高度冷静的理性，为唤醒沉睡的状态而做出努力。他的寓言仿佛永远有着一股冷峻的寒风刺激着人们的灵魂。他的讽刺的辛辣，并不亚于雄辩的伊索。

当克雷洛夫和拉封丹写寓言诗的时候，是否他们曾经对它认真地思索过？也许没有，因为对他们来说，诗行是他们所要表达的必要手段，因为他们的时代崇尚讲究文辞的风气，他们首先是说教者，然后才是诗人。

然而有一位说教者却曾经认真地思考过这个问题，他便是刘征。他曾经以自己独到的见解，为寓言诗下了一个有趣的定义。他的寓言诗集《春风燕语》真可以同拉封丹他们的寓言诗媲美。他那至诚的同情，轻松而并非属于笑话的嘲弄，柔美而又铿锵的诗句，无不令人感到清新耐咏，深深地受着他情绪的感染，引起心灵痛苦的呼应与酸楚的回忆。因为他首先是诗人，然后才是说教者。他那深藏在意识中的潜在的忧虑使他的诗句表现出多么纯洁的隐痛和愿望，从而揭露了事物的本质含义。他不是凭着个人的单纯知觉，而是怀着对整个人世的深刻认识和了解而构成作品的生命之网和本质的美。

艺术家是不应该简单地向我们显示客观的存在的，艺术家的作品应该是既合乎情理而又有所差异与侧重的。一个画家之所以被称为画家，就因为他的手所描绘的事物远比实在的更加牵动人们的心灵。在艺术家的眼里，一切事物都有着精妙的表现手段来对自身的存在做出反映。

瞿光辉，应该说他是一个温和的说教者，他的宽怀与能够容忍一切的性格，注定了人们对他的温厚表现冷淡。但他虽为数不多的寓言作品，却是说教文学中不可多得的精品。作为一个说教文学领域中安于寂寞的探索者，他似乎已看到了那些在他的身上所发生的和所有生命的身上都有可能发生的事件，以及世界意志的体现。在他的寓言中，像《松鼠、猴子和有毒的果子》《马鹿》《青蛙论蝌蚪》等，所诞生的悲剧精神将借着一股神秘的热忱而包围我们的整个心灵，乃至整个社会，并将使我们的人生永远无法摆脱他虔诚温和的谛视，以及他所描绘的创伤的景象。

他的对人生的真实体悟是那么精确地传达给我们，使我们能够看到智慧的预言者，在自然的胎腹中被造就的悲悯的天赋和自然的典型意义的象征。

此外，还有众多的寓言作家和研究者，这里不再一一列举他们光华四射的名字。在这里，也不可能对他们纷纷进行详尽的评述。总之，他们形成了一个强大的说教文学作家群，傲然屹立在中国现代文学史上。

我们当为说教文学在祖国的疆域内有如此迅猛的发展，具备了这样的规模，呈现出如此旺盛的生命力以及何其丰富多彩的成就，备感欣慰和激动。这使我们充满了信心，更使我们看到说教文学的坚实地位。它五彩斑斓的光辉将鼓舞和激励亿万的人们，使人们迈出更坚定的步伐，走向生活，直面人生。

图书在版编目（CIP）数据

人间杂录 / 瞿炜著．—北京：中国民族文化出版
社有限公司，2020.6（2025.1重印）
ISBN 978-7-5122-1324-1

Ⅰ．①人… Ⅱ．①瞿… Ⅲ．①随笔－作品集－中国－
当代 Ⅳ．① I267.1

中国版本图书馆 CIP 数据核字（2020）第 037329 号

人间杂录

作　　者	瞿　炜
责任编辑	张　宇
责任校对	祁　明

出　版　者　中国民族文化出版社　地址：北京市东城区和平里北街14号
　　　　　　邮编：100013　联系电话：010-84250639　64211754（传真）

印　　装	三河市同力彩印有限公司
开　　本	889mm×1194mm　1/32
印　　张	11.75
字　　数	192.6千
版　　次	2020年8月第1版　　2025年1月第2次印刷
标准书号	ISBN 978-7-5122-1324-1
定　　价	48.00元